무한투 3

류진 新무협 판타지 소설

초판 1쇄 찍은 날 § 2002년 2월 20일
초판 1쇄 펴낸 날 § 2002년 2월 30일

지은이 § 류진
펴낸이 § 서경석

편집장 § 문혜영
편집책임 § 김희정
편집 § 장상수 · 박영주 · 권민정
마케팅 § 정필 · 강양원 · 김규진

펴낸곳 § 도서출판 청어람
등록번호 § 제1081-1-89호
등록일자 § 1999. 5. 31
어람번호 § 제2-0057호

주소 § 경기도 부천시 원미구 심곡1동 350-1 남성B/D 3F (우) 420-011
전화 § 032-656-4452 팩스 § 032-656-4453
http://www.chungeoram.com
E-mail § eoram99@chollian.net

ⓒ류진, 2002

값 7,500원

ISBN 89-5505-281-2 (SET)
ISBN 89-5505-284-7 04810

무한투

無限鬪

류진 新무협 판타지 소설

3

가지 마, 죽지 마, 부활할 거야

도서출판
청어람

CONTENTS ▬

화마(火魔)의 전설

제18장 화마(火魔)의 전설

내리다 말다를 반복하던 눈은 어느새 무릎까지 쌓여 있었다. 세상이 온통 겨울의 한복판에 자리해 있음에도 대장간만은 한여름보다 뜨거운 열기를 내뿜었다. 임시 휴업(臨時休業)이란 팻말을 건 대장간 안은 일정한 간격으로 울리는 망치 소리가 벌써 보름째 이어지고 있었다.

"괜찮을까? 이미 체력이 바닥난 것 같은데."

대장간 주인 마달평은 망치질 하고 있는 주적자의 등을 보며 걱정스럽게 중얼거렸다. 툭툭 튀어나온 뼈가 가죽을 뚫고 올라올 것 같은 등은 마달평이 걱정할 만한 모습이었다.

"걱정할 필요 없어. 강한 사람이니까."

그처럼 말하는 당과의 목소리에도 작은 불안이 섞여 있었다. 그들이 걱정하는 것을 아는지 모르는지 주적자의 망치질은 쉼없이 이어졌다. 그가 유일하게 쉴 수 있는 시간은 평평하게 펴진 철판 위에 녹인 비철과 수은을 부은 후 마른 다음 가운데를 정으로 흠집을 내 접을 때뿐이었다.

그 시간이 고작 한 시진뿐이기 때문에 식사와 용변 등을 그때 해결해야 했다. 그 후 삼 일 동안 단 한 시도 쉬지 못하기 때문에 먹는 것도 자제할 수밖에 없었다. 가끔 마달평의 아들 마중호(馬重護)가 물을 먹여주는 것이 입으로 들어가는 것의 전부였다. 몸 안의 수분이 모두 땀으로 빠져나가 소변조차 나오지 않았다.

안채로 통하는 대장간의 문이 열리며 마중호가 국자가 담긴 물그릇을 들고 들어왔다. 마중호는 주적자를 볼 때마다 질린다는 표정으로 고개를 저었다.

"이리 줘. 오늘부터는 내가 먹일 테니까."

당과의 말에 마중호는 순순히 물그릇을 건넸다. 당과는 형체를 잃고 바닥에 버려진 망치들을 피해 주적자에게 다가갔다. 담금질을 하면서 버린 망치만도 벌써 마흔여덟 개에 이르렀다. 정면에서 본 주적자의 몰골은 뒤에서 볼 때보다 훨씬 심했다.

안면의 반을 덮은 더부룩한 수염은 제쳐 두고라도 원래 말랐던 얼굴은 마치 해골에 가죽만 씌워놓은 것처럼 변해 있었다. 꽉 다문 입술과 삼매경에 빠진 듯한 눈빛이 당과의 가슴을 파고들었다. 자신이 하는 일에 전력을 쏟아 붓고 있는 주적자의 모습은 청량한 무언가를 느끼게 했다.

당과는 말없이 국자로 물을 떠서 주적자의 입에 가져다 댔다. 처음 마실 때는 물을 반 이상 흘리더니 이제는 익숙해져서 고작 한두 방울이 수염을 타고 흐를 뿐이었다. 입술에 닿은 국자를 통해 느껴지는 숨결이 당과에게 고스란히 전해졌다. 팔을 타고 흐른 느낌은 금세 온몸을 점령해 버렸다.

평생 처음 느껴보는 짜릿한 기분, 당과는 그것이 전율이라는 것을 뒤늦게 깨달았다. 마치 그녀가 주적자 속으로 빨려 들어가는 것 같았다.

'내가 왜 이러지?'

당과는 너무도 낯선 느낌에 움직일 수조차 없었다. 그녀가 주적자에게 이런 기분을 느낀다는 것은 생각조차 할 수 없는 일이었다. 그녀는 절대 이래서는 안 되는 존재였다. 그것이 그녀의 감정을 당혹의 궁지로 몰아넣었다.

"물."

주적자의 짧은 말에 그녀는 흠칫 놀라며 팔을 오므렸다. 물을 뜨는 그녀의 손이 작게 떨렸다. 이런 이상한 기분을 그녀는 더 이상 수용할 수가 없었다.

쨍그랑!

사기 그릇을 바닥에 내팽개친 당과는 대장간의 문을 박차고 뛰어나갔다. 세상을 얼려 버릴 것 같은 차가운 눈보라도 그녀를 진정시켜 주지 못했다. 그녀는 대장간의 담을 너머 하얀 세상 속으로 몸을 날렸다. 바람처럼 고을을 빠져나온 그녀의 발길이 멈춘 곳은 강 옆에 있는 고건물 앞이었다.

당과는 고건물의 꼭대기로 올라가 강을 내려다보았다. 얼음이 얼고 그 위에 눈이 쌓여 강은 하얀 벌판으로 변해 있었다. 한참 동안 시선을 한곳에 모으고 있던 그녀는 하늘을 보고 웃음을 터뜨리기 시작했다.

"호호호호!"

그녀의 웃음소리는 내리던 눈에 부딪치며 세상 끝까지라도 퍼져 갈 것만 같았다. 그렇게 미친 듯이 웃어대던 그녀는 머리부터 눈 덮인 강으로 뛰어들었다.

짜직!

얼음이 깨지며 물보라가 키 높이만큼 튀어 올랐다. 한참 동안 물 안에 들어가 있던 그녀의 머리는 이십여 장이나 아래쪽의 얼음을 뚫고 올라왔다.

"재밌군, 재밌어."

그녀는 입가에 미소를 머금고 중얼거렸다.

"이래서 세상은 살아볼 만하다니까. 호호호호!"

　　　　　*　　　　*　　　　*

소소자 일행은 떠난 지 한 달 만에 사천의 우화산에 도착했다. 사천의 가장자리에 있는 중강성(中江省)까지 새로 뚫린 운하(運河)를 통해 뱃길로 왔기 때문에 예정보다 이른 시간에 도착한 것이다. 그들은 멀리 우화산이 보이는 청리현(靑梨縣)에서 여장을 풀기로 했다. 아직 해가 지려면 이른 시간이었지만 여독도 풀고 건량도 마련하기 위함이었다.

그들은 현빈루(賢彬樓)라는 객잔에 방을 잡았다. 일층은 식당으로 쓰고 이층은 숙박하는 데 이용하는, 어디서나 볼 수 있는 그런 객잔이었다. 사천을 오가는 장사치들이 가끔 이용하는 곳이어서인지 사람은 별로 많지 않았다. 특히 겨울철에는 손님이 뜸하기 마련이었다. 예전에는 가끔 우화산의 온천을 찾기 위해 오는 사람도 있었지만 물의 온도가 몸을 담그기엔 너무 뜨거웠기 때문에 요즘에는 찾는 사람도 없다고 한다.

소소자 일행은 늦은 점심을 먹기 위해 식당으로 내려갔다. 식당 중앙에 난로가 있었는데 손님이 없는 탓에 불을 피우지 않아 밖과 별 차이가 없을 정도로 추웠다. 소소자와 사도철광이야 별문제가 없었지만 나인현과 호미령은 연신 손을 호호거리고 있었다. 소소자가 계산대에서 주판을 튕기고 있던 주인에게 불을 피워달라고 하자 주인은 귀찮은 기색 없이 뒤뜰에서 장작을 들고 와 난로를 지폈다. 그러나 그 행동이 어찌나 굼뜬지 차라리 소소자가 직접 하고 싶을 지경이었다.

그들이 자리에 앉자 주인이 직접 주문을 받았다. 대충 음식을 시키고 주인이 다시 차를 가져올 때까지는 한참의 시간이 걸렸다. 찻주전자와 잔을 각각의 자리 앞에 놓으며 주인이 물었다.

"장사하시는 분들은 아니신 것 같은데 어디를 가는 길이오?"

주인은 식탁 위에 올려진 조롱(鳥籠)을 보고 말을 이었다.

"전서구까지 가지고 계시는구려."

예순이 조금 넘어 보이는 주인은 앞 이빨 두 개가 빠져 말에서 쉬쉬 소리가 섞여 나왔다.

"우화산에 가는 길입니다."

소소자의 대답에 주인의 얼굴에 의아한 표정이 떠올랐다.

"우화산엔 웬일로 가시오? 보아하니 사냥꾼도 아닌 것 같은데."

주인은 세상의 많은 직업들을 하나하나 제하면서 그들의 정체를 밝히고 싶은 모양이다. 귀찮은지 사도철광이 퉁명스럽게 말했다.

"그건 주인장이 상관할 바 아니오. 빨리 음식이나 내다 주시구려."

"걱정돼서 하는 소리죠."

"걱정이라니요? 산에서 호랑이라도 나온답니까?"

소소자의 물음에 주인의 시선은 사도철광에게로 향했다.

"호랑이 정도면 뭐가 걱정이겠소? 보아하니 이분은 무림인 같으신데 오히려 가죽을 얻을 수 있으니 좋은 일이죠."

"그럼 뭐가 문제요?"

주인은 한겨울인데도 불구하고 푸른색을 갖고 있는 창밖의 우화산을 보며 말했다.

"산 기운이 심상치 않아서요. 화마(火魔)가 깨어날 것 같거든요."

"화마라니요? 마귀라도 나온다는 것이오?"

"하긴 사천 분이 아니라면 화마에 대해 모르시는 것이 당연하죠. 나타난 지도 오래됐고… 가만 보자……."

손가락으로 뭔가를 헤아리던 주인이 말을 이었다.

"그러고 보니 삼십 년이나 흘렀구먼. 그럼 나타날 때가 됐지. 암, 됐어."

주인은 고개까지 끄덕이며 뜻 모를 말을 중얼거렸다.

"그 양반 참 답답하게 말씀하시네. 화마가 무언지 속 시원하게 털어놔 보시오."

소소자의 채근에 주인의 시선은 다시 우화산으로 향했다.

"화마의 정확한 모습을 본 사람은 아무도 없습니다. 그도 그럴 것이 화마를 보고 살아난 사람이 없으니까요. 화마가 토해낸 불길이 하늘로 솟구치는 순간 저 우화산은 순식간에 불바다로 변하고 맙니다."

사도철광이 의아한 시선으로 물었다.

"저 큰 우화산 전체가 말이오?"

"시커먼 잿더미의 산으로 변하고 말지요."

우화산은 그 둘레만 무려 백 리가 넘었고, 높이도 능히 사백 장은 되는 거대한 산이었다. 보통의 산들이 수많은 봉우리를 가지고 있는 것과는 대조적으로 우화산은 오직 하나만이 우뚝 서서 그 위용이 더욱 대단한 그런 산이었다.

소소자는 나인현에게 넌지시 물었다.

"세상에 화마라는 귀신이 있소?"

나인현도 동행을 하며 그들과 많이 익숙해져서 이제는 제법 알아들을 만한 소리로 말을 했다.

"화마라는 마귀는 없어요. 전설처럼 내려오는 염구(炎駒)나 화지귀(火之鬼), 후(狌) 정도가 불을 사용하기는 하지만 화마라고 불리지는 않지요. 더욱이 저런 산을 통째로 태울 정도의 위력은 가지고 있지 않아요."

소소자는 고개를 끄덕이며 말했다.

"그럼 결국 커다란 산불을 사람들이 부풀려 말했을 가능성이 크군요."

그 말에 주인이 벌컥 성을 냈다.

"그럼 내가 거짓말을 하고 있다는 것이오?"

"주인장이 거짓말을 한다는 뜻이 아니라 단지 잘못 알고⋯⋯."

소소자의 변명을 주인이 단호하게 끊었다.

"잘못 알고 있는 것이 아니오! 화마는 분명 있소이다! 우화산 속에 말이오! 화마가 나타나면 산 여기저기서 불기둥이 치솟고 산은 금세 시뻘건 화염에 휩싸이지."

주인이 지난 일을 회상하듯 몸을 부르르 떨었다.

"내가 예순여섯 해를 이곳에 살면서 화마가 내뿜는 불기둥을 딱 두 번 봤소이다. 땅속에서 솟구치고 올라오는 그 불기둥을 당신들이 봤다면……."

주인은 말하기도 두렵다는 듯 고개를 절레절레 흔들었다.

"어쨌든 당분간은 저 산에 오르지 마시오. 며칠 전부터 산새 우는 소리가 뜸한 것으로 보아 심상치 않소이다."

그때 주방에서 '음식 나왔어요!' 라는 소리가 들렸다. 주인은 우화산에는 절대 오르지 말라는 당부를 하며 음식을 날랐다. 주인의 말이 조금 꺼림칙하기는 했지만 그렇다고 이제 와서 발길을 돌릴 수도, 기다릴 수도 없었다.

"설사 산불이 난다고 해도 그 정도야 능히 피할 수 있겠죠."

소소자의 말에 사도철광도 동의를 했다. 그들은 하룻밤을 객잔에서 쉰 후 건량과 두꺼운 모포를 준비한 채 우화산으로 향했다. 산은 눈으로 보는 거리보다 훨씬 멀었다. 눈 덮인 야트막한 산 두 개를 넘은 후에야 근처에 다다를 수 있었다.

근처라고는 하지만 바위산 하나를 더 넘어야 우화산의 초입에 들어서는 것이기에 아직 한 시진은 더 가야 했다. 눈이 덮인 탓에 바위는 미끄럽고 산길은 험했다. 사천에 자리한 산치고 평이하게 올라갈 수 있는 산은 하나도 없었다. 거기에 옷깃을 사정없이 헤집어놓는 바람은 무공을 익힌 소소자나 사도철광조차도 추위를 느낄 정도였다. 그러니 호미령과 나인현은 오죽하겠는가.

특히 호미령은 소소자가 짊어진 지게 위에서 가만히 있으니 더욱 추울 수밖에 없었다. 소소자는 떨고 있는 호미령을 힐끔거리다가 이내 지게를 내려놓았다.

"안 되겠어요. 그냥 업혀요."

"그러면 불편하시잖아요. 전 꽤, 괜찮아요."

그녀는 추위 때문에 말도 제대로 잇지 못했다.

"빨리 업혀요. 그래야 나도 좀 따뜻하죠."

소소자가 호미령을 업자 사도철광이 지게를 지고 뒤를 따랐다. 푸른 초목이 덮인 우화산 근처에 가면 지게는 다시 필요하기 때문에 버리고 갈 수는 없었다. 한 고개를 넘어 바위로 골이 파진 곳을 지나던 소소자가 갑자기 걸음을 멈췄다.

"왜 그러나?"

사도철광이 물었지만 소소자는 대답없이 바닥을 살폈다. 마치 계곡처럼 생긴 바위의 골 사이에 쌓인 눈은 어지럽게 헤집어져 있었다. 소소자는 다져져서 제법 딱딱해진 눈을 한 움큼 집으며 사도철광에게 물었다.

"여기로 뭔가가 무리 지어 간 것 같은데 어때요?"

사도철광도 소소자와 같은 몸짓을 보이며 고개를 끄덕였다.

"그렇군. 자국이 이처럼 흐트러져 있으니 정확히는 알 수 없지만……."

사도철광의 말을 소소자가 끊었다.

"사람은 아니에요."

그는 손가락으로 한곳을 가리켰다. 곰 형상을 닮은 바위 곁에 커다란 발자국이 찍혀 있었는데 한눈에 봐도 호랑이의 것임을 알 수 있었다. 소소자는 연속으로 세 군데를 가리키며 말했다.

"사슴이나 노루의 것도 있고 곰과 다른 하나는 잘 모르겠지만 여우나 늑대의 것이겠죠. 이런 동물들이 무리를 지어 한곳으로 간 까닭이 뭘까요?"

"글쎄… 먹이와 목숨을 담보로 한 경주가 아니었을까?"

소소자는 한심하다는 듯 사도철광을 보았다.

"처음이나 지금이나 자기 편한 대로 생각하는 것에는 변함이 없다니까."

"그래, 난 그렇다 치고 불편하게 생각하는 자네 생각을 말해 보게."

소소자는 걱정스러운 눈으로 우화산을 보았다.

"그 객점의 주인이 한 얘기, 난 솔직히 그게 좀 불안해요."

"화마 말인가? 설마 그 얘기를 믿는 것은 아니겠지?"

소소자는 고개를 저었다.

"물론 화마의 존재를 믿지는 않아요. 하지만……."

소소자는 짐승들이 지나간 발자국을 보며 말을 이었다.

"산짐승들이 떼를 지어 이곳을 떠났소이다. 사도 영감도 짐승에게는 특별한 감각이 있다는 것은 알고 있겠죠?"

"자네는 이 산중에 사는 모든 짐승이 불안한 예감 때문에 사는 터전을 버리고 줄행랑을 놓았다는 말을 하고 싶은 건가?"

"가능성 중의 하나죠."

"그 외의 가능성은?"

"글쎄요. 달리 생각할 수가 없군요. 사시사철 먹이가 넘쳐 나는 우화산은 풀을 먹는 짐승들에게는 더할 나위 없이 좋은 곳이죠. 당연히 육식 동물에게도 최고의 사냥터고……."

소소자는 잠시 생각하다가 한숨을 쉬었다.

"후~ 모르겠군요."

"솔직히 나도 뭔가 이상하기는 해. 하지만 우리가 선택할 길은 딱 두 가지뿐이야."

사도철광은 우화산 쪽을 가리켰다.

"앞으로 나갈 것인가, 아니면 우리가 온 길을 다시 밟을 것인가. 그러니 답은 이미 나와 있는 것 아닌가?"

"그렇군요. 그래요, 난 가끔 사도 영감이 부러워요."

"뭐가 말인가?"

소소자는 우화산으로 방향을 잡으며 말했다.

"초절정의 경지에 이른 그 단순함이 말이오. 자, 갑시다."

그는 사도철광이 대꾸도 하기 전에 서둘러 걸음을 옮겼다. 바위산을 완전히 넘자 기후는 놀랄 정도로 온화하게 변하기 시작했다. 듬성듬성 자라던 풀들도 몇 걸음 옮기기 전에 푸르름을 사방에 뿌려놓았다.

"이제 지게에 타도 될 것 같은데요."

호미령의 말에 소소자는 아쉬움을 삼키며 호미령을 등에서 내려 지게에 태운 후 다시 짊어졌다. 우화산은 사천에 자리한 여타의 다른 산과는 달리 완만한 경사를 이루고 있었다. 워낙 수풀이 우거진 곳이라 나아가기가 힘들기는 했지만 눈 덮인 바위산보다는 수월했다.

사도철광이 앞장서서 손톱으로 나뭇가지들을 쳐내며 길을 트고 그 뒤를 소소자와 나인현이 차례로 따랐다. 반 시진쯤 오르자 차츰 주위가 안개에 휩싸인 듯 뿌옇게 변했다. 성큼 다가온 더위 때문에 두꺼운 외투를 벗어야 했다.

"이 근처에 온천이 있나 본데?"

사도철광의 말을 증명이라도 하듯 시야를 가린 수풀을 헤치자 크고 작은 웅덩이가 나타났다. 하얀색의 수증기를 피워 올리는 웅덩이는 작은 거품을 터뜨리며 부글부글 끓고 있었다. 소소자는 손에 공력을 모아 물에 담궜다 빼며 말했다.

"상당히 뜨겁군요. 이 정도면 계란도 익겠는데요."

"지열이 대단하다는 뜻이군. 아까부터 생각했던 건데 말이야, 그 객점의 주인이 말한 화마가 혹시 화산은 아닐까?"

소소자는 고개를 저었다.

"그건 아니에요. 주위 어디를 둘러봐도 용암이 흐른 흔적은 보이지 않잖아요. 만약 화산이라면 한눈에 알아볼 수 있죠."

"뭐 하긴 그렇지. 하지만 온천이 있는 것으로 보아 땅속에 화기(火氣)가 있다는 것은 분명해."

소소자는 사도철광을 힐끔 보고 중얼거렸다.

"너무도 당연한 얘기를 뭔가 특별한 것처럼 얘기하시는구려."

"세상을 살면서 당연한 소리만 하고 살기가 얼마나 어려운데. 하긴 자네는 아직 철이 없어서 잘 모르겠지만."

"늙어서 퍽이나 좋겠소이다. 빨리 앞장서시오. 이렇게 가다가는 영락없이 야영을 해야겠소이다."

사도철광은 웅덩이 사이에 난 작은 길을 밟으며 말했다.

"자네의 그 짧은 다리가 부지런히만 움직여 준다면 그럴 일은 없을걸세."

소소자는 사도철광의 등을 째려볼 뿐 대꾸하지 않았다. 여기까지 와서 사소한(?) 일로 힘을 낭비하기에는 이번 일이 너무도 중요했다. 웅덩이 사이로 난 검은색에 가까운 바위를 밟으며 가던 그들은 마침내 뜨거운 호수를 볼 수 있었다. 아니, 볼 수 있는 것은 호수가 아닌 거대한 안개 덩어리뿐이었다. 온천에서 피어 오르는 수증기가 그 근처를 온통 뒤덮고 있었기 때문에 실체는 구경조차 할 수 없었다. 분명한 건 저 안개 덩어리가 지도에 표기된 두 개의 온천 중 하나라는 것이다.

안개 덩어리는 지름이 오 리에 이를 정도로 거대했다. 마치 살아서 꿈틀대는 괴수를 보는 것 같았다. 가까이 갈수록 그 큰 온천에서 뿜어져 나오는 수증기 때문에 시야는 달빛 없는 밤만큼이나 짧아졌다.

"이대로 가기에는 좀 불안한걸. 보이는 것이 없으니 자칫 온천에라도 빠지는 날에는 큰일이 아닌가?"

"그렇지만 돌아가기에는 너무 먼 길 아니오."

그들은 서로의 얼굴도 보지 못한 채 하얀 안개에 대고 말을 주고받았다.

"할 수 없군. 호수를 돌아가는 수밖에. 여기서 잠시 기다리게나."

"또 무슨 엉뚱한 일을 벌이려고 그러시오?"

대답없이 어디론가 간 사도철광이 돌아오는 소리가 들리더니 이내 두 개의 나뭇가지가 불쑥 앞으로 내밀어졌다.

"혹시 모르니 이걸 잡고 오게."

"내가 엄마 따라 시장 가는 어린앤 줄 아시오?"

소소자는 궁시렁거리면서도 사도철광이 내민 나무막대를 잡고 나머지 하나를 나인현 쪽으로 내밀었다. 그들은 서로서로 나무막대를 잡고 하얀 세상 속을 헤쳐 나갔다. 수증기 때문에 한 치 앞도 볼 수 없는 상황에서 믿을 사람은 오직 사도철광뿐이었다. 이런 안개 속에서는 무공을 익혀 눈이 밝은 것은 전혀 도움이 되지 않았다.

"사도 영감, 제대로 가고 있는 것이오?"

"자네나 나나 보이지 않는 것은 마찬가지인데 낸들 어떻게 알겠나?"

안개 너머에서 들려온 말은 소소자의 이마에 핏대를 서게 만들었다.

"지금이 어떤 상황인데 그런 말을 하는 거요? 사도 영감 손에 네 사람 목숨이 달려 있다는 것을 잊지 마시오!"

"자네도 그걸 알고 있었구만. 그러니 헷갈리게 말시키지 말고 조용히 따라오기나 하게."

"제길, 우리 목숨줄을 쥐고 있다고 큰소리치는군."

소소자는 사도철광과 나인현이 연결된 나무막대에 신경을 곤두세우며 조심스런 걸음을 내디뎠다. 한 발자국씩 뗄 때마다 지열에 약해진 바위들이 가루처럼 부서졌다. 그 느낌이 꼭 단단한 모래를 밟는 것 같았다.

사도철광은 가다가 멈추기를 반복하며 지루하도록 느린 속도로 움직였다. 소소자는 답답하긴 했지만 그런 사도철광을 채근할 수는 없었다.

"이건 마치 굼벵이 놀이를 하는 것 같군."

그의 투덜거림이 막 끝났을 때였다. 갑자기 나인현과 연결된 나무막대가 아래로 처지면서 짧은 비명 소리가 들렸다.

"어멋!"

순간적으로 당겨지는 힘에 중심을 잃은 소소자의 몸이 아래로 주르륵 미끄러졌다. 사도철광에게 기대를 해보았지만 무방비 상태에서 당겨지는 세 사람의 몸무게를 지탱하기에는 역부족이었다. 발바닥에 닿는 땅의 감촉은 순식간에 사라지고 추락의 느낌이 온몸으로 전해졌다. 그의 뇌리에 떨어지는 곳이 온천이 아니었으면 하는 바램이 스쳤다. 그리고 낙하의 멈춤은 시작할 때만큼이나 빨리 찾아왔다. 사도철광과 연결된 나무막대가 그의 추락을 막은 것이다. 여전히 짙은 안개 때문에 주위를 볼 수 없었지만 허공에 대롱대롱 매달려 있는 것만은 분명했다. 양쪽 손에 나무막대를 쥐고 있어서 앞에 무엇이 있는지조차 확인할 수 없었다.

"이봐, 괜찮아?"

사도철광이 위에서 큰 소리로 물었다.

"우린 괜찮아요!"

그는 대답을 하고 고개를 떨어뜨렸다.

"나 소저! 다친 곳은 없소?"

"네, 전 괘, 괜찮고 저 때문에 미안해요."

이런 상황에서도 사과를 하다니 예의 바른 처자임에는 분명했다. 술만 먹지 않는다면…….

"당신 잘못이 아니오."

그는 사도철광을 향해 소리쳤다.

"사도 영감! 전서구는 잃어버리지 않았소?"

"내 목에 얌전히 걸려 있으니 걱정 말게!"

소소자가 다시 물었다.

"우리가 얼마나 떨어진 것이오?"

"글쎄, 내가 있는 곳에서 지면까지 한 삼 장 정도 될 거야. 그런데 문제는…….

갑자기 몸이 아래쪽으로 주춤 내려가더니 멈추었다.

"왜 그래요?"

사도철광의 힘겨운 목소리가 들렸다.

"이곳 바위가 너무 약해서 자네들 무게를 감당할 수 없어! 우리에게 주어진 시간이 많지 않다는 얘기야! 느껴지는 열기로 봐서는 바로 아래가 온천인 것 같은데…….

"알고 있으니 겁주지 마시오!"

허공에 매달린 순간 피부에 전해오는 느낌으로 알 수 있었다. 이곳에서 빠져나가는 방법은 한 가지밖에 없었다. 밑에 있는 사람부터 한 사람씩 올라가는 것이다. 사도철광이 잡은 바위가 단단하다면 한꺼번에 위로 끌어 올릴 수도 있겠지만, 자칫 무리하게 힘을 주다가는 여기 있는 모두의 껍데기가 홀랑 벗겨지는 사태가 발생할 수도 있었다. 그 것은 사도철광도 알고 있을 것이다.

소소자는 용케 지게에서 떨어지지 않은 호미령의 안위를 살핀 후 나인현에게 말했다.

"나 소저, 올라올 수 있겠소?"

"노력은… 해볼게요."

힘겨운 목소리부터가 혼자 올라오기에는 가능성이 없어 보였다.

"그냥 움직이지 말고 가만히 있어요. 내가 셋을 센 후 땅 위로 던질 테니 마음의 준비를 하시오. 낙법 정도는 할 수 있겠죠?"

"네."

하긴 지금으로써는 낙법을 익히지 않았어도 던질 수밖에 없었다. 가장 큰 문제는 나인현이 떨어질 위치인데…….

'제발 땅 위로 무사히 떨어지길 바라는 수밖에.'

소소자는 크게 숨을 들이켜 호흡을 가라앉혔다.

"이봐! 하루 종일 이러고 있을 수는 없어!"

위에서 사도철광의 다급한 목소리가 들렸다.

"자, 그럼 셉니다! 하나!"

땀으로 흥건해진 손바닥이 유난히 미끄럽게 느껴졌다.

"둘!"

팔의 근육이 긴장으로 팽팽하게 당겨졌다.

"세……!"

숫자가 채 세어지기도 전에 갑자기 막대를 쥔 손에 무게가 사라졌다. 그리고 이어서 들리는 나인현의 비명!

"아악―!"

놀란 소소자는 사도철광과 연결된 나무막대조차 놓칠 뻔했다.

"나 소저! 나 소저!"

대답없는 그의 부름만이 안개를 헤집어놓았다.

"이봐! 어떻게 된 거야?"

"나 소저가 떨어졌어요!"

소소자는 계속 나인현을 불렀다. 물에 빠지는 소리가 나지는 않았지만 그것이 나인현의 안전을 의미하는 것은 아니었다.

"나 소저―!"

그의 긴 부름 끝으로 나인현의 목소리가 들려왔다.

"전… 여기 있어요!"

소소자는 가슴을 쓸어 내리며 물었다.

"어디요? 다치지는 않았소?"

"…다친 곳은 없어요. 절벽에 매달려 있는데… 얼마 버티지 못할 것 같아요!"

그녀의 목소리는 힘겨워하는 기색이 역력했다.

"조금만 버텨요! 금방 구해줄 테니까!"

소소자는 지게에 앉아 있는 호미령에게 말했다.

"아무래도 혼자 올라가야겠소."

호미령이 걱정스럽게 물었다.

"어떻게 하시려고요?"

"나 소저를 구하려면 호 소저가 없는 편이 안전할 테니 사도 영감과 먼저 위로 올라가시오."

소소자는 호미령의 대답도 듣지 않고 사도철광에게 말했다.

"사도 영감! 호 소저를 올려보내면 어떻게든 안전하게 땅 위로 올라가야 하오이다!"

"호 소저에게 막대를 잡으라고 하게. 사람 하나 무게 정도는 감당할 수 있을 것 같으니까."

소소자는 보이지도 않는 호미령을 향해 웃음을 지어 보였다.

"들었죠? 내 어깨를 밟은 후 내가 잡고 있는 막대를 잡으면 돼요. 어렵지 않으니 충분히 할 수 있을 것이오."

어렵지 않다고 하기는 했지만 절벽에 매달린 상황에서 여인이 하기에는 상당히 위험한 모험이었다.

"무사하셔야 해요."

"소저 눈을 고치기 전에는 죽지 않을 테니 염려 마시오."

"제 눈은 상관없어요. 그러니 부디 몸조심하세요. 꼭……."

그녀는 무슨 말인가를 하려는 듯 잠시 머뭇거리다 이내 움직이기 시작했다. 지게에서 일어서는 단순한 동작임에도 불안할 정도로 흔들렸다.

"천천히… 침착하게 움직여요."

소소자는 마치 자신을 타이르듯 말했다. 그의 머리를 짚은 손이 팔을 타고 위로 올라갔다. 휘청휘청 하는 것이 금방이라도 아래로 떨어질 것만 같았다. 용케 중심을 잡은 호미령은 이윽고 막대를 움켜쥐었다.

소소자는 나인현과 연결되어 있던 막대를 앞으로 찔러 벼랑과의 거리를 쟀다. 손을 다 뻗기 전에 벼랑의 감촉이 느껴지는 것으로 보아 다섯 자는 넘지 않았다.

"꽉 잡고 있어요."

당부를 한 소소자는 막대를 버리고 심호흡을 했다. 멀지는 않았지만 힘을 받쳐 줄 곳이 없는 허공에서는 쉬운 거리가 아니었다.

"양손으로 꽉 잡고 있나요?"

"네, 제 걱정은 마세요."

"좋아요. 그럼 전 갑니다."

소소자는 말이 끝남과 동시에 앞으로 몸을 날렸다. 손가락을 새 발 모양으로 세우고 팔을 앞으로 쭉 뻗자 손가락 끝에 단단한 촉감이 전해졌다. 그는 팔과 다리에 힘을 주고 절벽에 최대한 몸을 밀착시켰다. 몸이 힘없이 아래로 주욱 밀려 내려가더니 손에 튀어나온 돌멩이가 잡혔다. 푸석푸석한 것이 불안하기는 했지만 잠깐이라도 매달리게 할 정도의 힘은 있었다.

"괜찮나?"

위에서 사도철광의 물음이 들려왔다.

"전 됐으니 빨리 호 소저를 데리고 빠져나가시오!"

소소자는 주변을 더듬어 붙잡을 만한 곳을 찾으며 나인현에게 소리쳤다.

"나 소저! 어디에 있소?"

"이쪽이에요! 잡고 있는 바위가 점점 부서져요!"

목소리가 들린 방향은 약간 오른쪽이었고 거리는 이 장이 넘지 않는 것 같았다. 소소자는 단단한 바위를 찾아 손과 발을 놀리며 아래로 내려갔다. 절벽은 마치 모래로 만들어진 것처럼 쉽게 부서져 최대한 빨리 다른 곳을 찾아 움직여야 했다. 거리가 가까워졌다고 느껴질 때쯤 발 바로 아래쪽에서 목소리가 들렸다.

"여기… 예요."

"조금만 기다려요. 곧 구해줄 테니."

벼랑은 아래로 내려갈수록 완만한 형태로 되어서 나인현이 완전히 떨어지는 것을 막을 수 있었다. 바로 곁에 다가서서야 비로소 흐릿한 나인현의 얼굴을 볼 수 있었다. 소소자는 일단 주변에서 가장 단단한 곳에 몸을 밀착시키고 말했다.

"지게 위에 올라탈 수 있겠소?"

그녀는 '네'라고 대답한 후에도 잡고 있는 바위를 쉽게 놓지 못했다. 나인현의 얼굴에는 두려워하는 빛이 역력했다.

"침착하게 해요. 우리는 살 수 있으니까."

소소자는 '우리'라는 말로 나인현과 자신이 함께임을 강조했다. 하나보다는 둘이라는 숫자가 두려움을 떨치기에는 더욱 좋았고 그 때문인지 나인현이 천천히 움직이기 시작했다. 부들부들 떨리는 손이 소소자가 메고 있는 지게의 위쪽 튀어나온 부분을 잡으려 할 때 나인현이 급작스럽게 아래쪽으로 미끄러졌다. 소소자는 황급히 떨어지는 나인현을 향해 손을 내밀었다.

턱!

소소자는 아슬아슬하게 나인현의 팔목을 잡을 수 있었다. 거의 본능적으로 내민 손에 잡혔으니 운이 좋았다고밖에 볼 수 없었다.

"으으으……."

나인현은 안간힘을 쓰며 두 손으로 소소자의 팔을 움켜잡았다. 소소자는 나인현을 최대한 끌어 올렸고 간신히 지게에 태울 수 있었다. 한 사람의 무게가 더해진 탓에 비슬거리는 절벽을 오르기는 더 어려워졌다. 무게를 버틸 튀어나온 돌멩이를 찾는 데만도 한참의 시간이 걸렸다.

"소 의원! 어떻게 됐나?"

사도철광의 외침이 위에서 들렸지만 대답할 수가 없었다. 소리를 지르기 위해서는 그만큼의 힘이 몸에 더 들어가야 하기 때문이다. 속도 모르는 사도철광이 다시 소리쳤다.

"소 의원! 무사한 거야! 대답을 해! 대답을!!"

소소자는 다 죽어가는 노인네처럼 천천히 움직이며 이를 갈았다.

'저놈의 영감탱이는 남의 속도 모르고!'

그는 욕이라도 퍼붓고 싶은 것을 참으며 손발을 놀렸다.

"미안해요. 저 때문에… 괜찮으세요?"

이제는 나인현까지 가세를 해서 그의 말을 끌어내려 했다. 그의 대꾸가 없자 그녀가 다시 말을 시켰다.

"힘드시면 제가 내릴게요. 어쩌면 저 혼자 힘으로 올라갈 수 있을지도 몰라요."

'이제는 아주 쌍으로 날 죽이려고 드는군. 올라가서 보자!'

하품이 나올 정도로 느린 움직임에도 불구하고 소소자는 절벽 끝에 손을 얹을 수 있었다.

"끄응—!"

한껏 힘을 써서 한 번에 몸을 올린 소소자는 절벽 위에 나동그라졌다. 지게 위에 있던 나인현이 거칠게 땅으로 넘어지기는 했지만 그런 것에 상관하고 싶지 않았다. 사도철광이 올라오는 기척을 들었는지 숨을 몰아쉬는 그에게 다가왔다.

"무사하면 그렇다고 대답을 해야 할 것 아닌가? 사람을 이처럼 걱정을 시키다니! 위에서 안절부절못하는 사람 생각을 하긴 한 건가? 자네가 떨어진 줄 알고 놀란 것을 생각하면 지금이라도 여기서 자네를 밀어버리고 싶군! 그래, 나야 그렇다고 하지만 말도 못하고 발만 동동 구른 호 소저 심정은 어떠했겠는가? 자네는 정말 남 생각은 병아리 눈물만큼도 않는 사람이구먼!"

사도철광은 대꾸할 시간도 주지 않고 숨 쉴 틈 없이 쏘아붙였다. 소소자는 안개 너머 그곳에 있을 사도철광 쪽을 보면서 긴 한숨을 내쉬었다. 이제 와서 그때의 그 상황을 길게 설명해 봤자 무슨 소용이겠는가? 말을 해봤자 미안하다고 사과할 사도철광도 아닌 것을.

소소자는 한숨 섞인 목소리로 말했다.

"그만 하고 빨리 가기나 합시다."

그들은 서로의 옷깃을 잡고 길을 헤쳐 나갔다. 안개의 바다를 빠져나오는 데는 그 후로도 두 시진이나 더 걸렸다. 안개가 완전히 걷히자 소소자는 네 사람이 앉을 수 있는 평평한 바위에 자리를 잡고 나인현에게 말했다.

"지도를 다시 한 번 확인합시다."

소소자는 나인현이 꺼낸 지도를 살피다가 산 정상을 가리켰다.

"저기에 있는 학처럼 생긴 바위가 보이지요?"

소소자의 손가락 끝에 걸린 바위는 산꼭대기에서 약간 좌측 아래쪽에 자리해 있었다. 푸른 수목 사이에 우뚝 솟아 있어서 더욱 똑똑히 보였다.

"저 바위의 아래쪽에 있는 동굴이 우리가 가야 할 곳입니다. 두 시진에서 길어야 세 시진 후면 도착할 수 있을 겁니다."

소소자가 설명을 하는 사이 사도철광이 건량을 꺼내 바닥에 펼쳤다.

"엎어진 김에 쉬어간다고 자리를 잡았으니 여기서 요기를 하도록 하지."

사도철광은 허리에 찬 호리병 두 개 중 하나를 나인현에게 내밀었다.

"물이니 호 소저와 나눠 마시게. 나와 소 의원은……."

그는 나머지 하나의 마개를 따며 말을 이었다.

"술로 목을 축일 테니."

나인현이 호리병을 건네받아 뚜껑을 열었다. 사도철광은 양고기를 말린 건량을 입에 넣은 후 술을 한 모금 들이켰다. 잠시 우물거리던 사도철광이 기겁을 하며 소리쳤다.

"잠깐!"

건량을 입으로 가져가던 소소자가 화들짝 놀라며 물었다.

"왜 그러시오?"

사도철광은 나인현이 막 마시려고 하던 호리병을 재빨리 나꿔챘다.

"병이 바뀌었어. 하마터면 험한 꼴을 당할 뻔했군."

"이 영감이 누굴 죽이려구! 그런 건 관리를 잘해야지요!"

"내가 일부러 그랬나?"

사도철광은 중얼거리듯 변명을 한 후 주위를 둘러보며 고개를 갸웃거렸다.

"그런데 좀 이상하지 않나?"

"뭐가 말이오?"

"주위가 너무 조용해."

사도철광의 말대로 숲 속은 마치 깊은 심연처럼 적막에 싸여 있었다. 그 흔한 새소리조차 들리지 않았다. 바람이 비켜간 산은 고요를 머금은 채 그들을 감싸 안았다.

"뭔가 이상해."

사도철광은 불안한 음성으로 뇌까렸다.

"영감! 이상한 분위기 조성하지 마시오! 산중이니 당연히 조용할 수밖에!"

소소자는 애써 커다란 소리로 말했지만, 사실 그도 몸을 감싸는 본능적인 긴장을 느끼고 있었다.

"서두르는 것이 좋을 것 같군."

사도철광은 마시던 술병의 뚜껑을 닫으며 말했다. 소소자도 군소리 없이 건량을 주워 담은 후 자리에서 일어섰다. 바위를 내려온 그들은 빠른 걸음으로 산을 오르기 시작했다. 갖가지 넝쿨과 나뭇가지들을 쳐내며 가는 길은 흡사 밀림을 뚫고 지나가는 것만 같았다.

쫘악! 쫘악!

사도철광이 장애물을 걷어내는 단조로운 소리만이 그들을 스치고 지나갔다. 침묵의 시간은 산의 중턱에 다다를 때까지 계속되었다. 모두들 뭔지 모를 불안에 쫓겨 허덕거리는 걸음을 옮기고 있었다. 한 시진 남짓 강행군을 하자 나인현이 점점 뒤처지기 시작했다. 지금까지 길도 없는 가파른 산을 쉼없이 올라온 것도 대견한 일이었다.

"사도 영감, 잠시 쉬었다 갑시다."

소소자가 뒤도 돌아보지 않고 가는 사도철광에게 말했다. 사도철광은 고개를 돌리더니 땀에 흠뻑 젖은 나인현을 보고 걸음을 멈췄다.

"그럴까? 어디 쉴 만한 곳을……."

주위를 두리번거리던 사도철광은 얼굴을 딱딱하게 굳히고 지게를 내려놓으려는 소소자에게 물었다.

"이봐, 뭐 못 느꼈나?"

"뭘 말이오?"

"진동 말이야. 미약하기는 하지만 분명 땅이 흔들린 것 같은데……."

주위를 둘러본 소소자가 핀잔을 줬다.

"거 노친네가 걱정은 많아가지고. 대체 뭐가 느껴진다고……."

우우웅―!

벌 떼의 날갯짓 같은 소리와 함께 땅이 부르르 떨렸다. 나뭇가지들이 산들바람에 흔들리는 것 같은 작은 움직임을 보인 진동은 매우 짧았지만 그들을 긴장시키기에 충분했다. 소소자와 사도철광은 심상치 않은 시선을 교환했다. 뭔지 모르지만 좋지 않은 일이 일어날 것 같은 조짐이 보이기 시작했다. 소소자의 뇌리에 객잔의 주인이 말했던 '화마' 라는 단어가 빙글빙글 맴돌았다.

"최대한 빨리 올라가는 것이 좋겠소이다."

소소자는 내려놓으려던 지게를 단단히 추슬렀다.

바로 그때!

콰아앙―!

산 아래쪽에서 고막을 찢을 것 같은 굉음이 들려왔다. 그들은 놀란 시선을 뒤쪽으로 돌렸다. 그들이 지나쳤던 안개의 가장자리 한곳에서 거대한 불기둥이 솟아오르는 것이 보였다. 화염의 소용돌이 같은 불기둥은 이십여 장을 솟구친 후 수만 개의 작은 불덩이로 쪼개져서 사방으로 퍼졌다. 그 여파로 안개 주위는 순식간에 불바다로 변해 버렸다. 뜨거운 기운이 그들에게까지 느껴질 정도였다.

사나운 폭발은 한 번으로 끝나지 않았다. 안개 주변으로 동시에 네 개의 불기둥이 솟아올랐다. 안개와 불, 연기가 만들어낸 모습은 다시 볼 수 없을 정도로 장엄한 광경이었다. 자욱하게 피어 오르는 안개와 연기는 그대로 대해가 되었고 그 가운데서 솟아오르는 불기둥은 흡사 바다 한가운데서 솟구치는 붉은 용오름을 보는 듯했다. 거기에 산을 일(一) 자로 쪼개서 위로 거세게 올라오는 불길은 성난 해일과 같았다.

인간이 도저히 만들어낼 수 없는 엄청난 광경이 그들 눈앞에 펼쳐지고 있었다. 하지만 그들에게는 그것을 구경하고 있을 여유가 없었다.

콰르르─ 쾅!

산 아래쪽에서부터 연쇄적으로 폭발하는 불기둥은 빠른 속도로 정상을 향해 돌진해 왔다. 가장 먼저 정신을 차린 사도철광이 소리쳤다.

"빨리 뛰어!"

화들짝 놀란 소소자가 호미령에게 '단단히 잡으시오!' 라는 경고를 보낸 후 정상을 향해 몸을 날렸다. 사도철광도 부랴부랴 움직이는 나인현을 나꿔채다시피 업고 소소자의 뒤를 따랐다. 사나운 굉음을 터뜨리며 솟구치는 불기둥은 굼벵이 같은 그들을 비웃듯 거세게 위쪽으로 치달았다. 터지는 속도가 가까워질수록 땅의 흔들림도 커져서 중심을 잡기가 힘들 정도였다.

날카로운 가시 덩굴과 뾰족한 바위들이 소소자의 얼굴과 다리 여기저기에 상처를 냈다. 하지만 지금은 그런 작은 상처에 마음을 쓸 겨를이 없었다. 설령 살점이 뜯기고 뼈가 부러진다 해도 최소한 저 불기둥의 한복판에 던져지는 것보다는 나았다.

'쾅!' 소리와 함께 엄청난 열기가 느껴졌다. 소소자는 뒤로 돌아보고 욕설을 내뱉었다. 거대한 불기둥이 솟아오른 곳은 불과 백여 장 뒤쪽이었다.

불기둥은 너무도 빨리 그들을 뒤쫓고 있었다. 도망가는 속도는 다가

오는 속도에 비해 턱없이 느렸다. 그렇다고 앞으로 나아가는 것을 포기할 수는 없었다. 소소자는 주춤했던 걸음에 다시 박차를 가했다. 그때.

"위험해!"

사도철광의 다급한 경고성이 울리면서 쐐애액ㅡ! 하는 소리가 뒤통수로 빠르게 다가왔다. 뒤를 돌아본 소소자에게 커다란 불덩이가 덮쳤다.

"헙!"

소소자는 왼쪽으로 몸을 날리며 떨어지는 호미령을 받아 가슴에 안았다. 얼굴을 화끈하게 만드는 화기가 곁을 스치고 지나갔다.

쿠웅!

뿌리째 뽑혀 불이 붙은 나무는 소소자의 곁을 스쳐 근처 나무 십여 그루를 뭉개 버렸다. 불길은 저 아래쪽에서 단숨에 공간을 격하고 그들을 덮쳤다. 주위는 금세 뿌연 연기로 뒤덮였다.

"쿨룩! 쿨룩!"

호미령과 나인현이 동시에 마른기침을 터뜨렸다.

"빨리 움직이게!"

사도철광이 외침과 함께 땅을 박찼다. 소소자도 호미령이 다칠까 봐 가슴에 꼭 품고 사도철광의 뒤를 따랐다. 굉음이 한 번씩 울릴 때마다 그들 주위로 불덩이들이 떨어졌다. 크고 작음의 차이는 있었지만 맞으면 생명이 위험하다는 것에는 차이가 없었다.

소소자와 사도철광은 바람을 가르는 소리만으로 날아오는 불덩이들을 피해야만 했다. 뒤를 돌아보며 움직일 정도로 여유있는 길이 아니었다. 그들은 어느새 자욱한 연기와 활활 타오르는 화염에 휩싸여 버렀다. 호미령과 나인현이 숨넘어갈 것 같은 기침을 토해냈지만 지금으로써는 그녀들의 고통을 없애줄 방법이 없었다.

그들은 화르륵거리며 노랗고 붉은 혀를 날름거리는 불길을 피해 이리저리 내달렀다. 사방 어디에도 연기와 불길이 없는 곳이 없었다. 산정을 향해 무작정 발길을 잡기는 이미 틀린 상태였다.

앞에서 줄기차게 움직이며 길을 트던 사도철광이 멈춰 섰다.

"왜 그러시오?"

입을 옷깃으로 막은 소소자는 정확하지 않은 발음으로 물었다. 역시 뜯은 옷소매로 입을 막은 사도철광이 앞쪽을 턱으로 가리켰다.

"이쪽으로는 도저히 못 가겠어!"

사도철광의 말대로 앞은 이미 이글거리는 불길로 막혀 있었다. 삼장 높이까지 치솟은 불길 때문에 그 너머가 어떤 상황인지 알 수조차 없었다. 그들이 온 길을 제외하고는 삼 면이 모두 불길에 막힌 상태였다. 타닥거리며 거세게 번지는 불길은 금세 그들의 살갗을 벌겋게 달궈놓았다.

"돌아가는 길을 찾아보자구!"

소소자는 말을 하고 돌아서는 사도철광을 잡았다.

"그럴 수는 없어요! 우리가 온 길도 이미 막혔을 거라구요!"

"하지만……!"

반박을 하며 그들이 지나온 곳을 본 사도철광의 눈에 절망이 스쳤다. 그곳은 이미 불길에 잠식되어 붉은색의 춤을 너울대고 있었다. 사위 어디에도 그들이 빠져나갈 곳은 보이지 않았다. 설사 바퀴벌레로 변한다 하더라도 살아남을 가능성은 전무(全無)했다.

호미령과 나인현의 피부는 벌겋게 달아올라 점점 물집이 잡히기 시작했다. 조금 있으면 회복할 수 없는 화상을 입을 것이다. 하긴 이미 죽음의 철퇴가 정수리에 닿아 있는데 그게 무슨 상관이겠는가? 그녀들은 이미 의식을 잃었는지 기침조차 내뱉지 않았다.

각자 호미령과 나인현을 품에 안은 그들은 서로 등을 맞대고 제자리를 돌며 빠져나갈 곳을 찾았다. 불길이 삼 장 가까이까지 다가와서 눈을 뜨기조차 힘들었다.

쾅!

아주 가까운 곳에서 불기둥이 치솟았는지 땅이 심하게 흔들리며 우박 같은 불덩이가 쏟아졌다. 소소자와 사도철광은 죽음이 턱밑에 이른 순간에도 호미령과 나인현을 보호하기 위해 그녀들을 끌어안고 땅에 납작 엎드렸다. 그리고 다시 이어지는 폭발음!

그것은 마치 그들의 머리 위에서 터진 것처럼 크게 울렸다.

'죽음을 알리는 소리치고는 너무 요란하군.'

소소자의 생각 뒤로 갑자기 몸이 아래로 쑤욱 꺼졌다. 그것은 절벽에서 떨어지던 느낌과 흡사했고 실제로 그들은 아래로 떨어지고 있었다. 소소자는 갑자기 찾아온 어둠과 함께 등에 극심한 통증을 느꼈다. 한번의 아픔 뒤로 다시 추락이 찾아왔다. 어떻게 된 영문인지 알 수 없지만 소소자는 몸의 균형을 잡기 위해 정신을 집중했다. 최소한 앞쪽으로 떨어져서 호미령이 납작하게 눌리는 사태는 막아야 했다.

오무린 발끝에 감촉이 느껴진 순간 무릎에 힘을 빼며 몸을 둥글게 말았다. 완전한 절벽은 아닌 듯 소소자는 정신없이 아래로 굴러 떨어졌다. 바닥이 돌로 되어 있는 듯 날카로운 통증이 온몸을 헤집었다. 이대로 조금만 더 구르면 살과 뼈가 뒤섞여 걸레처럼 너덜너덜해져 버릴 것 같았다.

하지만 다행히도 급격한 경사는 그리 오래 이어지지 않았다. 속도가 점점 느려진다고 느낀 순간 소소자는 발끝의 힘을 모아 벌떡 일어서서 주춤주춤 중심을 잡았다. 가시 몽둥이로 전신을 후려치는 듯한 고통의 잔재가 괴롭기는 했지만 살아남은 것이 먼저였다. 그는 머리를 흔들어 흐트러진 정신을 맑게 한 후 주위를 둘러보았다.

어둠이 시야를 완전히 가로막아 아무것도 보이지 않았다. 그는 먼저 호미령의 안전부터 살폈다. 손을 더듬거려 경동맥을 찾아 진맥을 한 소소자는 안도의 한숨을 내쉬었다. 충격 때문에 정신을 잃기는 했지만 맥박은 꾸준히 뛰고 있었다. 소소자는 호미령을 바닥에 내려놓고 사도철광을 찾았다.

"사도 영감! 사도 영감, 어디 있소!"

수십 개로 변한 그의 목소리 뒤로 큰 진동이 찾아왔다. 소소자는 호미령의 몸 위로 납작하게 엎드렸다. 등과 허리에 둔중한 충격이 전해졌지만 큰 부상을 입을 정도는 아니었다. 지하인 것 같은데 안전한 곳이 아님에는 분명했다. 그가 다시 사도철광을 부르려 할 때 위쪽에서 목소리가 들려왔다.

"소 의원, 괜찮은가?"

"사도 영감!"

치이익―! 하는 소리와 함께 파란 불빛이 눈을 부시게 했다. 이 장 정도 위쪽의 급격한 경사면에서 사도철광이 등을 대고 누워 있는 것이 보였다. 경사면 틈에 발을 대고 있기는 했지만 위태위태한 모습이었다.

"다친 곳은 없소?"

"난 괜찮은 것 같네, 난 소저가 걱정이지."

사도철광은 나인현을 품에 안고 미끄럼을 타듯 아래로 내려왔다. 소소자는 황급히 사도철광에게 다가가 나인현을 받아서 바닥에 눕힌 후 맥을 짚었다.

"휴~ 나 소저도 무사하군요. 둘 다 충격 때문에 정신을 잃은 것뿐입니다."

"다행이군. 천만다행이야."

가슴을 쓸어 내린 사도철광은 화섭자를 움직여 주위를 둘러보았다. 그들이 있는 곳은 종유석들이 즐비하게 늘어선 동굴이었는데 폭이 삼 장에 달하고 높이가 무려 오 장에 이르는 어마어마한 크기였다. 벽을 타고 흐르는 물이 여기저기에 작은 내를 만들어 흐르고 있었다.

"운이 좋았군. 땅이 무너져 이런 곳에 떨어지다니."

사도철광은 그들이 떨어진 절벽 같은 곳으로 화섭자를 옮겼다. 그들이 있는 곳은 동굴의 끝이었는데 그 위쪽으로 급격하게 경사를 이루고 있었다. 지반이 약한 곳이 무너지면서 동굴과 지상으로 구멍이 생긴 것이다. 반듯하게 뚫렸으면 모를까 비스듬하게 구멍이 난 상태라 위쪽을 볼 수는 없었다.

"일단 이곳에서 기다렸다고 불길이 잠잠해지면 위로 탈출을 시도해 보는 것이 좋겠군."

"지금으로써는 그것이 최선의 방법이지만 문제는 식량이군요. 객잔 주인의 말로는 불길이 백 일 밤낮을 타오른다고 하던데 우리가 가진 건량으로는 보름을 버티기도 힘들잖소."

"그건 산 전체를 두고 하는 말이겠지. 우리가 떨어진 곳 주위에 백 일이나 탈 나무가 있겠는가?"

"하긴 그렇군요."

소소자는 한숨을 내쉰 후 벽에 등을 기대고 주저앉았다.

"아이고! 오만 삭신이 다 쑤시는군. 별 지랄 같은 산을 만나서 고생을 하는구먼."

그는 투덜거리며 품에서 약과 붕대가 든 주머니를 꺼냈다.

"어디 긁힌 데는 없소?"

"왜 없겠나? 멀쩡한 가죽보다 찢어져서 너덜너덜한 가죽이 더 많을 지경이네."

"나이 꽤나 먹은 양반이 엄살은… 옷 벗어보시오."

소소자는 핀잔을 주면서도 사도철광의 상처에 금창약(金瘡藥)을 발라주었다. 상체고 하체고 할 것 없이 찢긴 상처로 범벅이 되어 있었다. 상처가 없는 곳이 가슴뿐인 것을 보면 나인현을 보호하기 위해 무던히도 애를 쓴 모양이다. 자신의 상처까지 대충 치료한 소소자가 생각난 듯 물었다.

"전서구는 어떻게 됐소?"

그제야 전서구에 생각이 미친 듯 괜히 주위를 두리번거린 사도철광은 손을 휘휘 저었다.

"이런 상황에서 어떻게 전서구를 챙기겠나? 한목숨 산 것도 기적 같은 일인데."

하긴 전서구를 잃어버렸다고 사도철광을 탓할 수는 없었다.

"큰일이군요. 만일 우리가 탈출하지 못한다면 주적자가 유일한 희망인데 알릴 길이 없으니……."

사도철광은 그들이 떨어진 곳을 보며 말했다.

"그렇기는 하지만 떨어질 때 느낌으로 보아서 탈출하기가 불가능하지만은 않을 것 같더군."

그건 소소자도 같은 생각이었지만 이런 곳에서는 언제나 변수가 있기 마련이었다.

　"일단 두 소저부터 깨우는 것이 좋겠군."

　"그렇게 하죠. 물병 좀 주시구려."

　허리를 만지던 사도철광이 머쓱한 표정으로 말했다.

　"그것도 박살이 났는데."

　"제길 멀쩡한 것이 하나도 없군."

　투덜거린 소소자는 바닥에 흐르는 물을 손에 담은 후 그 속에 속명단(速命丹)을 으깨서 호미령과 나인현의 입에 넣어주었다. 목젖을 몇 번 만져 주자 약물은 쉽게 그녀들의 목구멍을 타고 넘어갔다.

　속명단은 이름만큼이나 그녀들을 빨리 깨어나게 만들었다. 먼저 정신을 차린 사람은 나인현이었다. 그녀는 주위를 둘러보며 잔뜩 인상을 찡그렸다. 아픈 곳이 많은 듯 몸 여기저기를 만지며 입을 열었다.

　"여기가 어디죠?"

　그녀의 물음에 소소자가 대답했다.

　"땅속에 있는 동굴이라는 것밖에 우리도 아는 것이 없소."

　소소자와 사도철광, 이제 막 깨어나기 시작한 호미령을 보는 나인현의 얼굴에 안도가 스쳤다.

　"다행히 모두들 무사해 보이는군요."

　"아직까지는……."

　소소자는 몸을 일으키는 호미령에게 다가갔다.

　"어떻소? 움직일 만하오이까?"

　"네. 그런데 이곳은……?"

　나인현과 같은 물음에 소소자는 같은 대답을 해주었다.

"일단 이곳에서 몸을 추슬렀다가 위가 잠잠해지면 그때 탈출을 시도해 봅시다."

소소자의 말이 끝나자마자 굉음과 함께 중심을 잡기 힘들 정도의 진동이 찾아왔다. 이전에 느꼈던 것과는 비교도 할 수 없을 정도의 충격이었다. 천장에 매달린 종유석들이 불안하게 흔들리더니 하나둘씩 떨어지기 시작했다.

"위험해!"

사도철광은 나인현을 끌어안고 바닥을 뒹굴었다. 그녀가 있던 자리에 일 장 가까운 거대한 종유석이 떨어져 산산이 부서졌다. 위험은 그것으로 끝나지 않았다. 겨울철 처마 밑에 걸린 고드름처럼 동굴 지붕에 매달려 있던 종유석들이 약속이나 한 듯 일제히 낙하를 시작했다.

쿠앙! 콰아앙!

연쇄적으로 들리는 폭발음과 종유석이 떨어지며 내지른 비명이 동굴 안을 갈기갈기 찢어놓았다. 소소자와 사도철광은 각각 호미령과 나인현을 안고 떨어지는 종유석을 피해 이러저리 몸을 날렸다.

"사도 영감! 이대로는 안 되겠소! 이러다 동굴이라도 무너지는 날에는… 제길! 빨리 떨어졌던 곳으로 올라갑시다!"

사도철광은 종유석이 떨어지며 부서진 파편에 맞았는지 이마에서 피를 흘리고 있었다.

"하지만 아직 위쪽은 불에 휩싸여 있을 텐데!"

자갈길을 달리는 마차 안처럼 흔들리는 동굴은 금방이라도 주저앉을 것 같았다.

"그렇다고 안으로 들어갈 수는 없잖소! 가다가 무너질 수도 있고, 또 어디로 통하는지 알 수도 없는데 말이오!"

소소자는 흔들리는 힘을 못 이기고 동굴 벽에 거칠게 부딪쳤다. 등에 느낀 충격이 채 가시기도 전에 머리 위로 떨어지는 종유석을 피해 몸을 날려야 했다. 어깨에 부딪친 종유석 파편의 고통을 느끼는 순간 사위가 갑자기 까맣게 변했다. 사도철광이 들고 있는 화섭자가 꺼진 것이다.

"사도 영감! 사도 영감!"

"난 여기 있네! 잠시 기다리게!"

"빨리 화섭자를 켜시오! 빨리!"

이런 어둠 속에서 떨어지는 기척만으로 종유석을 피한다는 것은 너무도 힘든 일이었다. 소소자는 어림잡아 방금 서 있던 자리로 이동했다. 종유석이 한 번 떨어졌던 자리니 다시 떨어지는 일은 없을 것이다. 대신 근처에서 튀어 오른 파편이 그의 전신을 강타했다. 이마와 볼을 타고 끈적한 느낌이 흘렀다. 보지 않아도 피라는 것을 알 수 있었다. 어둠 속에서 느끼는 천지의 요동과 굉음은 두려움을 더욱 증폭시켰다.

"사도 영감!"

소소자는 소리를 지르며 느낌만으로 날아오는 종유석 파편을 막았다. 날카로운 통증이 팔뚝에 전해지는 것으로 보아 틀어박힌 모양이다.

"빌어먹을!"

욕설과 함께 뾰족한 돌 파편을 빼내자 비로소 주위가 환하게 밝았다. 잠깐의 어둠을 사이에 두고 본 사도철광의 모습 또한 피투성이로 변해 있었다. 나인현을 안은 도검불침의 팔을 빼고는 피로 물들지 않은 곳이 없었다.

"빨리 갑시다!"

소소자가 먼저 떨어진 곳으로 몸을 날렸다. 그가 막 급경한 경사면 위로 치솟을 때 갑자기 위에서 바위덩이들이 굴러 떨어졌다. 처음엔 작은 바위들이 요란한 소리를 내며 덮치더니 이어서 몸을 가리고도 남을 커다란 바위가 뒤따랐다. 굴러 떨어지는 바위를 피해 위로 올라갈 수는 없었다.

"사도 영감! 안 되겠소! 안으로 들어갑시다!"

소소자는 사도철광의 대답도 듣지 않고 동굴 안쪽으로 뛰어들었다. 천장에서 떨어지는 종유석과 튀어 오르는 돌덩이들을 피하는 그들의 움직임은 전쟁터에서 빗발처럼 쏟아지는 화살을 피하는 것만큼이나 필사적이었다.

쿠우우웅─!

종유석들이 떨어지는 소리와는 다른 굉음이 그들의 뒤를 따라붙었다. 뒤를 힐끔 본 소소자는 경악을 금치 못했다. 바위들이 폭포수처럼 떨어지며 그들을 쫓아왔다. 뒤쪽에서부터 동굴이 통째로 무너지고 있는 것이다.

제19장
끝없는 미로

제19장  끝없는 미로

"사도 영감! 빨리 뛰어요!"

뒤를 돌아본 사도철광의 얼굴에도 낭패가 떠올랐다. 앞으로 내달리
는 속도가 무너지는 속도보다 느리지는 않았지만 끝이 없는 동굴이 어
디 있겠는가.

우박 같은 종유석들을 피해 달리던 소소자는 주춤 걸음을 멈췄다.
양 갈래의 동굴이 앞에 놓여 있었다.

"왼쪽으로!"

마치 어느 곳으로 가야 하는지 알고 있는 것처럼 사도철광이 소리쳤
다. 하긴 알 리가 없었지만 이럴 때는 어느 쪽이든 빨리 선택하는 것이
현명한 처사였다. 소소자는 왼쪽으로 방향을 잡았고 사도철광이 등에
부딪칠 것처럼 바짝 뒤쫓았다. 동굴이 양 갈래로 나뉘었음에도 천장은
여전히 무너지면서 그들을 압박했다.

불행 중 다행인 것은 그들이 있는 동굴은 여느 동굴과 구조 자체가 달랐다. 보통 동굴이라는 곳이 미끄러운 것은 물론 아래로 파이고 급격한 경사를 이루거나, 때로는 길이 끊어진 곳도 다반사였다. 달리기를 한다는 자체가 불가능한 곳이 바로 동굴이었다.

그런데 그들이 떨어진 동굴은 인공으로 만든 것처럼 되어 있었다. 물론 길이 울퉁불퉁하고 동굴의 크기도 일정하지 않았지만 낭떠러지가 있거나 하는 지랄 같은 상황은 발생하지 않았다. 그렇다고 위험이 그들을 피해간 것은 아니었다.

울퉁불퉁한 길과 어두운 곳을 빨리 달려야 하는 긴장, 목숨을 위협하는 공포가 뒤섞여 극심한 피로를 몰고 왔다. 근육은 쥐가 난 것 같은 고통을 호소했고 심장은 가슴 밖으로 튀어나올 것처럼 쿵쾅거렸다. 땅속에서 느끼는 공기 부족은 폐를 구겨 뱃속 어딘가로 쑤셔 박아버렸다.

"헉! 헉!"

거친 숨을 내뿜으며 달리던 소소자는 다시 세 개의 갈림길을 만났고 망설임없이 가운데 동굴을 택했다. 보이지 않는 탓에 종유석에 이마와 어깨를 찢기거나, 넘어져서 호미령과 바닥을 뒹굴기는 했지만 곧바로 일어서서 달리는 것을 멈추지 않았다. 공포는 그의 육체를 더욱 지치게 하는 존재임과 동시에 움직이게 만드는 힘이기도 했다.

쿠르르릉—!

동굴이 무너지는 소리는 아까보다 더 멀리서 들려왔다. 뒤를 돌아봐도 화섭자를 들고 용케 쫓아오는 사도철광만 보일 뿐 천장이 무너지는 모습은 보이지 않았다. 언제부터인가 종유석도 앞쪽이 아닌 뒤쪽에서 떨어지고 있었다. 뭐 빠지게 달린 보람이 나타난다고 느낀 순간 소소자는 급히 걸음을 멈췄다.

소소자에게 부딪치려는 것을 가까스로 피한 사도철광이 물었다.

"왜 그러나?"

소소자는 턱으로 앞을 가리켰다.

"막혔어요."

그들의 앞에는 조그만 웅덩이가 놓여 있었고 그 너머는 흑회색의 벽이 가로막은 상태였다.

"이런 젠장! 여기까지 와서……!"

사도철광은 초조한 표정으로 뒤를 돌아보았다. 몸을 떨리게 만드는 굉음은 점점 가까워지고 있었다. 무너지는 광경이 아직 눈에 보이지는 않았지만 곧 나타날 것은 불을 보듯 뻔한 일이었다. 사도철광은 나인현을 내려놓고 이리저리 화섭자를 옮겨 다른 통로를 찾았다. 그러나 개미 새끼 한 마리 빠져나갈 틈도 보이지 않았다.

"여기가 우리들의 무덤인가?"

사도철광은 벽에 등을 기대고 허탈하게 말했다.

"아주 엄청난 무덤이 되겠군. 진시황제도 부럽지 않은걸."

사도철광의 입가에는 한줄기 웃음까지 보였다.

죽음 앞에서 초연할 수 있는 것이 얼마나 어려운 일인지 소소자는 경험으로 알고 있었다. 그것이 설사 겉모습뿐일지라도 말이다. 하지만 소소자는 그 초연함 대신 천만 분에 일의 확률이지만 삶의 가능성을 택했다.

"들어갑시다."

"들어가다니? 어딜?"

소소자는 앞에 있는 웅덩이를 가리켰다.

"이곳으로."

사도철광은 어이없는 눈으로 소소자를 보았다.

"바위에 깔려 죽느니 물에 빠져 죽겠다는 것인가?"

"희박한 가능성이라도 시험해 보자는 얘기요. 여기서 무서움에 떨다가 죽는 것보다는 훨씬 나을 테니까 말이오. 운이 좋다면 다른 어딘가로 나갈 수도 있지 않겠소?"

"하지만……."

사도철광은 말을 하다가 동굴 저쪽에 눈의 초점을 맞췄다. 소리만으로 동굴의 붕괴를 알리던 실체가 다가오는 것이 눈에 들어왔다.

"빨리 갑시다!"

호미령의 손을 잡은 소소자는 금방이라도 뛰어들 것처럼 보였다.

"잠깐!"

"왜 그러시오?"

사도철광은 십여 장 가까이까지 다가온 동굴의 붕괴를 보며 말했다.

"난… 물에서 놀아본 적이 없네."

소소자는 사도철광의 말이 무슨 뜻인지 모르겠다는 듯 물었다.

"그게 무슨 말이오?"

"젠장! 수영을 못한다구! 태어나서 한 번도 수영 같은 거 해본 적이 없어!"

소소자의 얼굴에 어이없는 빛이 스쳤다.

"무림인이 어떻게 수영도 못할 수가 있단 말이오?"

"무림인이라고 다 수영을 하란 법이 있나?"

하긴 사도철광의 말이 맞았다. 하지만 소소자는 이제껏 수영을 못하는 무림인을 본 적이 없었다. 그들이 이야기하는 사이에도 동굴의 붕괴는 점점 가까워져 이제 오 장도 채 남지 않았다. 소리를 지르지 않으면 목소리조차 들리지 않을 정도의 굉음이 그들을 떠밀었다. 소소자는 서둘러 떨어지는 돌 부스러기를 팔로 막으며 말했다.

"수영은 간단해요! 물속에서 팔과 다리를 저어 앞으로 나가기만 하면 돼요! 사도 영감은 무공이 뛰어나니 금세 할 수 있을 거요!"

소소자의 말에도 사도철광은 자신없는 표정으로 웅덩이와 뒤쪽을 번갈아 보았다. 소소자는 나인현에게 말 길을 돌렸다.

"나 소저는 수영 할 줄 알겠죠?"

고개를 젓는 그녀 또한 숨길 수 없는 두려움을 얼굴에 드러냈다.

"이런 떠그랄!"

소소자는 바닥에 떨어져 튀어 오르는 돌덩이들을 피하며 사도철광에게 말했다.

"잘 들으시오! 나 소저의 목숨이 사도 영감 손에 달려 있소! 여기서 바위에 깔려 죽든 단 일 푼의 희망이라도 찾아 물에 들어가든 그건 사도 영감 마음이오! 어찌 되었든 난 가겠소!"

소소자는 보란 듯이 숨을 크게 들이켰다. 그것을 본 사도철광과 나인현도 덩달아 가슴을 불룩하게 만들었다. 소소자는 되었다는 눈짓을 하고 무너지는 동굴을 일별한 후 웅덩이로 뛰어들었다.

풍덩!

차가운 느낌과 함께 칠흑 같은 어둠이 찾아왔다. 보이는 것이 없었기 때문에 팔로 벽을 더듬으며 헤엄쳐 내려가야 했다. 웅덩이 안은 마치 인공으로 만들어진 우물처럼 아래로 쭈욱 뻗어 있었다.

양팔을 다 벌리지 못할 정도로 좁아서 호미령을 안고 헤엄치기가 불편했다. 그는 고개를 뒤로 돌려 사도철광이 쫓아오는지 확인했지만 너무 어두워 보이지 않았다. 물에 뛰어들었으리라 믿을 수밖에 없었다.

십여 장쯤 좁은 통로를 내려가자 비로소 수평으로 뻗은 넓은 물줄기가 나왔다. 동굴을 가득 메운 지하수는 겨우 느낄 수 있을 정도로 느리게 흐르고 있었다.

물의 흐름이 있다는 것은 곧 어딘가로 통한다는 것을 의미했다. 어쩌면 이 물줄기를 따라 밖으로 나갈 수 있을지도 모른다. 소소자는 좁은 통로 아래서 사도철광을 기다렸다. 자신의 목숨만 걸려 있다면 모를까 나인현의 생명까지 그곳에 놓아둘 사도철광이 아니었다.

하지만 내려올 시간이 지났는데도 사도철광은 나타나지 않았다. 불안이 스멀스멀 심장을 갉아먹기 시작했다. 어쩌면이란 생각이 뇌리를 스칠 때 어둠보다 더 짙은 검은 무엇인가가 통로를 통해 떨어졌다. 사도철광이라고 생각했는데 아니었다. 통로를 꽉 채울 정도로 커다란 바위였다.

소소자는 황급히 바위를 피하며 절망감을 느꼈다. 동굴이 완전히 무너지며 떨어진 낙석일 것이다. 발 아래쪽으로 가라앉고 있는 저 바위가 떨어질 때까지 나오지 않았다는 것은 위에 남아 있었다는 의미였다.

'멍텅구리 영감 같으니라구!'

소소자는 가슴속에서 격한 감정이 울컥 솟구쳤다. 눈을 아리게 하는 것이 단지 물속이기 때문만은 아닐 것이다. 언제나 티격태격 싸우기만 한 앙숙에게 이런 감정을 느낀다는 것 자체가 우스웠지만 미운 정도 정이라고 했던가.

소소자는 통로를 다시 한 번 보고 물이 흐르는 쪽으로 몸을 돌렸다. 언제까지 이곳에서 시간을 허비할 수는 없었다. 그는 꽤 오랫동안 버틸 수 있었지만 품에 안은 호미령에게는 시간이 많지 않았다. 막 방향을 잡은 그는 미묘한 물의 흐름을 느끼고 뒤를 돌아보았다.

무언가가 그를 향해 다가오고 있었고 곧 그것은 얼굴을 맞댈 정도로 가까워졌다.

'사도 영감!'

물속이 아니었다면 고함이라도 질렀을 것이다. 품에 나인현을 안은 사도철광이 헤엄쳐 온 곳은 동굴의 밑바닥이었다. 아마도 내려오는 도중에 아까 떨어진 바위 밑에 깔려 거기까지 떨어진 모양이다. 바위와 한 덩이가 되어 있었기 때문에 소소자가 확인을 못한 것이다.

사도철광은 손짓으로 소소자를 재촉했다. 소소자는 고개를 끄덕인 후 헤엄을 치기 시작했다. 머리가 동굴의 천장에 닿을 정도의 위치에서 이동하며 혹시 있을지 모를 공간을 찾았다. 어쩔 수 없이 물속으로 뛰어들기는 했지만, 사실 물이 가득 찬 지하 통로에서 길을 찾는다는 것은 불가능에 가까웠다.

어둠에 익숙해진 시야는 처음보다 많이 밝아지기는 했지만 세 자 이상은 보지 못했다. 이제야 느낀 것이지만 물은 처음보다 훨씬 차가워져 있었다. 그것은 화기에서 점차 멀어지고 있다는 것을 뜻했다. 이 점이 극히 사소한 좋은 일이라면 너무도 큰 나쁜 건 통로가 좀체 발견되지 않는다는 것이었다.

소소자와 사도철광은 아직 이각 정도 더 버틸 수 있었지만 호미령과 나인현은 달랐다. 그녀들의 한계는 기껏해야 반 각이었고 그 시간은 점점 다가오고 있었다. 소소자는 팔과 다리를 놀리며 품 안의 호미령을 보았다. 눈을 꼭 감은 그녀의 양쪽 볼은 불룩하게 솟아 있었다. 억지로 숨을 참고 있는 것이 분명했다. 소소자는 짧아진 시야를 이리저리 옮기며 혹시 있을지 모를 공간을 찾았다.

하지만 그들에게 그런 행운은 주어지지 않았다. 시커먼 동굴 벽과 그들을 질식시키는 지하수만이 주위를 두르고 있는 전부였다. 소소자는 창백한 호미령을 걱정스럽게 보았다. 저러다 한번 입을 열어 물을 들이키면 돌이킬 수 없었다. 소소자는 그녀의 뒷머리에 한 손을 대고 얼굴을 가까이 가져갔다.

물보다 차가운 호미령의 입술이 그의 입술과 포개졌다. 그녀는 깜짝 놀라기는 했지만 거부의 몸짓을 보이지는 않았다. 숨을 불어넣기 위한 행동이라는 것을 알고 있기 때문이었다. 소소자가 토해낸 몇 모금의 숨에 호미령의 얼굴은 비교적 편안해졌다. 소소자는 그녀가 보지 못할 것을 알면서도 웃음을 지어주었다. 어쩌면 그 자신이 안심하기 위해 지은 표정인지도 몰랐다.

짧지만 너무도 길게 느껴지는 물속의 길은 끝날 기미가 보이지 않았다. 피부에 닿는 물의 흐름에 변화가 없다는 것은 아직도 갈 길이 멀다는 것을 의미했다. 선택의 여지가 없어서 택한 길이었지만 이런 식으로 죽음을 맞이하기는 싫었다. 물에 퉁퉁 부어 창백한 시체로 부유하는 모습은 생각하는 것만으로도 끔찍했다.

끊임없이 움직이는 팔과 다리의 피로는 쉽게 찾아왔다. 힘들다고 느낀 순간 이미 움직이기 힘들 정도로 지쳐 버렸다. 피로가 누적되어 있던 상태였기 때문에 이상할 것도 없었다.

'통로를 찾을 때까지는 버텨야 하는데……'

하지만 지금으로써는 그의 바램이 이루어질 것 같지 않았다. 사위를 지배한 어둠은 절망의 색깔 그대로였다. 보이지 않는 희망은 그의 몸에서 힘을 빼앗아갔다. 예상보다 빨리 숨이 차 올랐다.

'겨우 이 정도 더 살자고 물에 뛰어들었던가?'

삶에 집착한 자신이 새삼 우습게 느껴졌다. 그의 손과 발은 눈에 띠게 느려졌다. 생각 같아서는 이대로 물에 몸을 맡기고 쉬고 싶었다. 저절로 입이 벌어지며 물방울이 얼굴에 부딪혔다. 물 한 모금이 식도를 타고 넘어갔다. 절망의 맛은 시릴 정도로 차가웠다.

차츰 흐려지는 의식 사이로 누군가 어깨를 거세게 잡아당겼다. 사신의 손길일지도 모른다고 느끼고 고개를 돌리자 사도철광의 얼굴이 크게 확대되어 비춰졌다. 사도철광은 뒤쪽을 향해 급한 손짓을 했다. 무슨 의미인지 알 수 없었다.

사도철광은 몇 번 같은 몸짓을 반복하더니 물길을 거슬러 올라갔다. 소소자의 머리 속에 '어쩌면 이란 희망이 떠올랐다. 그는 물 먹은 솜처럼 무거운 팔과 다리를 움직여 사도철광을 쫓았다. 사도철광은 처음 수영을 하는 사람답지 않게 능숙하게 물을 헤쳐 나갔다.

앞서 가던 사도철광의 상체가 갑자기 천장 안으로 쑥 들어갔다. 있는 힘을 다해 사도철광에게 다가간 소소자는 비로소 희미하게 보이는 천장의 구멍을 볼 수 있었다. 폭이 세 자 정도밖에 되지 않을 정도로 작은 구멍이 그곳에 뚫려 있었다.

사도철광이 천장 안으로 사라졌다. 소소자는 연어가 폭포를 거슬러 오르는 것처럼 힘찬 몸짓으로 튀어 올랐다.

"푸하—!"

공기가 폐를 한껏 부풀려 놓았다. 물기가 섞여 텁텁한 공기는 그가 이제껏 맡아본 그 어떤 것보다 신선했다. 호미령을 먼저 올려놓은 소소자는 힘겹게 몸을 끌어 올렸다. 그들이 들어선 곳은 사십 평 정도 넓이의 원형 동굴 가운데였다. 이곳을 중심으로 여덟 방향으로 다른 동굴이 나 있었다.

앞으로 어떻게 될지 알 수 없지만 현재 그들은 살아 있었다. 붕괴되는 동굴의 그 끔찍한 곳을 나와 사신의 침처럼 차가운 물을 헤치고 살아남은 것이다.

"후후후… 하하하하……!"

작게 시작한 소소자의 웃음은 동굴 안을 쩌렁하게 울리며 사방으로 퍼져 나갔다. 어떤 고난이라도 헤쳐 나갈 것 같은 기세를 담고서.

*　　　　　*　　　　　*

콰르르르룽—!

폭 오 장에 높이가 무려 팔십 장에 이르는 폭포는 달빛 밤 겨울의 한복판을 가르며 떨어졌다. 수면에서 튀어 오른 황금빛 파편이 주적자의 몸을 적셨지만 피할 생각을 하지 않았다. 그것은 대장간 주인인 마달평과 마중호 부자도 마찬가지였다.

주적자는 검을 거꾸로 꽂아놓은 것 같은 이 장 높이의 바위 아래 놓인 단에 시선을 두었다. 그 위에는 어제 담금질을 끝낸 투박한 검이 놓여 있었다. 삼십육 일 동안 혼신의 힘을 바친 검이라고 보기에는 너무도 초라한 모습이었다. 이제 날을 세우고 손잡이와 검집을 만들어 완성하면 되는 것이다. 날을 세우는 일은 마평달이 하고 손잡이와 검집을 만드는 것은 마중호의 몫이었다.

명검을 만들기 위해서는 장인의 혼이 불어넣어져야 한다면서 마평달은 제단을 만들어놓고 제사를 지내고 있었다. 주적자는 굳이 이런 것이 필요한지 알 수 없었지만 자신이 쓸 검을 이토록 정성스럽게 만드는 마평달 때문에 자리를 지키고 있었다.

축문(祝文)을 읽고 열두 번의 절을 하는 것으로 제사는 간단하게 끝났다. 마평달과 마중호는 살을 조각조각 갈라놓을 것 같은 추위임에도 불구하고 목욕재계를 한 후 검을 안고 산을 내려갔다. 달빛을 밟으며 산길을 내려가는 그들이 어둠 속에 잠기자 주적자는 폭포를 향해 돌아섰다. 이제 그가 검을 만드는 데 할 수 있는 일은 모두 끝난 것이다.

그들을 먼저 내려보낸 주적자는 호수의 가장자리에 쭈그려 앉았다. 폭포수가 떨어지며 만들어낸 작은 파문이 물에 비친 그의 얼굴을 이리저리 흩어놓았다. 열 시진 이상 잠을 자고 면도를 한 덕분에 깨끗하게 보이기는 했지만 앙상한 모습만은 아직도 낯설었다. 휘영청 뜬 달을 후광처럼 머리에 얹고 있어서 더 그런지 모른다.

주적자는 그 얼굴 한가운데에 손을 가져다 댔다. 손에 전해지는 시린 느낌과 함께, 머리끝에서부터 흔들리던 얼굴이 형체도 알 수 없게 흩어졌다. 그러고 보니 얼굴 외에는 아직 씻지도 않은 상태였다. 굳이 목욕을 할 필요성을 느끼지 못했지만 손끝에 전해지는 시린 느낌이 좋았다.

주적자는 옷을 훌훌 벗어 던지고 물속으로 뛰어들었다. 온몸을 바늘로 찌르는 듯한 시린 감각이 점령해 버렸다. 금가루를 뿌려놓은 것처럼 반짝이던 수면과는 달리 물속은 밤을 머금어 새까만 빛을 품고 있었다. 주적자는 폭포와 얼음이 언 물 밑을 왕복하며 묘한 자유로움을 느꼈다. 한 번도 하늘을 날아보지는 못했지만 이런 기분과 비슷할 것이라는 쓸데없는 생각까지 들었다.

처음 전해오던 시린 느낌은 차츰 몸 안의 찌꺼기를 뱉어내는 듯한 청량함으로 바뀌었다. 근 일각 동안 물속을 유영하던 그는 물과 얼음의 경계에서 고개를 내놓았다. 얼굴을 덮는 머리칼과 물을 쓸어 넘기던 그는 바로 눈앞에 놓인 낯익은 다리를 보고 시선을 위로 옮겼다.

언제나처럼 붉은 능라의를 입은 당과가 그곳에서 그를 내려다보고 있었다. 희미한 미소를 머금은 채 말없이 그를 내려다보는 그녀에게 동화된 듯 주적자 또한 침묵을 지켰다. 한참 동안 주적자를 눈 안에 담아두던 당과는 시선을 하늘로 옮겼다.

"좋은 밤이야."

독백처럼 말을 뱉은 당과는 손을 능라의의 앞섶으로 가져갔다. 무슨 일이 일어나는지 느끼지도 못한 사이 그녀는 나체가 되어버렸다. 뱀이 허물을 벗듯 흘러내린 능라의 안에는 눈부신 나신뿐이었다. 주적자는 당과를 보며 달빛을 받으면 피부도 빛을 낼 수 있다는 것을 처음 알았다. 아니, 그녀의 나신은 스스로 빛을 발하는 것 같았다.

무릎과 허리를 가볍게 구부린 당과는 그의 머리를 넘어 물속으로 뛰어들었다. 그녀가 일으킨 물보라가 주적자의 머리를 적셨다. 멀리 퍼져 나가는 원형의 물결을 보는 그의 다리를 당과가 잡아끌었다. 달빛의 파편만이 희미한 물속에서 당과의 모습은 너무도 똑똑히 보였다. 그녀는 하늘거리는 해초처럼 움직이며 물 저쪽으로 헤엄쳐 가고 있었다.

주적자는 최면에 걸린 것처럼 그녀의 뒤를 따랐다. 그녀는 열사의 사막에서 천지(泉地:오아시스)를 알려주는 이정표처럼 느껴졌다. 물의 일부가 되어 자유롭게 헤엄을 치던 그녀가 물 밖으로 나온 곳은 물속으로 들어갔던 그 자리였다. 주적자가 그녀를 따라 나온 후 처음 본 건 그녀의 뒷모습이었다. 그녀는 얼음 위에 올라서서 양팔을 벌리고 눈을 감은 채 고개를 한껏 젖히고 있었다.

명장이 만든 조각상처럼 아름다운 나신의 그녀는 한참 동안 미동도 하지 않았다. 주적자는 무엇에 끌린 듯 그녀 뒤로 다가섰다. 그녀의 머리칼을 타고 흐른 물방울이 그의 발등에 떨어질 정도로 가까운 거리였다.

몸을 적신 물이 차츰 얼음으로 변해갔지만 이상하게 추위는 느껴지지 않았다. 정체를 알 수 없는 열기가 몸을 지배하고 있어서인지도 모른다. 정욕(情慾)은 아니었다. 그것이 주적자를 더욱 당혹스럽게 했다.

"이 소리가 들려?"

간간이 들리는 밤새 우는 소리를 말하는 것은 아닐 것이다. 그래서 주적자는 침묵을 지켰다.

"살아 있는 모든 것들은 나름대로의 영혼을 가지고 있어. 이런 밤이면 녀석들은 서로 감응하면서 재잘재잘 떠들어대지. 그 소리를 못 듣는 생물은 오직 인간뿐이야."

그녀는 팔을 내리고 천천히 돌아섰다. 그러면서 더욱 좁아진 거리 때문에 그녀의 가슴이 그의 가슴에 닿았다. 주적자는 불에 덴 것처럼 주춤 물러섰다. 그녀의 입가에 걸린 미소가 비웃음처럼 보였다.

"뭘 두려워하는 거지?"

두려움? 그래, 어쩌면 그럴지도 모른다. 그녀와 싸운 그때부터, 아니, 처음 본 그 순간부터 당과는 세상의 어떤 인간과도 비교할 수 없는 그 무언가를 가지고 있었다. 주적자가 그녀에게 가지고 있는 느낌이 설사 두려움은 아닐지라도, 사람을 상대로 지금까지 느끼지 못했던 무엇인 것만은 분명했다.

당과는 정확히 주적자가 멀어진 것만큼 다가왔다. 그 때문에 다시 그녀의 가슴이 주적자의 가슴과 맞닿았다. 주적자는 물러서지 않았다. 그들의 살결이 부딪치며 피부에 달라붙은 살얼음이 잘게 부서졌다. 그녀는 손을 주적자의 왼쪽 가슴에 올려놓았다. 그녀의 부드러운 손바닥과 딱딱한 손톱의 감촉이 동시에 느껴졌다.

"힘차게 뛰는군. 부러울 정도로⋯⋯."

그녀는 다른 한 손으로 주적자의 팔을 잡아 자신의 가슴으로 가져갔다. 얼음처럼 차갑지만 비단보다 부드러운 그녀의 살결이 손바닥을 타고 전해졌다. 집중하지 못하면 느낄 수 없을 정도로 미약한 박동이 그의 손바닥을 간지렸다. 그리고 또 하나, 미끄럽게만 보이는 그녀의 가슴에 꺼끌꺼끌한 무언가가 느껴졌다. 주적자는 손가락으로 그것을 더듬으며 시선을 주었다. 피부와 완전히 같은 색의 그것은 어떤 글자 같았다. 어찌 보면 나인현이 쓰는 부적의 알 수 없는 기호 같기도 했다.

"날 지켜주면서 또한 속박하는 것이지."

"무슨⋯⋯?"

주적자의 물음은 당과가 목을 끌어안는 바람에 이어지지 못했다.

"얘기할 시간은 많아. 하지만 지금은⋯⋯."

그녀의 체중이 한꺼번에 주적자 쪽으로 쏠렸다. 쓰러질 정도는 아니었지만 버틸 이유가 없었다. 전신을 밀착한 그녀의 살결 때문인지 등에 닿은 얼음조차 차갑게 느껴지지 않았다. 스치듯 닿은 그녀의 입술이 갑작스런 정욕을 불러일으켰다. 주적자는 그녀의 목을 끌어안고 부딪치듯 입술과 입술을 마주댔다. 한참 설전(舌戰)을 하는 동안 자연스럽게 둘의 위치가 바뀌었다.

거친 숨소리만큼이나 그들의 입에서 뿜어 나오는 입김의 색깔도 짙어졌다.

"아!"

짧은 신음과 함께 당과의 아미에 주름이 잡힌 것은 고통 때문이었다. 그 순간 그들을 받치고 있던 얼음이 깨지며 한 몸이 된 둘은 물속으로 가라앉았다. 하지만 그들의 행위는 멈추지 않았다. 땅에 의지하지 않는 자유로움 속에서 그들은 더욱 격렬하게 움직였다. 하나가 되어 유영을 하는 그들의 몸짓이 물속을 한여름의 뜨거움으로 인도했다. 이리저리 흔들려 곡선으로 보이는 그들의 육체는 무아(無我)에 이른 그들 정신을 표현하는 것 같았다.

물고기들의 집을 제 세상인 것처럼 헤엄치던 그들은 오랜 시간이 지난 후에야 밖으로 얼굴을 내밀었다. 서로의 몸을 휘감고 있는 팔을 풀지 않은 채 그들은 한참 동안 서로를 바라보았다. 당과의 손이 쓰다듬듯 등을 타고 목을 거쳐 얼굴로 이어졌다. 주적자의 뺨을 어루만지는 당과의 얼굴에는 다른 의미를 품지 않은 순수한 웃음이 걸려 있었다.

"난 정사가 단지 종족 보존을 위한 행위라고 생각했는데… 그래서 그처럼 쓸데없는 짓에 열중하는 인간들을 이해할 수 없었는데… 그랬는데……."

그녀는 눈과 손으로 주적자의 얼굴을 각인시키겠다는 듯 끊임없이 더듬었다.

"넌 내가 세상에서 발견한 보물이야."

"……."

"내게 약속해 줘. 살아 있는 한 나와 함께하겠다고. 언제나 내 편이 되어서 내 곁에 있겠다고."

"그래."

"약속한 거야. 무슨 일이 있어도 우린 한편인 거야."

주적자는 고개를 끄덕이며 같은 대답을 했다.

"그래."

당과는 흔들리는 눈동자로 한참 동안 주적자를 보더니 그의 목을 꼬옥 끌어안았다. 그녀의 몸짓에는 숨길 수 없는 애정이 들어 있었다. 그것 때문에 주적자는 기뻤고, 비로소 주적자 또한 그녀를 사랑한다는 것을 깨달았다. 그의 인생 중에 신이 내려준 유일한 축복이었다.

"우린 영원히 함께하는 거야."

당과의 입김이 그의 귀를 간지럽혔다.

"그래, 영원히……."

*   *   *

사각거리는 소리는 대장간 안을 사 일째 점령하고 있었다. 마달평은 주적자가 그랬던 것처럼 먹지도 자지도 않고 오직 무명묵검의 날을 세우는 데 열중했다. 벌겋게 충혈된 눈에서 금방이라도 핏물을 쏟아낼 것 같았다. 초로의 나이에 견디기에는 너무 힘든 노동이었다.

하지만 늙은 장인을 말리는 사람은 아무도 없었다. 피투성이가 된 손을 끊임없이 앞뒤로 움직이는 마달평의 모습에서는 침범해서는 안 될 것 같은 엄숙함이 느껴졌다. 마달평이 날을 세우는 동안 주적자는 묵묵히 그 모습을 지켜보았다. 그가 있어야 할 필요는 없었지만 검이 제 형태를 찾아가는 모습을 보고 싶었다.

처음 그저 투박하게 검기만 하던 무명묵검은 시간이 지날수록 검은 때를 벗어가고 있었다. 한 꺼풀 옷을 벗은 검의 속살은 투명한 빛을 띠고 있었다. 검 아래 손을 놓으면 맑은 물을 통해 보는 듯한 그런 투명함이었다. 끝이 뾰족한 것은 다른 검과 다를 것이 없었지만, 검신을 타고 내려오는 선이 부드러운 곡선을 이루고 있었다. 폭이 네 치인 검신 중 가운데 한 치 정도의 검은색밖에 남지 않았으니 날을 세우는 작업은 곧 끝날 것이다.

어깨를 구부정하게 늘어뜨리고 양팔을 규칙적으로 움직이는 마달평을 보고 있던 주적자는 문득 당과를 떠올렸다. 어제 늦은 점심을 먹은 그녀가 지금까지 보이지 않고 있었다. '어딜 갔을까?'라는 궁금증이 일자 동시에 불안감이 찾아왔다.

'혹시 떠난 것이 아닐까?'

이런 근거없는 생각은 언제나 그렇듯 확신으로 다가오기 마련이었다. 나무로 만든 작은 의자에 앉아 있던 주적자는 벌떡 몸을 일으켰다. 하지만 그뿐, 그녀를 찾기 위해 가볼 곳은 한 군데도 없었다. 그가 불안한 마음으로 서성이고 있을 때 안채로 통하는 문이 열리며 당과가 들어섰다. 내색하지 않은 한숨을 내쉰 주적자는 쓴웃음을 지었다. 한 사람으로 인해 그가 이처럼 일희일비(一喜一悲)한다는 것이 우습게까지 느껴졌다.

"나와봐. 줄 게 있어."

짧게 말을 하고 돌아서는 그녀의 안색이 약간 초췌해 보였다. 당과는 주적자를 이끌고 가까운 산으로 발걸음을 옮겼다. 그들이 대장간을 나설 때는 태양이 핏빛을 토하고 있었는데, 산의 중턱에 도착했을 때는 어둠이 내려앉은 후였다. 당과는 미리 자리를 봐뒀는지 두 평 남짓한 평평한 바위로 주적자를 안내했다.

"뭘 하려는 거야?"

당과는 대답 대신 손을 내밀었다. 가지런히 펴진 그녀의 손가락 위에는 손톱 크기의 구슬 같은 것이 놓여 있었다. 선홍빛의 그것은 마치 피가 둥그렇게 모여 있는 것처럼 보였다.

"뭐지?"

"선물이야."

"무슨 선물?"

"꼬치꼬치 캐묻지 말고 먹어. 해롭지는 않을 테니까."

물론 그럴 것이다. 당과가 그에게 독약 같은 것을 먹일 리는 없으니까. 주적자는 손바닥 위의 홍주(紅珠)와 당과의 얼굴을 번갈아 쳐다보다가 이내 팔을 움직였다. 홍주는 보기와는 달리 얼음을 쥔 것처럼 매우 차가웠다. 당과는 고갯짓으로 주적자를 재촉했다.

"그래, 해롭지는 않겠지."

주적자는 싱긋 웃음을 지어 보인 후 홍주를 입 안에 털어 넣었다. 홍주는 혀에 닿자마자 액체가 되어 식도를 타고 넘어갔다. 손에 느껴지는 차가움과는 달리 처음에는 아무 느낌도 없었는데 완전히 끝났다고 생각한 후가 문제였다. 뱃속에서 시작된 시려운 느낌은 시간이 갈수록 바늘로 찌르는 듯한 고통으로 되돌아왔다. 누군가 배를 찢고 얼음을 마구 집어넣는 것 같았다. 위턱과 아래턱이 의지와는 상관없이 붙었다 떨어지기를 반복하는 추위는 일찍이 경험하지 못한 고통이었다.

"으으으……."

억누른 신음을 토하는 그에게 당과의 목소리가 들렸다.

"한 이각 정도 아프면 괜찮아질 거야. 그동안만 참으라구."

주적자는 몸을 새우처럼 잔뜩 웅크린 채 부들부들 떠는 것 외에는 어떤 행동도 할 수 없었다. 당장 얼음으로 변해 산산이 흩어질 것 같았다. 당과가 이각이라고 말했지만 그 시간이 마치 십 년처럼 느껴졌다.

하지만 세상에 끝나지 않는 것은 없다는 걸 증명하듯 고통은 점점 몸을 빠져나갔다. 혹독한 추위를 느꼈음에도 전신은 땀에 흠뻑 젖어 있었다.

"헉… 헉……!"

십 리를 쉬지 않고 뛴 것처럼 거친 숨을 내뱉던 주적자는 가까스로 몸을 일으켰다. 아직도 남은 고통의 잔재 외에는 어떤 변화도 느껴지지 않았다.

"내가… 먹은 것이 대체 뭐지?"

"혈정(血精)."

"혈정? 그게 뭔데 이처럼 지독한 거지?"

"원래 입에 쓴 약이 몸에 좋은 거야."

주적자는 바위에서 내려오며 말했다.

"뭐가 좋은지 모르겠군."

"지금 당장은 알 수 없어. 시간이 흐르면서 차차 알게 돼. 네가 이제껏 경험해 보지 못한 일들을 경험하게 될 거야."

그녀는 알 수 없는 말을 남긴 채 산을 내려갔다. 당과가 어둠 속에 묻힐 때까지 뒷모습을 보고 있던 주적자는 눈앞에서 두 주먹을 쥐었다 폈다를 반복했다.

"경험해 보지 못한 일이라……."

*　　　　*　　　　*

"들어보시오."

마달평은 자단목으로 새로 만든 탁자 위의 검을 가리키며 말했다. 길이 네 자 세 치의 검은 검집과 손잡이 모두 흑색을 띠고 있었다. 주적자는 왠지 숙연한 기분이 되어 검을 집어 들었다. 같은 크기의 보통 검보다 족히 두 배는 무거웠다.

"빼보시오."

주적자는 검을 가슴 높이로 올려 손잡이를 잡았다. 까칠한 느낌이 전해지는 손잡이는 마치 몇 년을 가지고 다녔던 것처럼 손에 딱 달라붙었다. 손잡이 끝에는 둥근 가죽 끈이 매달려 있었다. 잠자코 아버지 곁에 있던 마중호가 입을 열었다.

"그 끈 안으로 손을 넣어 잡으면 설사 검자루를 놓쳐도 검이 멀리 벗어날 염려는 없습니다."

주적자는 고개를 끄덕인 후 검을 뽑았다. 언뜻 보면 있는지조차 모를 투명한 검신이 마찰음도 없이 검집을 빠져나왔다. 그는 검을 수직으로 세워 가슴 앞에 놓았다.

우웅―!

빠르게 움직이지도 않았는데 검명(劍鳴)이 낮게 울렸다. 소리 자체에 힘이 있는 것처럼 온몸으로 잔진동이 스쳐 갔다.

"검명이 좋군."

곁에서 지켜보던 당과가 물었다.

"검명이라니?"

주적자는 의아한 시선을 그녀에게 던졌다.

"방금 그 소리 말이야."

"무슨 소리?"

주적자는 마달평 부자를 보며 물었다.

"당신들도 못 들었소?"

그들은 약속이나 한 듯 동시에 고개를 저었다. 주적자는 이상함을 느끼고 다시 검을 비스듬히 눕혀 횡으로 천천히 그었다. 분명 우웅―! 하는 소리와 함께 잔떨림이 전해졌다. 주적자는 '이래도?' 라는 시선을 담아 당과를 보았다. 하지만 당과는 영문을 모르겠다는 듯 어깨를 으쓱할 뿐이었다.

"검이 주인을 제대로 만난 모양이구려."

주적자는 마달평을 보았다.

"명검은 제대로 된 주인을 만나야 비로소 그에게만 운다고 하더군요. 주인 될 자격이 없는 자가 명검을 지니면 오히려 그 검이 주인을 해친다는 전설 같은 얘기도 있지요."

주적자는 새삼스런 눈으로 무명묵검을 보았다. 검신 너머의 대장간 안의 풍경은 약간 푸르스름하게 보였다. 주적자는 검집을 놓고 손가락으로 검신을 가볍게 퉁겼다.

따앙—!

더 이상 청아할 수 없을 정도로 맑은 소리가 오랫동안 대장간 안을 맴돌았다. 주적자는 무명묵검이란 이름을 가진 이 녀석이 썩 마음에 들었다.

주적자는 검을 집어넣은 후 마달평 부자에게 고개를 숙였다.

"제게 이처럼 과분한 검을 주신 두 분께 감사드립니다."

마달평 부자도 같은 몸짓을 보이며 대답했다.

"명검을 만들 수 있는 기회를 주셔서 오히려 저희가 감사합니다. 우리가 만든 명검이 제대로 된 주인을 만난 것 또한 영광이죠."

그들 부자의 얼굴은 진정으로 기뻐하는 빛이 역력했다. 아무런 대가도 없이 그저 장인의 기쁨만으로도 살아갈 수 있는 그들의 순박함이 주적자의 가슴 한켠을 싸— 하게 만들었다. 주적자는 검을 등으로 돌려 차며 말했다.

"저희 일행에게서 연락이 왔는지 가봐야겠습니다."

"그러시오. 우리도 이제 슬슬 장사할 준비를 해야 할 것 같습니다. 허허허……."

주적자는 마달평의 웃음소리를 들으며 대장간 문을 나섰다. 사십오 일 만에 처음으로 열리는 문이었다. 주적자는 문을 나서다 임시 휴업이란 팻말을 떼내 대장간 안으로 던졌다.

"아이구! 안에 계셨군요."

누군가 호들갑을 떨며 그들에게 다가왔다. 이목구비가 전체적으로 가운데로 쏠려 쥐를 연상케 하는 사내는 전서구를 취급하는 조류상점의 주인이었다.

"전 임시 휴업 팻말이 오랫동안 걸려 있어서 어디 먼 곳으로 가신 줄 알았습니다."

"안 그래도 그곳으로 가려던 참인데 무슨 일이오?"

"무사님의 일행 분께서 가져가셨던 전서구가 왔었습니다."

"왔었다니? 언제 말이오?"

주인은 눈동자를 위로 올려 잠시 생각을 하더니 말했다.

"벌써 팔 일이 됐군요. 그때 왔었는데 문이 닫혀 있길래 그냥 갔습죠."

"편지는?"

"그게 좀 이상합니다."

"뭐가 말이오?"

"편지 통에 든 종이는 백지뿐이었고 돌아온 전서구는 그날 바로 죽어버렸습니다. 너무 먼 길을 쉬지 않고 와서 그런 모양입니다. 그런데 그 비둘기 깃털이 상당 부분 그슬려 있었습니다."

"불에 그슬려 있었단 말이오?"

"네, 불길을 뚫고 온 것처럼 말입니다."

주적자는 미간을 찌푸리고 생각을 하다가 물었다.

"지금 그 전서구는 어디 있소?"

"우리 관례대로 땅에 묻었습니다."

"그곳으로 갑시다."

주인이 안내한 곳은 조류상점의 널찍한 뒷마당이었다. 그곳에는 이십여 개의 막대가 가지런히 꽂혀 있었는데 그 아래 새들의 시체가 묻혀 있었다. 주인은 맨 뒤쪽의 두 번째 막대 아래를 삽으로 파서 죽은 전서구를 꺼냈다. 겨울이어서인지 아직 썩지는 않은 상태였다.

주인의 말대로 전서구의 깃털은 상당 부분 검게 그슬려 있었다. 특히 가슴과 날개 아래쪽이 심했다. 아래쪽에서 불길을 받았다는 증거였다.

'뭐지? 왜 전서구가 불에 그슬린 채 빈 편지 통만 가지고 왔을까?'

소소자나 사도철광이 전서구를 구워 먹으려다 실수로 놓쳐서 날아오지는 않았을 것이다. 그렇다면 무슨 사고가 난 것이 틀림없는데, 짐작조차 할 수 없었다. 주적자는 전서구를 파진 구덩이에 던져 넣고 몸을 일으켰다.

"아무래도 서둘러 길을 떠나야 할 것 같군."

*　　　*　　　*

그들은 어둠 속을 천천히 걸어갔다. 처음엔 칠흑 같던 어둠도 이제는 상당히 익숙해져서 삼 장 앞까지는 볼 수 있었다. 끊임없이 이어지는 진동도 처음엔 불안했지만 이제는 그러려니 할 정도로 면역이 되었다. 아직까지 무너지지 않은 것을 보면 앞으로도 그럴 것이다. 물론 희망 사항이지만.

"대체 알 수가 없군. 분명 공기가 들어와서 우리가 아직 살아 있는 것이 분명한데 대체 그곳이 어딘지 알 수 없으니."

사도철광은 동굴의 벽에 바짝 붙어 서서 몸으로 바람을 느끼려 애썼다. 미로 같은 동굴을 헤맨 지 벌써 보름. 그들이 가지고 있는 건량은 거의 바닥이 난 상태였다. 빨리 길을 찾아 나가지 않으면 동굴 안에서 굶어 죽어야 할 판이었다.

손을 벽에 대고 걷던 사도철광은 옆에 바짝 붙어 쫄래쫄래 따라오는 소소자를 휙 째려봤다.

"자넨 왜 똥 냄새 맡은 똥파리처럼 날 따라다니는 건가?"

소소자는 사도철광을 향해 안됐다는 표정을 지었다.

"아무리 상황이 이렇다고는 하지만 자신을 똥에 비유하다니 그러면 되겠소?"

사도철광은 손을 휘휘 저으며 말했다.

"알았으니 저리 가서 빨리 나갈 통로나 찾아보게."

"내가 묻는 말에 대답을 해줘야죠."

사도철광은 난감한 시선으로 뒤따라오는 나인현을 본 후 속삭였다.

"자네 자꾸 이럴 건가? 아무 일 없었다고 했잖아."

소소자도 나인현을 일별한 후 낮은 목소리로 말했다.

"정말 아무 일 없었단 말이오?"

"그렇다니까. 그러니 빨리 저쪽으로 가서 출구나 찾으라구."

소소자는 이상하다는 듯 고개를 갸웃했다.

"그럴 리가 없는데. 우리가 물속에서 적어도 일각은 있었는데……."

그의 말이 사도철광이 잘랐다.

"아, 그 사람! 지금이 한가하게 그런 이야기를 할 때인가?"

자신의 목소리가 너무 컸다는 것을 느낀 사도철광이 다시 한 번 나인현의 눈치를 살핀 후 말했다.

"앞으로 이틀만 지나면 가지고 있는 식량은 모두 바닥이 난다구."

"굳이 강조하지 않아도 알고 있소이다. 하지만 걱정한다고 문제가 해결되는 것은 아니지 않소?"

"그렇다고 자네처럼 쓸데없는 일에 매달리느니 출구를 찾는 데 더 집중하겠네."

"그런 식으로 출구를 찾을 수 없다는 것은 사도 영감도 잘 알고 있지 않소이까? 설사 바람이 새어 든 틈새를 찾는다 하더라도 그곳을 뚫고 나갈 생각이오? 최소한 몸이 빠져나갈 수 있는 공간은 찾아야 하니 굳이 그렇게 벽을 더듬을 필요는 없지요."

"하지만……."

"내 질문을 피하기 위해 머리 쓸 생각은 마시오. 그냥 솔직하게 있는 그대로 말하면 되오이다."

머쓱한 표정을 짓던 사도철광은 될 대로 되라는 듯 말했다.

"난 할 말 없네. 내가 무슨 죄를 지었다고 날 이렇게 몰아붙이는 건가?"

사도철광은 말을 하고 성큼성큼 걸음을 내디뎠다.

"사도 영감이 정 그렇게 나온다면 하는 수 없지요. 나 소저에게 물어보는 수밖에."

그가 몸을 돌리자 예상했던 대로 사도철광이 팔을 붙잡았다.

"자네, 정말 짓궂게 이럴 건가?"

"난 원래 궁금한 것은 못 참거든요. 그러니 말씀해 보시오. 일각 이상 물속에 있었는데 어떻게 나 소저가 멀쩡히 나올 수 있었는지."

소소자의 은근한 물음이 이어졌다.

"사도 영감, 숨을 나 소저에게 줬지요?"

"그래, 줬네 줬어. 안 그러면 나 소저가 죽을 텐데 어쩌겠나?"

사도철광은 대답을 하고 쑥스러운 얼굴로 걸음을 빨리했다. 소소자는 그런 사도철광의 뒤를 쫓으며 물었다.

"젊은 처녀하고 입맞춤한 기분이 어떻습디까? 그러고 보면 사도 영감도 엉큼한 구석이 있구려."

사도철광은 소소자를 손가락질하며 무슨 말인가를 뱉으려다 이내 돌아서서 갈 길을 재촉했다. 소소자는 그것이 재미있다는 듯 계속 뒤를 쫓으며 집요하게 말을 걸었다. 하지만 그들의 기묘한 쫓고 쫓김도 얼마 가지 못했다. 동굴의 끝을 나온 것이다. 이런 식으로 동굴 끝을 맞은 것이 벌써 열일곱 번째였다.

"여기도 아니로군. 무슨 놈의 동굴이 이 모양인지……."

사도철광은 탄식을 터뜨리며 돌아섰다.

"한두 번도 아닌데 새삼스럽게 뭘 그리 실망하고 그러시오."

"자네는 걱정되지도 않나?"

"왜 안 되겠소? 하지만 아무 도움도 되지 않는 것에 심력을 쏟아봤자 피곤해질 뿐이지요. 그 힘으로 동굴 한 군데라도 더 도는 것이 훨씬 낫지 않겠소?"

사도철광은 고개를 끄덕였다.

"그래, 자네 말이 맞네."

"나야 언제나 맞는 말만 하지요. 자, 빨리 돌아가서 다른 동굴로 들어가 봅시다."

왔던 길을 다시 되짚은 그들은 사방으로 다섯 개의 동굴이 뚫린 타원형의 공지에 다다랐다. 지하에 거미줄처럼 얽힌 동굴은 모두 이런 식으로 되어 있었다. 한 길을 따라가다 보면 이런 형태의 곳이 나오고, 그중 하나를 들어가다 보면 막히거나 아니면 이처럼 사방으로 뚫린 곳이 나오기를 반복했다. 정말 지랄 같은 동굴이었다.

소소자는 주위를 휘휘 둘러보더니 말했다.

"이번엔 어디로 가볼까요?"

사도철광은 두리번거리다 이내 길게 한숨을 쉬었다.

"후~ 모르겠군. 이번엔 우리가 아닌 호 소저나 나 소저가 택해보는 것이 좋겠네. 번번이 허탕만 쳐서 면목이 없구먼."

"그럽시다. 어떻소? 호 소저가 정해보겠소? 그냥 느낌이 닿는 대로 방향만 가리키면 되오이다."

호미령은 보이지 않는 시선을 이리저리 돌리더니 왼손을 들어 한곳을 가리켰다. 용케 그들이 들어가지 않은 동굴이었다.

"좋소이다. 그럼 그쪽으로 가봅시다."

걸음을 옮기려는 소소자를 사도철광이 잡았다.

"그전에 요기부터 해야겠군. 족히 하루는 굶은 것 같네."

엄살 같았지만 실제로 그들이 느끼는 허기는 참기가 힘들 정도였다. 건량 대신으로 허기를 때우느라 동굴 안에 흐르는 물을 너무 많이 먹은 바람에 걸을 때마다 출렁거리는 소리가 날 정도였다. 사도철광은 품에서 건량이 든 주머니를 꺼내며 자리에 털썩 주저앉았다. 주머니 입구를 까뒤집자 물에 퉁퉁 불은 건량이 모습을 드러냈다. 밖에서 같으면 누구도 손을 대려 하지 않겠지만 지금은 희미한 냄새만으로도 군

침을 삼키고 있었다.

"한 사람 앞에 두 조각 정도면 되겠지. 최대한 버틸 때까지 버텨야 하니."

사도철광의 말에 소소자가 맞장구를 쳤다.

"과식하면 몸에 해로우니 그 정도가 적당하죠."

사도철광은 손바닥 반만한 건량 두 장씩을 일행에게 나눠 주었다. 그들 스스로 비참하다는 생각까지 들었지만 지금으로써는 어쩔 수 없었다. 가라앉은 분위기 때문인지 묵묵히 식사만 하고 있던 호미령이 입을 열었다.

"지금 가지고 있는 식량으로 얼마나 버틸 수 있을까요?"

사도철광은 주머니 안을 힐끔 보고 말했다.

"앞으로 두 끼 정도는 먹을 수 있겠군."

호미령은 씹는 것을 중단하고 무슨 생각엔가 골몰했다.

"뭐 하시오? 빨리 먹지 않고."

소소자의 재촉에 호미령은 아랫입술을 지그시 물었다.

"사도 어르신과 소 의원께서는 무림인이시니 저나 나 소저보다는 오래 버티시겠죠?"

"무슨 말이오?"

소소자의 물음에 호미령은 보이지 않는 시선을 그에게 던졌다.

"한 사람이라도 살아남을 수 있는 방법을 찾자는 거예요."

"어떻게 말이오?"

잠시 망설이던 호미령이 입을 열었다.

"식량이 다 떨어지고도 버틸 수 없을 때까지 나갈 길을 찾지 못한다면 먼저 죽는 사람을 식량으로 쓰기로 해요."

그녀의 예기치 않은 말에 모두의 얼굴이 놀람으로 물들었다. 전혀 상상치도 못한 제의였다. 너무 기가 막혀서 아무 말도 못하는 그들 사이로 다시 호미령의 목소리가 떨어졌다.

"죽으면 어차피 썩어서 벌레들의 먹이밖에 더 되겠어요? 그러느니 차라리 남은 사람이라도……."

"말도 안 되는 소리 하지도 마시오!"

소소자는 매몰차게 호미령의 말을 끊었다.

"어찌 인간이 인간을 먹는다는 말이오? 그런 끔찍한 생각일랑은 하지도 마시오!"

"실제로 흉년에 사람을 잡아먹는 일이 일어난다는 것은 소 의원님도 잘 알고 계시잖아요."

"그 사람들은 그 사람들이고 우리는 우리요! 다시는 그런 소리 입 밖에 내지도… 아니, 생각하지도 마시오!"

"하지만 제가 은혜를 갚을 길은 이것밖에 없는걸요."

"……."

"지금까지 살아오면서 제게 이토록 정성을 쏟아주신 분은 소 의원님이 처음이었어요. 앞을 못 보는 전 어머님과 할아버님께 천덕꾸러기일 뿐이었죠. 그런데 소 의원님께서 제게 분에 넘치는 관심을 가져주셨어요. 그리고 제가 정말 고마운 것은 희망을 주셨다는 거예요. 세상을 다시 볼 수 있을지도 모른다는 희망 말이에요. 비록 눈이 고쳐지지 않는다 할지라도 제가 희망을 품고 살았던 날들은 가장 행복한 시간으로 기억될 거예요. 그것으로 충분히 족하고요."

호미령은 굵은 침을 삼키고 말을 이었다.

"제가 소 의원님께 진 빚은 오랫동안 같이하며 갚고 싶었어요. 하지만 지금의 상황은 그렇지 못하군요. 그래서… 부족하지만 제 몸이라도 드리고 싶은 거예요."

그녀의 절절한 말은 한동안 그들의 공간을 침묵으로 채워놓았다. 당치도 않은 말이라 느끼면서도 선뜻 반박할 수 없었던 것은 그녀의 애기가 너무 애절했기 때문이었다. 한참 동안의 말없음을 깬 사람은 나인현이었다.

"하지만… 여기서는 불을 피울 수 없잖아요. 인육(人肉)을 그냥 먹으려면 힘들 텐데……."

소소자와 사도철광은 어이없는 시선으로 나인현을 보았다. 호미령의 말을 진지하게 생각한 사람이 있을 줄이야…….

나인현의 말을 호미령이 받았다.

"그렇기는 하지만 차선은 있어요. 두 분은 무공이 높으시니 악력(握力) 또한 셀 거예요. 살을 찢어서 수분이 다 빠져나오도록 쥐어짜면 건포처럼 드실 수 있지 않을까요?"

많은 생각을 한 듯 구체적인 대답이었다. 나인현은 '오호' 하는 감탄사를 터뜨렸다.

"그럴 수도 있겠군요."

소소자가 호미령을 향해 낮은 소리로 물었다.

"대체 호 소저는 언제부터 그런 생각을 한 것이오?"

"수중 동굴을 헤엄쳐 나왔을 때요. 어쩌면 우리는 이 동굴에서 빠져나갈 수 없을지도 모른다는 생각이 들었어요. 나쁜 예감이요."

호미령의 목소리는 잘게 떨리고 있었다. 소소자는 그녀를 진정시키려 어깨에 손을 얹고 말했다.

"잘 들으시오. 우리는 반드시 이 동굴을 빠져나갈 것이오. 그 후 소저의 눈도 고칠 것이오. 그 다음에는 이런 쾌씸한 생각을 한 소저의 엉덩이를 마음껏 패주겠소. 각오하고 있으시오."

"하지만 지금으로써는 방법이……."

소소자의 입가에 희미한 웃음이 지어졌다.

"잊었소? 우리에게는 주적자라는 든든한 아군이 있음을."

사도철광이 그 말을 받았다.

"하지만 주 아우는 우리가 이 산에 있다는 것조차 모를 걸세. 지금도 검을 만들며 우리를 기다리고 있겠지."

"늦기야 하겠지만 주적자는 반드시 올 겁니다."

"그래, 설사 온다 할지라도 이 불 구덩이로 들어오겠나? 찾을 가능성이 희박하다는 것을 누구보다 잘 알 텐데 말이야."

"그래도 주적자는 옵니다. 불로 덮인 산이 아니라 불 가마 속이라도 주적자는 반드시 옵니다."

사도철광은 이해할 수 없다는 듯 고개를 저었다.

"어떻게 그런 확신을 하는지 모르겠군."

"내가… 내가 그렇게 할 테니까요. 그리고 그 괴물 같은 녀석은 어떤 방법을 쓰든 우리를 찾을 겁니다. 난 그 녀석을 믿어요."

가지 마, 죽지 마, 부활할 거야

제20장 가지 마, 죽지 마, 부활할 거야

　주적자와 당과가 청리현에 도착한 것은 길을 떠난 지 이십 일 만이었다. 현에 들어서면서부터 고을의 분위기가 어수선하다고 느꼈는데, 얼마 가지 않아 그 이유를 알 수 있었다. 우화산 위의 하늘을 온통 회색으로 덮어버린 연기를 발견한 것이다. 산꼭대기도 보이지 않는데 청리현에까지 연기가 날아올 정도였으니 능히 산불의 정도를 짐작할 수 있었다.

　주적자는 비로소 전서구의 깃털이 탄 이유를 알았다. 그것은 소소자 일행이 우화산 안에 있다는 것을 의미했다. 거기까지 생각이 미치자 주적자는 서둘러 우화산으로 향했다. 저 정도의 불이라면 아무리 무공이 뛰어나다고 해도 위험할 수밖에 없었다. 소소자 일행이 위험에 처하지 않았다면 전서구가 그런 식으로 돌아오지는 않았을 것이다.

　멀리 우화산이 보이는 곳까지 이르렀을 때 뒤따르던 당과가 주적자를 불렀다.

"잠깐 기다려!"

주적자는 좌측에 산을 접한 좁은 들판이 있고 우측에 인가와 상점이 섞여 있는 관도의 한복판에 서서 당과를 보았다. 그를 황급히 따라온 당과가 물었다.

"저 산으로 들어갈 생각이야?"

"아니면 여기까지 왜 왔겠나?"

당과는 어이없는 얼굴로 주적자를 보며 우화산을 가리켰다.

"저 솟아오르는 불기둥이 안 보여? 저 위험한 곳으로 가겠다고?"

그녀의 경고가 아니더라도 산 곳곳에서 무섭게 치솟는 불기둥은 지옥의 염옥(炎獄)을 현세로 옮겨놓은 듯했다. 하지만 위험이 주적자의 발길을 막을 수는 없었다.

"네 명이 저 산에 있는 것이 분명한데 걱정만 하고 있을 수는 없어."

"하지만 그들이 어디 있는 줄 알고 찾는다는 거지? 저 불 구덩이 속에서 그들을 찾을 수 있을 것 같아?"

당과의 말은 정곡을 찔렀다. 초목이 덮인 산에서 찾는다 할지라도 어려운 일인데, 불기둥이 폭죽처럼 터지는 산에서 누군가를 찾는다는 것은 사실상 불가능했다. 그것을 알고 있음에도 주적자는 우화산으로 가야 했다.

"포기해. 네가 간다고 그들에게 도움을 줄 수는 없어."

주적자는 단호히 고개를 저었다.

"아니, 그럴 수는 없어. 비록 확률이 천만 분의 일이라 할지라도 난 그 희박한 가능성에 걸겠어. 이대로 그들의 죽음을 방치한다면 난 평생 후회하며 살게 될 거야."

"그들은 이미 죽었을지도 몰라. 아니, 저 산속에서 아직 살아 있다면 그것이 기적이겠지."

이론적으로 당과의 말이 맞다 할지라도 주적자는 기적 쪽에 몸을 기댈 수밖에 없었다.

"그래도 난 간다."

이제껏 침착하게 말을 하던 당과가 버럭 화를 냈다.

"왜 그렇게 멍청해! 저 산으로 가면 너도 위험해! 죽을 수도 있다구! 그걸 모르겠어?"

주적자는 화염에 치솟는 우화산을 보며 말했다.

"소소자였다면 지금 이런 대화조차 하려 하지 않고 달려갔을 거야."

"넌 소소자가 아니야!"

"그래. 하지만 서로를 신뢰하는 것은 같지. 난 녀석의 믿음을 저버리고 싶지 않아."

당과는 답답하다는 시선으로 주적자를 보았다.

"목숨을 걸고 우정(友情)을 과시하고 싶은 거야? 대체 눈에 보이지도 않는 그깐 것에 목숨을 거는 이유가 뭐야?"

주적자는 잠시의 사이를 두고 대답했다.

"눈에 보이는 것 중에 목숨을 걸 만한 게 없으니까."

당과는 우화산을 등진 채 주적자 앞에 버티고 섰다.

"절대 못 가."

주적자는 눈썹을 역팔자로 곤두세웠다.

"날 막겠다는 거야?"

"그래. 내 생애에 다시 만날 수 없는 보물을 이런 식으로 잃을 만큼 난 멍청하지 않아."

"실랑이는 이 정도로 됐어."

주적자가 옆으로 비켜서 가려 했지만 어느새 당과가 앞을 가로막았다.

"못 간다고 말했을 텐데."

주적자는 지그시 당과를 노려보았다.

"무력으로 막을 생각인가?"

"왜? 못할 것 같아?"

당과는 주적자의 등에 삐죽하게 솟아 나온 검자루를 보며 말을 이었다.

"무명묵검의 성능을 시험해 볼 절호의 기회군."

그녀는 싱긋 웃음을 지었지만 농담처럼 들리지는 않았다.

"내게 누군가를 택하게 하지는 말아라. 이건 선택의 문제가 아니니까."

"선택이든 아니든 결과는 마찬가지야. 결국 우화산에는 가지 못할 테니까."

주적자는 당과의 마음을 돌릴 수 있는 말을 생각하다 이내 어떤 말도 소용없음을 깨달았다. 그녀의 확고한 의지를 무너뜨릴 수 있는 방법은 무력밖에 없을 것 같았다. 하지만 그녀를 상대로 싸울 수는 없었다. 어떻게 그녀에게 검을 들이댈 수 있겠는가? 그렇다고 피해서 가기에는 그녀가 너무 빨랐다. 한 번의 격돌로 그 정도는 알 수 있었다.

주적자가 갈등하고 있을 때 오른쪽에서 늙은 목소리가 들려왔다.

"쯧쯧, 그러게 내가 그렇게 가지 말라고 일렀거늘. 남자 둘은 그렇다고 해도 그 여인 둘은 정말 아깝군. 곡강(曲江)에 있는 내 아들 둘하고 맺어주면 딱 좋겠더구만."

주적자는 소리가 들린 쪽으로 고개를 돌렸다. 현빈루라는 간판이 걸린 객잔의 창문에 얼굴을 내민 노인이 우화산을 보며 혀를 차고 있는 것이 보였다. 주적자는 황급히 그 노인에게로 다가갔다.

"방금 이남 이녀(二男二女)라고 했소?"

노인은 놀란 얼굴로 되물었다.

"댁은 뉘시오?"

주적자는 노인의 어깨를 움켜잡고 재차 물었다.

"그건 알 것 없고 노인장이 본 사람들의 인상착의나 말해 보시오!"

노인은 주적자의 분위기에 눌려 빠른 말로 그들의 용모를 설명했다. 제일 늙은 사람의 손톱이 무척 길었다는 말만 듣고서도 그들이 소소자 일행임을 알 수 있었다. 주적자는 우화산을 돌아보며 중얼거렸다.

"확실히 저 산으로 갔군."

그는 다시 노인에게 질문을 던졌다.

"그들이 어느 길로 갔는지 알고 있습니까?"

노인은 확실치 않은 한곳을 가리키며 말했다.

"지금은 온통 연기 때문에 보이지 않지만 저곳으로 가면 커다란 온천이 있지요. 이 마을 사람들은 우룡호(右龍湖)라고 부르는데 그곳으로 가는 것 같았소. 내가 들어가지 말라고 했는데 기어코 가기에 자세히 봐뒀지."

주적자는 노인의 손가락 끝에 시선을 모았다. 산 전체를 덮고 있는 연기 외에는 아무것도 볼 수 없었지만 방향만은 짐작할 수 있었다. 그는 노인이 가리킨 곳을 향해 몸을 날렸다. 깜짝 놀란 당과가 앞을 막으려 했지만 주적자는 이미 그녀의 곁을 스쳐 간 후였다.

"멈춰! 정말 죽고 싶은 거야!"

당과가 소리를 치며 따라왔다. 주적자는 그녀를 따돌릴 수 없을 거라고 생각했다. 그런데 아니었다. 그의 몸은 자신이 느끼기에도 놀라울 정도로 가벼웠다. 땅을 밟고 달리는 것이 아니라 허공을 나는 기분이었다. 주위의 풍경들이 믿을 수 없을 정도로 빠르게 뒤로 물러났다. 스쳐 지나가는 것들이 모두 푸른색으로 섞여서 길게 늘어졌다.

"기다려! 기다리란 말이야!"

그는 소리치는 당과를 힐끔 돌아보았다. 일 장 정도 뒤에서 따라오는 그녀는 더 이상 거리를 좁히지 못하고 있었다.

"가는 것을 말리지 않을 테니까 멈춰!"

주적자는 '정말일까?' 하는 생각을 하다가 이내 신형을 세웠다. 이런 상황에서 거짓말을 할 것 같지는 않았다. 그러면 싸우는 것보다 훨씬 감정의 골이 깊어질 테니까. 그의 앞에 멈춰 선 당과는 고른 숨을 쉬고 있었다.

"멍청한 녀석 같으리라고! 십중팔구 죽을 걸 뻔히 알면서도 가겠다니! 내가 미쳤지. 너 같은 녀석을 좋아하다니."

그녀는 투덜거리며 우화산을 보았다. 자욱한 연기 사이로 쉴 새 없이 터지는 불기둥의 열기가 피부에 느껴질 정도로 가까운 거리였다.

"널 가지 못하게 하지는 않겠어. 단, 저곳에 들어가면 내가 하지는 대로 해야 해."

"너까지 우화산에 갈 필요는 없어. 둘이 간다고 나을 것도 없으니까."

"웃기는 소리 하지도 마! 내가 너 혼자 저 끔찍한 곳으로 보낼 것 같아?! 나와 함께가 아니면 여기서 한 발자국도 못 가!"

주적자가 말이 없자 당과가 다시 입을 열었다.

"이렇게 쫓고 쫓기며 우화산으로 갈 생각이야?"

그는 당과의 고집을 꺾을 수 없다는 것을 깨달았다.

"좋아. 잘해 보자구."

주적자는 손을 내밀었다. 당과는 그 손을 툭 치고 냉랭하게 그의 곁을 스쳐 갔다. 주적자는 피식 웃음을 터뜨리고 그녀의 뒤를 따랐다. 가까이 다가간 우화산은 먼 곳에서 볼 때보다 훨씬 더 끔찍했다. 화기는 말할 것도 없고 연기 때문에 일 장 앞도 제대로 볼 수 없었다. 주적자는 양쪽 팔 소매를 뜯었다. 그것을 본 당과가 물었다.

"뭐 하는 거야?"

"연기 때문에 호흡하기가 곤란할 것 같아. 물을 적셔서 입을 막으면 좀 수월하겠지."

당과는 웃음 띤 얼굴로 말했다.

"지금도 주위는 온통 연기투성이인데 숨 쉬기가 불편해?"

그러고 보니 이 정도 연기면 숨을 쉬기 힘들 만도 한데 전혀 그런 기미를 느낄 수 없었다. 연기 특유의 냄새는 맡을 수 있었지만 맵거나 숨이 막히지는 않았다. 코를 킁킁대던 주적자가 물었다.

"어떻게 된 거지?"

"내가 준 선물이야."

"혹시… 혈정? 그것 때문인가?"

"이제야 그걸 느끼다니. 너도 좀 느리군. 안력을 집중해 봐. 시야도 밝아질 테니."

주적자로서는 잘 이해가 되지 않았다.

"무슨 소리지?"

"한곳을 집중해서 보란 뜻이야. 눈앞에 있는 연기도 먼 곳과 가까운 곳이 있잖아. 어느 곳이라도 상관없어. 사물을 보듯 눈의 초점을 맞춰 서 네가 보고 싶은 것을 봐."

주적자는 당과가 시키는 대로 일 장 너머의 희미하게 보이는 바위에 초점을 맞췄다. 놀랍게도 주위가 갑자기 환해지며 사물을 똑똑히 볼 수 있었다. 미처 피하지 못하고 죽은 노루의 주검이나 열기 때문에 말라 버린 십 장 밖의 나무도 확연하게 볼 수 있었다.

"차츰 익숙해질 거야. 그러면 설사 밤이라도 대낮처럼 볼 수 있겠지. 지금처럼 집중하지 않아도."

그녀는 말을 하고 앞장을 섰다. 우화산에 가까워질수록 경신술을 펼 치기도 힘들었다. 여러 개의 작은 온천이 모여 있는 곳을 지나자 비로 소 노인이 말한 호수가 나왔다. 당과는 우룡호의 가장자리에서 걸음을 멈췄다.

콰아아앙—!

십 장 앞에서 터진 불기둥 때문에 주적자는 주춤 물러섰다. 불을 머 금은 돌덩이들이 주위로 후두둑거리며 떨어져 내렸다. 비로소 불 지옥 의 초입에 들어선 것이다.

"여기서부터는 내가 앞장을 서지."

주적자가 앞으로 나아가려 하자 당과가 팔을 들어 막았다.

"넌 잠자코 있어."

그녀는 한쪽 무릎을 땅에 대고 앉은 후 손으로 바닥을 짚었다. 무언 가를 느끼듯 한참 동안 그렇게 있던 당과는 천천히 일어섰다.

"우리가 가야 할 곳은 지도에 표시되어 있던 그곳이겠지?"

"지금으로써 찾아볼 곳은 거기가 유일하니까."

당과는 주적자를 보고 더 이상 진지할 수 없는 얼굴로 말했다.

"현재 이 산은 매우 불안한 상태야. 언제 어디에서 불기둥이 치솟아올라 우리를 새까맣게 태울지 몰라."

그녀의 경고가 아니더라도 눈앞에 펼쳐진 정경만으로 충분히 알 수 있었다.

"넌 지금부터 내가 간 길만 밟아서 따라와. 곁에 서서 달리거나 앞장설 생각은 하지 말고."

"하지만……."

"내 말 들어! 내가 가진 감각은 너보다 훨씬 뛰어나! 그런 나조차 이곳은 장담할 수 없어. 지금은 앞장선다고 더 위험하고 뒤에 따라온다고 덜 위험한 상황이 아니야. 둘 다 얼마나 빨리 위험에 대처하느냐가 생명을 좌우하게 되겠지. 거기에 백 번 주사위를 굴려 모두 쌍육이 나올 정도의 천운까지 따라야 이 산에서 살아남을 수 있을 거야."

그건 당과의 말이 옳았다. 그래서 그녀에게 더 미안함을 느꼈다. 어찌 보면 별 상관도 없는 사람들인데 자신 때문에 그녀는 목숨의 위험을 무릅쓰고 있는 것이다. 그의 마음을 읽었는지 당과가 맑은 웃음을 지으며 말했다.

"자, 그럼 불놀이를 가볼까?"

돌아서는 그녀의 얼굴은 어느새 딱딱하게 굳어 있었다. 발이 땅에서 떨어졌다고 느낀 순간 그녀는 이미 일 장 저쪽을 가고 있었다. 주적자도 황급히 그녀 뒤를 따랐다.

터지는 불기둥을 좌우에 두자 땅의 흔들림은 더욱 심하게 느껴졌다. 지면을 차고 오를 때 중심을 잡기조차 힘들었다. 우박처럼 떨어지는 불꽃의 파편은 피할 엄두도 나지 않았다. 막을 수 있는 것은 쳐냈지만 그렇지 않으면 고스란히 맞을 수밖에 없었다. 화끈한 통증을 느끼기는 했지만 혈정의 효능 때문인지 심한 화상은 입지 않았다.

불과 여섯 자 앞을 달려가는 당과는 주적자보다 더 여유있게 불덩이를 피하며 나아갔다. 직선으로 달려가던 그녀가 갑자기 좌측으로 몸을 꺾으며 소리쳤다.

"피해!"

주적자는 황급히 그녀가 간 길을 따랐다. 우측 불과 다섯 자 거리를 두고 불기둥이 치솟았다. 인두로 지지는 듯한 고통이 얼굴에 전해지며 머리칼이 빠지직 소리를 내며 바스러졌다.

"으음!"

그는 짧은 신음과 함께 볼을 감싸 안았다. 불에 데었을 때만큼 큰 아픔과 함께 무언가 손에 잡혀서 떨어졌다. 눈앞으로 손을 가져와서 확인한 그것은 뻘겋게 부풀어 오른 살 껍질이었다. 굳이 면경을 보지 않아도 심한 화상을 입었다는 것을 알 수 있었다.

'살아남은 것만으로도 다행이지.'

그는 애써 위로를 하며 그사이 멀어진 당과를 따라잡았다. 만약 당과가 그 길을 그대로 밟았다면 얼굴에 화상을 입는 정도로 끝나지는 않았을 것이다. 그녀에게 어떤 초인적(超人的)인 감각이 있어 위험을 감지하는지는 모르지만 지금으로써는 그것이 유일한 희망이었다.

"많이 다쳤어?"

당과가 뒤를 돌아보며 물었다.

"죽을 정도는 아니니 길이나 제대로 찾아가!"

그녀는 주적자의 얼굴을 확인하고 소리쳤다.

"걱정 마! 곧 회복될 테니까!"

소리를 친 당과는 이 장 간격으로 터진 불기둥 사이를 위태롭게 빠져나갔다. 그녀에게 열기는 어떤 영향도 미치지 못하는 것처럼 보였다. 그들이 밟은 바위는 부드러운 모래처럼 부서졌다. 열기 때문에 약해진 탓이었다. 용케 불기둥을 피해 달린 그들은 어느새 산의 중턱까지 다다라 있었다.

예전 같으면 어림도 없는 일이었지만, 지금은 자욱한 연기 사이로 정상에 있는 학 모양의 바위까지 시선이 미쳤다. 주적자는 어쩌면 무사히 갈 수도 있을지 모른다는 생각을 하며 일 장 가까이 떨어진 당과와의 거리를 좁히려 애썼다. 산을 덮고 있는 불길의 일부인 듯 앞으로 나아가던 당과가 멈췄다고 느낀 순간, 그녀는 어느새 주적자를 덮쳐 오고 있었다.

"위험해!"

그녀가 주적자를 들이받듯 덮쳐서 허공에 뜨는 순간 발치에서 불기둥이 치솟았다. 다리가 통째로 떨어져 나가는 듯한 화끈함이 엄습했다. 쏟아지는 불기둥의 파편들은 주적자를 안은 당과의 등으로 고스란히 떨어졌다. 몸이 땅에 떨어지기도 전에 그녀의 옷은 타오르고 있었다.

한 몸이 되어 땅을 구르던 주적자와 당과의 몸이 갑자기 땅속으로 쑥 꺼져 들었다.

"허업!"

주적자는 다급한 신음을 뿜으며 몸을 지탱하려 했지만 의지만으로 어떻게 할 수 있는 상황이 아니었다. 정신이 아득해지는 그를 일깨운 것은 온몸의 뼈가 부서질 것 같은 고통이었다. 어디로 떨어진지도 모르고 얼마나 다친 상태인지도 알 수 없는 상황에서 주적자와 당과는 정신없이 비탈을 굴렀다. 손으로 땅바닥을 후벼 파보았지만 세상이 빙글빙글 도는 것을 막을 수는 없었다.

턱!

주적자는 갑자기 자신의 몸이 멈추는 것을 느꼈고, 한참 후에야 당과가 뒷덜미를 잡고 있다는 것을 깨달았다. 그들이 있는 곳은 폭과 넓이가 일곱 자 정도 되는 비스듬한 동굴이었다.

"괜찮아?"

푸석푸석해진 바위에 손이 안 보일 정도로 박은 당과가 물었다. 주적자는 겨우 경사 면에 몸을 고정시킨 후 고개를 끄덕였다.

"괜찮아."

말을 한 그는 다리를 보았다. 옷은 이미 타서 없어져 버렸고 껍질도 벗겨져서 빨간 살이 피를 게워내고 있었다. 그만큼의 고통도 그를 괴롭게 했다. 하지만 이상하게 움직이는 데는 크게 지장을 받지 않았다.

'이것도 혈정의 효능인가?'

그는 생각을 하며 당과를 올려다보았다. 옷이 거의 타버려 반라가 된 그녀의 불안한 시선은 주적자의 뒤쪽, 괴물의 아가리 같은 어둠 너머에 닿아 있었다.

"왜?"

당과는 대답 대신 팔과 다리를 움직였다.

"빨리 올라가는 것이 좋겠어."

그녀가 서둘렀기 때문에 주적자의 마음도 급해졌다. 급경사를 이룬 동굴은 인공으로 만든 것처럼 넓이와 높이가 일정했다. 심하게 흔들리는 동굴을 근 이각 동안 손에서 피가 날 정도로 열심히 올라가자, 비로소 그들이 떨어져 내린 수직의 구멍이 나왔다. 까마득하게 보이는 회색 하늘까지의 거리는 족히 이십 장은 되어 보였다. 저런 정도의 높이에서 떨어졌는데 아직까지 살아 있는 것이 놀라울 따름이었다. 흔들림 때문에 자잘한 돌멩이가 끊임없이 머리 위로 떨어졌다.

그가 꾸물거리고 있자 당과가 먼저 올라가며 재촉했다.

"하늘 감상은 나중에 충분히 할 수 있어."

"왜 그렇게 서두르는 거지?"

당과는 그들이 기어 올라왔던 곳을 보았다.

"이곳은……."

휘우우웅—!

거센 바람이 좁은 구멍을 통과할 때 나는 소리가 그들의 뒤쪽에서 들려와 당과의 말을 끊어놓았다. 주적자의 등골을 타고 불안이 스멀스멀 기어올랐다.

"뭐지?"

당과는 통로를 타고 오르며 말했다.

"불기둥이 터져 나오는 곳."

주적자는 불안한 시선으로 시커먼 어둠 저쪽을 바라보았다. 다시 들리는 바람 소리는 훨씬 가까이서 들렸다. 주적자는 더 이상 꾸물거리지 않고 통로를 따라 최대한 빨리 올라갔다. 통로의 벽이 푹푹 패이며 손가락에서 난 피를 거머리처럼 빨아들였다. 하지만 지금은 그런 것에 신경 쓸 여유가 없었다. 바람 소리는 아까보다 훨씬 증폭되어 그들의 뒤를 쫓고 있었다.

그들이 통로의 반쯤 올라갔을까?

콰우우웅—!

여태까지 뒤를 쫓던 바람 소리와는 비교할 수도 없을 정도의 굉음이 그들을 덮쳤다. 아래로 시선을 돌리기도 전에 먼저 화끈한 열기가 찾아왔다. 시뻘건 화염은 전설의 용이 내뿜는 그것처럼 통로를 타고 무섭게 터져 오르고 있었다. 앞으로 오를 거리는 십 장이 넘게 남았는데… 설사 날개가 있다 해도 저토록 빠르게 치솟는 불길을 피할 수 있을 것 같지 않았다.

그는 본능처럼 당과를 보았다. 불길을 보는 그녀의 눈에도 암담함이 스쳤다. 주적자는 당과의 모습에서 불길을 피해 달아날 수 없다는 것을 확인했다.

"당과, 나 때문에……."

죽음의 순간에 그가 할 수 있는 말이란 고작 이런 것뿐이었다. 한 길 위에 있던 당과가 아래로 내려와 주적자와 눈 높이를 맞추더니 갑자기 그의 멱살을 와락 움켜쥐었다.

"나와의 약속을 잊지 마!"

"무슨……."

"영원히 나와 같이 있겠다는 약속!"

"하지만 지금은……."

당과는 십 장 아래까지 치솟은 불길을 힐끔 보고 말했다.

"영원히 날 사랑할 것이라고 약속해! 빨리!!"

이런 모습을 보이는 당과를 이해할 수 없었지만 주적자는 고개를 끄덕였다.

"그래, 약속하지."

당과는 예전에 볼 수 없는 풋풋한 웃음을 짓더니 주적자를 끌어당겼다. 그는 당과의 손에 의지한 채 허공에 대롱대롱 매달린 꼴이 되었다.

"뭐 하는 거야?"

"반드시 살아나야 해."

당과는 말과 함께 위로 그를 집어 던졌다. 귀를 스치는 바람이 머리를 멍하게 만들었다. 회색의 통로 벽이 눈앞을 스친 후 자욱한 연기가 몸을 휘감았다. 바닥에 떨어져 이 장쯤 구르자 그가 나온 구멍에서 비로소 불기둥이 치솟았다. 참을 수 없는 뜨거움이 전해졌지만 화상에 대한 걱정은 하지 않았다.

"당과—!"

주적자는 당과의 이름을 부르며 구멍으로 뛰어갔다. 불덩이의 꼬리가 허공으로 흩어지자마자 그는 구멍으로 고개를 집어넣었다.

"당과—!"

다시 한 번 그녀의 이름을 불렀지만 여러 개로 흩어진 그의 목소리만이 웅웅거리며 퍼질 뿐이었다. 수직의 구멍 어디에도 그녀의 모습은 찾을 수 없었다. 하긴 그 불길에 휩싸인 당과의 무사함을 바란다는 것 자체가 무리한 바램이었다. 하늘 높이 치솟아 흩어진 불기둥 어디엔가 녹아버린 당과의 일부분도 같이 있을 것이다.

"당과……."

주적자는 혼잣말처럼 그녀의 이름을 뱉어내고 모로 쓰러졌다. 불기둥들이 터지며 만든 진동과 열기가 느껴졌지만 움직이고 싶지 않았다. 온몸을 수천 가닥의 줄이 얽매어 조이는 것 같았다. 그것은 어쩌면 가루가 되어 그의 몸 위로 내려앉은 당과의 잔재인지도 모른다.

"내가 당과를 던졌어야 했는데… 내가……."

꽉 막힌 목소리를 뱉어낸 주적자의 가슴으로 그 무게가 지닌 아픔보다 훨씬 큰 슬픔이 파고들었다. 흑회색 하늘을 보고 있던 주적자는 눈앞이 뿌옇게 흐려지는 것을 느끼며 눈을 감았다. 참지 않은 눈물 한 방울이 관자놀이를 타고 흘러내렸다.

그에게 당과의 죽음이 어떤 의미인지 지금 당장은 알 수 없었다. 그저 당과가 죽은 것이 슬펐고 자신만 살아난 것이 분했고 당과처럼 행동하지 못한 자신에게 화가 났다. 주위에서 일어나는 모든 위험이 백리 밖, 아니, 그가 살고 있지 않는 세상에서 벌어지는 것 같았다.

몸에 느껴지는 진동보다 눈꺼풀에 가려진 어두운 세상이 더욱 마음에 들었다. 차츰 어둠의 한켠을 빛내는 빛무리가 늘어났다. 착시 현상처럼 나타났다 사라지던 그것은 이내 무리 지어 나는 개똥벌레처럼 어둠을 이리저리 휘젓고 다녔다. 그 수가 늘어날수록 막연하게 느껴지던 슬픔도 차츰 현실로 다가왔다. 그것은 심장의 박동을 멈추게 하고 목을 꽉 매워놓았다.

"크윽─!"

신음처럼 시작된 그의 울음은 이내 온몸으로 퍼져 나갔다.

"으으으……!"

우는 것이 익숙하지 않다는 것은 이럴 때 더욱 괴로웠다. 감정에 맡기고 싶으면서도 젖어버린 습성은 자꾸 그의 목을 막아버렸다. 주적자는 바닥에 엎드려 세우처럼 허리를 굽혔다. 그러자 비로소 막혔던 목이 터지며 덩어리 같은 것이 넘어왔다.

"어허헝─! 크허어엉─!"

사방에서 터지는 불기둥의 폭음보다 그의 울음소리가 더 크게 울렸다. 아버지가 돌아가셨을 때도 이처럼 크게 울지는 않았었다. 그저 주먹을 쥐고 나오는 눈물을 참으며 손등으로 훔쳤을 뿐이다. 하지만 지금은 참고 싶지 않았다. 이렇게 울음이라도 터뜨리지 않으면 격한 감정으로 전신이 터져 나갈 것 같았다. 짧은 시간 사랑이라는 감정이 있었고, 단 한 번 살을 섞은 여인의 죽음이 왜 이리 슬픈 것일까?

주적자는 이성의 물음에 아무 대답도 할 수 없었다. 그저 슬프고 아프고 자신에게 화가 날 뿐이었다. 주적자에게는 처음 찾아오는 감정이었다. 아버지의 죽음 때도 슬프고 화가 나기는 했지만 자신을 향한 것은 아니었다. 자신의 잘못이 아니었기에…….

하지만 당과의 죽음이 단지 자신의 책임이라고, 그래서 그 때문에 슬픔과 아픔을 느끼지는 않았지만 어쩌면, 아니, 틀림없이 그의 생애 처음 느낀 사랑의 상실이 그를 괴롭히는 것이었다. 단 한 번도 사랑을 느끼지 못했던 그가 처음 가진 사랑은 너무도 빨리 그의 곁을 떠나 버렸다. 잃어버린 첫사랑은 언제나 그렇듯 다시는 찾아오지 않을 것 같았다.

불기둥이 터지고 불덩이들이 공간을 가득 메운 그곳에서 주적자의 오열은 한참 동안 이어졌다. 가끔 돌덩이들이 그의 머리와 등에 화상 자국을 만들어놓았지만 그것이 그를 움직이게 하지는 못했다. 누군가는 육체의 고통이 정인(情人)을 잃은 아픔을 잊게 해줬다고 하지만 주적자는 전혀 그렇지 않았다. 육체의 고통이 오히려 더 큰 슬픔으로 다가왔다.

당과가 준 혈정이 아니었다면 화상으로 죽어도 벌써 죽었을 텐데… 그래서 그녀가 더욱 생각났고 그것 때문에 또 슬펐다. 주적자는 무릎을 꿇은 채 윗몸을 일으켜 흑회색 하늘을 보았다. 어지럽게 날아다니는 자잘한 저 재 속에 당과도 섞여 있을 것이다. 그는 내려앉는 재를 손바닥에 얹었다. 뜨거움은 이내 그의 체온에 맞춰서 내려갔다. 몇 번 손바닥에서 꿈틀대던 재는 바람도 느껴지지 않는데 꿈틀거리더니 위로 솟아올랐다.

재를 찾아 고개를 든 주적자의 시선으로 불덩이로 변한 바위가 덮쳐

왔다. 장정의 덩치만큼 큰 바위는 정확히 그의 얼굴을 향했다. 맞으면 죽을 수도 있다는 것은 길게 생각하지 않아도 알 수 있었다. 주적자는 바위를 피하고 싶지 않았다. 하지만 그의 생각과는 상관없이 본능이 몸을 움직였다. 바위를 얼굴 곁으로 흘린 주적자는 벌떡 일어섰다.

"반드시 살아나야 해."

당과의 마지막 말이 그때 들었던 것처럼 귓가에 울렸다. 주적자는 산정에 있는 학 모양의 바위를 보았다.

그가 움직이자고 생각한 것은 당과의 마지막 말 때문만은 아니었다. 비겁하게 느껴질지 모르지만 인간의 가장 근본적인 욕구인 삶에 대한 집착이 더 클 것이다. 막연한 죽음에 대한 동경은 손에 잡히는 죽음과는 너무도 다른 종류였다.

주적자는 그를 스치고 저 너머로 떨어진 불덩이 바위를 본 후 몸을 날렸다. 학 모양의 바위를 향하는 그의 걸음은 전혀 망설임이 없었다. 어느 쪽에서 불기둥이 솟아오르든 그는 앞만 보고 달렸다. 이 순간 그는 죽음을 운명에 맡기고 있었다. 굳이 피하려 하지 않는 죽음이 그를 선택할지는 오직 신만이 아는 일이었다. 빌어먹을 신만이⋯⋯.

*   *   *

우득!

쥐의 목은 너무도 쉽게 부러졌다. 사도철광은 쥐의 정수리에서 꼬리 바로 위 엉덩이까지 손톱으로 그은 후 익숙한 손길로 가죽을 벗겼다.

처음에는 살까지 엉켜서 피 반죽을 만들기 일쑤였는데 수십 번을 반복하는 사이 능숙하게 되었다. 가죽을 버린 사도철광은 머리를 떼고 내장을 끄집어낸 후 다시 살에서 뼈를 발랐다. 반 각이 지나기 전에 쥐는 조그마한 살덩이로 변했다. 사도철광은 그것을 양손 사이에 넣고 힘을 주었다. 피가 섞인 육즙이 빠져나오자 비로소 쭈글쭈글하게 변한 살점만 남았다.

사도철광은 그것을 나인현에게 내밀었다.

"드시게나."

이미 이런 식으로 서른 마리를 넘게 먹은 나인현이었지만 그때마다 이마를 찌푸리고 망설이는 것은 여전했다. 사도철광이 한 번 더 권하자 나인현은 못 이기는 척 쥐 고기를 받았다.

"이것도 자꾸 먹으니까 그런대로 괜찮군요. 후식이 없어서 좀 아쉽지만."

사도철광과는 달리 침으로 쥐의 사체를 분해한 소소자는 쥐 고기를 우물거리며 말했다. 말이야 그렇게 했지만 사실 소소자로서도 쥐 고기를 먹는 것은 고역이었다. 아무리 꼬옥 짠다고 해도 묻어나는 피 냄새와 그 특유의 노린내는 절로 욕지기를 치밀게 만들었다.

아무것(?)이나 잘 먹는 소소자도 그러니 호미령과 나인현은 오죽하겠는가? 그러나 그녀들도 처음 삼 일 동안만 쥐 고기를 거부했을 뿐 그 후로는 입 안으로 꾸역꾸역 집어 넣고 있었다. 코를 막고 먹으면 그나마 역한 맛을 덜 느낄 수 있다는 것까지 발견했다. 배고픔과 살기 위한 인간의 본능은 못할 것이 없게 만들었다. 그들은 쥐 고기로 허기를 달랜 후 다시 동굴을 더듬었다.

처음 며칠 간은 '이 길로 가면 출구가 나올지 몰라' 하는 희망을 가졌는데 이제는 습관적으로 동굴 여기저기를 기웃거리고 있었다. 움직이는 것 외에 할 일이 없으니 움직인다고나 할까? 그렇게 여러 동굴을 배회하며 얻은 것이 있다면 쥐 고기뿐이었다. 그것도 운이 좋아 쥐가 살고 있는 동굴을 발견했지 길을 잘못 들었다면 벌레조차 없는 동굴에서 굶어 죽었을 수도 있었다.

"이만큼 헤맸으면 이 산 안에 있는 동굴은 모두 돌아본 것 같은 데……."

사도철광의 말에 뒤따르던 소소자가 대꾸했다.

"모르죠. 동굴이 워낙 여러 갈래로 나뉘었으니 지난 곳을 또 가고 있을지. 난 방향 감각을 잃은 지 이미 오래요."

희망이 거의 사라진 그들의 말에는 힘이 없었다. 쥐를 먹으면서까지 목숨을 부지할 이유가 있을까 하는 생각은 이미 닷새 전부터 들기 시작했다. 자신이 그들의 먹이인 줄도 모르고 통통하게 살 오른 쥐 한 마리가 소소자의 다리 사이를 지나 어둠 저쪽으로 사라졌다. 소소자는 쥐를 잡을까 하다가 이내 관뒀다. 허기가 가시지는 않았지만 날로 먹는 쥐 고기로 배를 불릴 생각은 없었다.

'저 녀석은 힘이 넘치는군. 어디를 가…….'

쥐의 그림자를 쫓던 소소자의 생각 끝으로 무언가 번쩍 스쳐 갔다.

"그래! 그거야!"

소소자의 소리침에 사도철광이 뒤를 돌아보았다.

"뭐가 말인가?"

"쥐! 쥐 말이오!"

"쥐가 어쨌다고 그러나. 쥐 고기에 대한 새로운 요리법이라도 찾아낸 건가?"

"그게 아니라 쥐들이 어떻게 이 동굴 안에서 살아 있겠소? 그것도 통통 살이 찐 채로 말이오."

"그거야 워낙 잡식성이니 벌레라도……."

말을 하던 사도철광도 무언가를 깨달은 모양이다.

"그러고 보니 이 동굴에 들어온 후로는 벌레 한 마리 보지 못했는데."

"바로 그거요! 쥐들은 어디에서인가 먹이를 구한다는 말 아니겠소?"

사도철광은 소소자와 같이 희망에 들뜬 얼굴로 말했다.

"그렇다면 그곳은 분명 밖이겠군!"

소소자는 웃는 얼굴로 힘있게 고개를 끄덕였다.

"좋아. 그럼 가장 빨리 해야 할 일은 쥐를 찾는 것이군."

"그 다음, 녀석을 따라가야지요."

그들은 밟아온 길을 되돌아가며 쥐를 찾았다. 하지만 개똥도 약에 쓰려면 없다고 식량으로 여길 때는 심심치 않게 보이더니 막상 삶에 희망을 걸고 찾으려니 도통 발견할 수가 없었다.

"혹시 아까 내 가랑이 사이를 빠져나간 그놈이 이 동굴에 남은 마지막 쥐 새끼가 아닐까요?"

소소자의 말에 사도철광이 열심히 땅을 살피며 대꾸했다.

"우리 재수가 그 정도밖에 되지 않는다면 당장 혀를 깨물고 죽어야지."

사도철광의 말이 끝나자마자 뒤쪽에서 사각거리는 소리가 들렸다. 그들은 경험으로 그것이 쥐의 발자국 소리라는 것을 알 수 있었다. 잔뜩 긴장한 채 땅을 보고 있는 그들의 눈에 드디어 쥐의 모습이 드러났다. 그들은 행여 쥐가 놀랄까 동상처럼 움직이지도 않고 가만히 서서 쥐가 지나가기를 기다렸다.

쥐는 그들의 곁을 스쳐 가다 말고 소소자의 발치에 멈춰 서서 그의 다리에 코를 대고 킁킁거렸다. 꼬리꼬리하게 풍기는 냄새 때문에 먹잇감으로 착각한 것인지 모른다. 어쩌면 녀석은 돌아간 후에 '저기 엄청나게 큰 먹이가 있어! 나 혼자 끌고 오기에는 무거우니 같이 가자!' 하며 동료 쥐 새끼들을 우루루 데리고 올지도 몰랐다. 녀석은 한동안 소소자의 다리를 맴돌다가 흥미를 잃었는지 가던 길을 계속 빨빨거리며 가기 시작했다.

"휴—!"

소소자는 한숨을 내쉬고 호미령을 업은 후 조심스럽게 쥐를 쫓기 시작했다. 사도철광과 나인현이 잔뜩 긴장한 채 그 뒤를 따랐다. 한 십여 장쯤 쫓았을까? 감각이 예민한 쥐가 그들의 추격을 눈치 채고 빠르게 움직였다.

"서라!"

소소자는 소리를 지르고 냅다 뛰기 시작했다.

"'서라!' 라니? 쥐 새끼를 상대로 저런 말을 하다니… 소 의원이 급하긴 급했군."

중얼거린 사도철광도 이내 달리기 시작했다. 쥐를 추격하는 것은 생각보다 쉽지 않았다. 그리 빠르지는 않았지만 여러 갈래의 어두운 동굴을 이리저리 바꿔가며 도망가니 조금만 한눈을 팔면 놓치기 십상이었다. 온 길을 찾아 돌아가라면 불가능할 정도로 많은 동굴을 바꿔가며 쥐를 쫓은 그들은 결국 허탈한 얼굴로 멈출 수밖에 없었다.

그들을 꼬리처럼 붙이고 도망치던 얄미운 쥐는 딱 자기가 들어갈 정도 크기의 구멍으로 사라져 버렸다. 녀석이 들어간 구멍을 아무리 쳐다봐도 보이는 것은 어둠뿐이었다. 다른 길이 있을지도 모른다는 생각을 하며 주위를 찾아봤지만, 동굴의 끝이 그들을 기다리고 있는 전부였다. 더욱이 그 길은 이미 그들이 헛물을 삼키고 돌아온 곳이었다.

"결국 다시 원점이군."

사도철광이 씁쓸해하자 소소자가 힘찬 목소리로 말했다.

"아직 우리는 한 마리의 쥐밖에 놓치지 않았소이다. 이제 시작일 뿐이지요."

"끝이 빨리 왔으면 좋겠군."

그들은 그곳을 나와 여섯 방향으로 동굴이 뚫린 공지에 다다랐다.

"극도로 조심을 해야겠는데요. 이번처럼 쫓다가는 겁을 먹은 쥐가 아무 구멍에나 들어가는 수가 있으니까."

소소자의 말에 사도철광은 호미령과 나인현을 보며 난감한 표정을 지었다.

"하지만 그게 보통 어려운 일이어야 말이지. 쥐란 녀석들은 이미 경험했다시피 감각이 매우 예민하거든."

그랬다. 무공의 고수인 소소자와 사도철광도 쥐의 감각을 피하기가 쉽지 않은데, 그녀들이 낀다면 실패는 불을 보듯 뻔한 일이었다. 사도철광의 말은 소소자의 고개를 끄덕이게 만들었다. 잠시라면 모르지만 오랫동안 그녀들이 쥐의 이목을 속일 수는 없을 것이다.

"하긴… 그렇다고 호 소저와 나 소저를 두고 갈 수는 없는 일이지요. 쥐를 쫓다가 자칫 길이라도 잃는 날에는 영영 못 만나는 일이 생길지도 모르니까요."

"저희들 걱정은 마세요."

호미령의 말에 그들은 고개를 돌렸다.

"지금 이 상황에서 찾은 유일한 대안을 일어나지도 않은 불행 때문에 놓칠 수는 없잖아요."

"일어나지 않은 불행이라고는 하지만 충분히 가능성이 있어서 하는 걱정이오. 만약⋯⋯."

소소자의 말을 호미령이 잘랐다.

"만약 우리 둘 때문에 여기서 나가지 못한다면 결국 더 큰 후회를 남기게 될 거예요. 그렇지 않나요?"

그녀의 마지막 물음은 나인현에게 향한 것이었다. 나인현은 자신의 마음을 강조하듯 힘있게 고개를 끄덕였다. 소소자와 사도철광은 서로를 보며 어떻게 할 것인지를 고민했다. 이 시점에서 그녀들의 말이 옳다는 것은 알지만 옳다고 선뜻 따를 수도 없었다.

"여기서 기다릴게요. 두 분은 출구를 찾아 돌아오실 거예요. 꼭!"

활기 찬 그녀의 말이, 그래서 더욱 애처롭게 와 닿았다. 이제까지의 경험으로 동굴 안에서 길을 찾는 것이 어렵다는 것을 아는 그녀들이기에⋯⋯.

"여기서 한 발자국도 떠나지 말고 기다리시오."

소소자는 말을 하며 빠르게 돌아섰다. 더 이상 미적거리다가는 아예 가지 못하거나 약한 모습을 보여 그녀들을 더 불안하게 만들 것 같았다. 사도철광도 그녀들에게 꼭 돌아오겠다는 불확실한 약속을 남기고 자리를 떠났다. 어둠 속으로 걸어가는 그들이나 불안의 늪에 몸을 담근 그녀들 모두 서로의 끈이 끊어지지 않기를 기도했다.

소소자와 사도철광은 그들이 처음 쥐를 쫓던 곳으로 왔다. 가장 먼저 찾아야 할 곳은 쥐가 가장 많이 다니는 자리였다. 그곳이 어디인지 짐작할 수는 있었지만 확실하지 않기에 사도철광은 망설이고 있었다.

가다가 자칫 길을 잃는 날에는 쥐를 쫓기도 전에 호미령과 나인현을 잃을 수도 있었다.

"어떡한다……."

사도철광이 걱정스런 중얼거림을 내뱉자, 소소자가 동굴 저쪽으로 걸어가며 말했다.

"여기서 잠시 기다리시오."

"어딜 가는 건가?"

사도철광이 물었지만 소소자는 대답없이 어둠 저쪽으로 사라졌다. 잠시 후 돌아온 소소자의 손에는 그들이 버린 쥐 뼈가 양손 가득 쥐어져 있었다.

"뭐 하려고?"

소소자는 못마땅한 시선으로 사도철광을 보았다.

"사도 영감은 눈썰미만 믿고 쥐를 쫓을 생각이었소?"

"오호! 그러니까 쥐 뼈로 지나온 길을 표시하자 그거군."

"그러면 최소한 길을 잃을 염려는 없을 것 아니오."

소소자는 말을 하고 양손에 힘을 주어 쥐 뼈를 잘게 부수었다. 갈림길이 얼마나 나올지 모르기 때문에 되도록 많은 수를 확보하기 위해서였다. 그런 소소자를 보며 사도철광은 고개를 끄덕였다.

"괜찮은 생각이군. 그런 방법이 있으면서 아까는 왜 호 소저와 나 소저에게 그렇게 겁을 줬나? 자네 혹시 그런 것을 즐기는 변태 아닌가?"

소소자는 안 그래도 동그란 눈을 더욱 크게 부라렸다.

"아까는 미처 생각이 안 난 것뿐이오! 사도 영감은 내가 기발한 생각을 낸 것이 그렇게 배가 아프시오? 남의 똑똑함에 시기만 하지 말고 자기 개발에 힘쓰시오! 자.기.개.발!"

사도철광은 혼잣말처럼 중얼거렸다.

"아님 말지 큰소리는… 자기 얼굴에 저렇게 금칠을 하고 싶을까?"

"사도 영감은……!"

사도철광은 손을 휘휘 저은 후 앞장섰다.

"빨리 가자구. 조금만 더 있다가는 자네 눈알 튀어나오겠구만."

소소자는 사도철광의 등을 보다가 언제나처럼 한숨으로 분을 삭였다.

"내가 어쩌다 저런 영감하고 인연을 맺어가지고……."

그리고 입버릇처럼 따르는 마지막 말.

"지지리 복도 없지."

그들은 기억을 더듬어 쥐를 가장 많이 봤던 곳으로 향했다. 갈림길이 나올 때마다 쥐 뼈를 놓아두고 가는 그들의 걸음은 더디게 이어졌다. 길을 잘못 찾아 세 번이나 되돌아온 후에야 비로소 가고자 하는 곳에 도착했다. 그들이 먹고 버린 쥐 뼈들이 제법 쌓여 있었기 때문에 찾고자 하는 곳인지 확신할 수 있었다.

"또 쥐를 기다려야겠군."

"밖으로 나가는 쥐를요."

그들은 한마디씩 뱉은 후 침묵을 지켰다. 쥐를 놀라게 하지 않기 위함이기도 하지만 그들 자신이 느끼는 압박감 때문이었다. 쥐를 제대로 쫓을 수 있을까? 하는 것과 함께 그들이 확신하는 것처럼 쥐가 밖에서 먹이를 구하느냐 하는 두 가지 의구심이 그들을 초조하게 만들었다.

기다림은 오래 이어지지 않았다. 이번에 나타난 녀석은 친절하게도 '찍찍' 하는 신호까지 뱉으며 출현을 알려왔다. 그들은 바짝 긴장해서 쥐가 지나가기를 기다렸다. 쥐 한 마리 때문에 이토록 긴장하는 일이 생길 줄이야 상상조차 하지 못했다.

호기심 많았던 아까 그 녀석과는 달리 이번 녀석은 그들을 종유석 보듯 스치고 지나갔다. 녀석의 꼬리가 휘어진 동굴 저쪽으로 돌아가자 그들은 비로소 움직이기 시작했다.

달리며 쥐를 쫓기도 어려웠지만 미행하기는 더욱 어려웠다. 사람과 는 달리 언제 어떤 식으로 그들의 존재를 눈치 챌지 알 수 없었고, 시 야가 삼 장 이상 닿지 않았기 때문에 멀리서 쫓을 수도 없었다. 갈림길 이 나올 때마다 쥐 뼈를 놓으며 미행하는 그들의 모습은 우스꽝스럽기 까지 했다. 손바닥만한 쥐를 쫓아 조마조마하며 움직이는 모습이라 니……

이각 남짓을 쫓던 그들의 발길은 허탈함 속에서 멈췄다. 막다른 동 굴의 주먹 크기 정도 되는 구멍으로 녀석이 쏙 들어가 버린 것이다. 소 소자가 구멍에 눈을 대고 안을 들여다봤지만 뵈는 것이 없었다.

"십 년 공부 도로아미타불되어 버렸군."

사도철광이 힘없는 목소리로 말했다. 소소자는 아쉬움이 남는지 쥐 가 들어간 구멍에서 눈을 떼지 못했다.

"이 동굴 저쪽이 행여 밖은 아닐까요?"

"그럴지도 모르지. 하지만 그 가능성을 믿고 동굴을 팔 수는 없는 일 아닌가?"

소소자는 동굴 바닥의 돌멩이를 신경질적으로 걷어찼다.

"제길! 되는 일이 없군!"

"성질 부릴 시간조차 아깝군. 어떡할까? 여기를 지나는 쥐를 기다려 볼까? 아니면 아까 그곳으로 가서 다시 시작할까?"

소소자는 막힌 동굴을 보고 몸을 돌렸다.

"이곳보다는 아까 그곳에서 다시 시작하는 것이 당연하잖아요."

"하긴 그렇지."

사도철광은 고개를 끄덕이고 소소자의 뒤를 따랐다. 갈림길에 놓아 두었던 쥐 뼈를 수거하며 그들은 다시 제자리로 돌아왔다. 지나가는 쥐를 발견하는 것은 그리 어렵지 않았다. 하지만 그들을 출구로 안내해 주는 쥐를 만나는 것은 요원하기만 했다. 한 번은 미행하면서 들켜 실패하고 네 번은 허탕만 치자, 쥐가 그들을 밖으로 안내할 것이란 가능성 자체에 회의가 들기 시작했다. 여섯 번째 쥐를 쫓는 지금도 소소자나 사도철광 모두 희망보다는 다른 선택할 길이 없으니 한다는 심정이었다.

동굴 저쪽으로 잽싸게 돌아가는 쥐를 보면서도 소소자나 사도철광 모두 서두르는 기미는 보이지 않았다. 이번마저 허탕을 치면 다른 방법을 심사숙고해 보자고 생각하며 소소자는 모퉁이를 돌았다. 그런데……

"저건……!"

한 발 늦게 모퉁이를 돈 사도철광의 얼굴도 소소자처럼 경악으로 물들었다. 그들 앞에는 대체 얼마 만에 보는지조차 기억나지 않는 불빛이 자리해 있었다. 비록 어둠과 확연히 구별이 가지 않을 정도로 희미했지만 그것은 분명 빛이었다. 소소자와 사도철광은 약속이나 한 듯 그곳으로 달려갔다.

동굴의 막다른 길인 그곳은 주먹이 겨우 들어갈 정도의 공간이 세로로 갈라져 있었다. 균열이 간 너머에 무엇이 있는지 확실치 않지만 빛이 들어오고 있는 것만으로 족했다. 여기서 뭐가 더 나빠질 수 있겠는가?

소소자와 사도철광은 빛이 들어오는 틈새와 서로의 얼굴을 번갈아 보더니 동시에 소리쳤다.

"거기 누구 없소!"

복재된 그들의 목소리가 정신없이 부딪친 후 남은 것은 적막뿐이었다. 소소자가 다시 한 번 소리를 질러봤지만 역시 돌아오는 답은 없었다. 보이는 것이 없나 틈새에 눈을 대고 있던 사도철광이 말했다.

"이 두께가 얼마나 될 것 같나?"

"왜요? 뚫고 나갈 생각이오?"

"지금으로써는 그 방법밖에 없잖나. 밖에 사람이 있는 것도 확실치 않고, 설사 있다고 해도 그 사람이 저쪽에서 파고 구해줄 때까지 기다릴 입장도 아니니 말일세."

"하긴 그렇군요. 하지만 지금 우리에게 있는 것이라고는 사도 영감의 손톱과 내 침뿐인데……."

"지금으로써는 여기까지 온 것만도 다행이지. 일단 두 소저를 데리고 오도록 하지."

그들은 왔던 길을 다시 밟기 시작했다. 쥐를 쫓을 때는 몰랐는데 상당히 멀리까지 온 모양이다. 갈림길을 세 번이나 지나고도 갈 길이 남아 있었다. 어둠을 더듬어 네 번째 갈림길에 다다른 소소자의 얼굴이 창백하게 변했다.

"이럴 리가 없는데……."

"왜 그러나?"

"뼈다귀가 없어졌어요."

"뭐?"

대경실색한 사도철광은 허리를 굽혀 땅바닥을 더듬었다. 아무리 찾아도 시커먼 돌멩이뿐, 하얀색의 이물질은 보이지 않았다. 소소자가 너무 잘게 쪼개서 그러나 하며 수십 번 주위를 둘러봤지만 결과는 마찬가지였다.

"대체 어떻게 된 건가? 혹시 우리가 있던 자리를 지나친 게 아닌가?"

"아니요. 그럴 정도로 우리 둘 다 제정신이 아니라고는 생각되지 않는군요."

"그럼 놓아둔 뼈다귀가 다리가 생겨 도망이라도 갔다는 말인가?"

높아진 사도철광의 목소리 때문에 동굴 안이 쩌렁하게 울렸다.

"내가 그걸 어떻게 알아요! 사도 영감만 똥줄이 타는 줄 아십니까!"

소소자도 맞고함을 질렀다.

사도철광의 얼굴이 보기 드물게 험악하게 변했다.

"똥 뀐 놈이 성낸다더니, 자네가 지금 큰소리칠 입장인가? 자칫하다가는 호 소저와 나 소저를 못 찾을 판국인데!"

"뼈다귀 없어진 것에 내 탓이오? 분명 놓아두었는데 감쪽같이 사라진 뼈다귀를 나보고 어쩌란 말이오?"

사도철광은 붉어진 얼굴로 무언가 말을 하려다 이내 입을 다물고 심호흡을 했다. 그렇게 깊은 숨을 몇 번 들이쉰 사도철광은 낮은 목소리로 말했다.

"우리 둘 다 신경이 너무 날카로워진 모양이군. 지금은 누구의 잘잘못을 따질 때가 아닌데."

하긴 이런 상황에서 평소와 같은 이성을 갖는다는 것 자체가 불가능했다. 한 달 가까이 지하 동굴에 갇혀 지낸 그들이 그동안 보여준 인내만으로 충분히 칭찬받을 만했다. 소소자도 흥분을 가라앉히고 머리를 굴렸다.

"내가 아직 내 이름을 기억하는 것을 보면 뼈다귀 놔둔 것을 잊지는 않았소. 그건 분명해요."

"그럼 단 하나의 가능성밖에 남지 않는군."

"누군가가 뼈다귀를 치운 거지요."

사도철광은 고개를 끄덕였다.

"우리 외에 이곳에 사람이 있을 리 만무하니 결국 다른 쥐 새끼의 소행이라고 봐도 무방하겠군."

그것 외에 생각할 수 있는 가능성은 전무했다.

"어떤가? 우리가 지나온 길을 찾을 수 있겠나?"

소소자는 선뜻 대답할 수 없었다. 솔직한 대답은 '아니오'였지만 그런 대답은 하나마나한 것이었다. 그의 말없음이 무슨 뜻인지 모를 정도로 멍청한 사도철광이 아니었기에.

"내 길눈도 어두운 편은 아닌데."

사도철광은 중얼거리며 다섯 방향으로 뚫린 동굴을 둘러보았다. 만약 여기 들어온 지 하루나 이틀 정도밖에 지나지 않았다면 그 둘 모두 멈칫거리지도 않고 지난 길을 찾았을 것이다. 하지만 수많은 날을 같은 공간에서 비슷한 갈림길을 수없이 지나는 사이 그들의 감각은 무뎌질 대로 무뎌져 있었다.

한참 생각을 하던 소소자가 말했다.

"지금부터 따로따로 찾아보기로 하죠. 다섯 개 중 하나는 분명 우리가 지난 길일 테니 갈림길에 뼈다귀가 놓여 있을 것이오."

"갈림길을 만나면 바닥에 뼈다귀가 떨어져 있나만 확인하고 돌아오면 되겠군."

"계획이 섰으니 빨리 움직입시다."

돌아서는 소소자를 사도철광이 불렀다.

"이보게."

고개를 돌려본 사도철광의 얼굴은 매우 불안해 보였다.

"왜 그러시오?"

"만약 다음 갈림길에 있는 뼈다귀도 쥐가 건드렸으면 어떻게 되는 거지?"

"세상에서 가장 재수없는 네 사람이 이 안에 있으니 밖에 있는 사람들이 전부 행운아라고 불리겠죠."

말을 한 소소자는 정면의 동굴로 방향을 잡았다. 사도철광의 불길한 얘기가 자꾸 귓가를 맴돌았지만 그 생각을 지우려 애쓰며 걸음을 빨리 했다. 갈림길은 얼마 지나지 않아 나타났다. 지하 동굴에 떨어지면서 부터 되는 일이 하나도 없다는 것을 절감했고, 그것이 몸에 베어버린 탓인지 큰 기대조차 하지 않았는데… 역시나 그곳에는 뼈다귀가 없었다.

개가 파묻어놓은 고깃덩이를 찾듯 땅에 코를 박고 훑어보던 소소자는 한숨과 함께 허리를 폈다.

"그러면 그렇지. 내 복에……."

중얼거리던 그는 고개를 세차게 젓고 양 손바닥으로 뺨을 힘껏 때렸다.

"부정적인 생각은 지우자! 난 할 수 있어! 이 동굴을 빠져나갈 수 있다구!"

그는 힘차게 말한 후 발길을 돌렸다. 어쩌면 사도철광이 운 좋게 찾았을 수도 있었다. 사실 별 기대는 되지 않았지만.

"찾았네!"

그들이 헤어졌던 곳에 다다르기도 전에 성급하게 마중 나온 사도철광이 소리쳤다.

"정말이오?"

"빨리 따라오게!"

소소자는 사도철광의 뒤를 따라가다가 다시 와서 갈림길에 새로운 뼈다귀를 놓고 달음질을 했다. 다행히도 그녀들을 두고 왔던 곳까지 표시해 두었던 뼈다귀는 그대로 있었다. 하지만 정작 그곳에 도착했을 때는 그리도 걱정하던 호미령과 나인현이 보이지 않았다. 아무리 둘러봐도 헤어졌던 자리가 분명한데 감쪽같이 사라져 버린 것이다.

망연한 표정으로 거듭 같은 자리란 것을 확인한 그들은 소리 내어 호미령과 나인현을 불렀다. 하지만 대답없는 이름만 공허하게 울릴 뿐이었다.

"대체 어떻게 된 거지? 우리를 기다리지도 않고 함부로 자리를 뜰 리가 없는데."

초조한 표정의 사도철광은 거듭 그녀들의 이름을 불러댔다. 여기저기를 기웃거리던 소소자는 눈에 익은 물건을 발견했다.

"이것 보시오."

"뭘 찾았나?"

소소자는 한 동굴 앞에서 바닥에 떨어진 종이를 주워 들었다. 나인현이 부적을 쓸 때 사용하는 종이에 붉은색 화살표가 그려져 있었다. 소소자는 화살표가 난 방향으로 시선을 돌렸다.

"뭐가 어떻게 돌아가는 거지?"

"그걸 알기 위해서는 가보는 수밖에."

사도철광이 먼저 앞장을 서고 소소자가 뒤를 따랐다.

"누군가에게 납치를 당했다거나 하지는 않았겠죠?"

"거의 가능성이 없는 얘기군."

"역시 그렇죠?"

소소자는 긍정을 하면서도 걱정스런 표정으로 다시 물었다.

"하지만 그녀들이 이렇게 자리를 뜰 리가 없잖아요."

사도철광은 멈춰 서서 소소자의 코앞에 손가락을 가져다 댔다.

"우리가 지금 그걸 알아보려고 가는 길 아닌가? 그러니 제발 엄마 젖 못 먹은 아이처럼 칭얼대지 좀 말게."

"칭얼대긴 누가 칭얼댔다고 그러슈? 그냥 걱정이 돼서 그렇지."

궁시렁거린 소소자는 묵묵히 사도철광의 뒤를 따랐다. 호미령과 나인현을 보기 전에는 불안한 마음이 가실 것 같지 않았다. 얼마쯤 가자 갈림길이 나왔고 어김없이 간 길을 알리는 표식이 남아 있었다. 네 개의 갈림길을 지난 그들은 약속이나 한 듯 걸음을 멈췄다. 소소자가 놓아둔 쥐 뼈 옆에 그녀들의 표식을 발견한 것이다.

비록 온 길은 달랐지만 같은 곳을 지나갔다는 의미였다. 그들은 서로의 얼굴을 한번 본 후 빠른 걸음으로 동굴을 통과했다. 그리고 비로소 호미령과 나인현을 발견했다. 그녀들은 불빛이 새어 들어오는 갈라진 틈 앞에서 잔뜩 긴장한 채 서 있었다.

"호 소저!"

"나 소저!"

그들이 온 기척을 들었을 법도 한데 어디에 정신을 두고 있었는지 화들짝 놀란 그녀들이 몸을 돌렸다. 둘의 얼굴에 동시에 기쁜 빛이 어렸다.

"무사하셨군요."

호미령이 말을 하며 더듬더듬 조심스럽게 다가왔다. 소소자가 그녀를 마중하며 물었다.

"왜 여기 있는 것이오? 있었던 곳에 없어서 얼마나 놀란 줄 아시오?"

그의 음성에서 화난 기색을 읽었는지 호미령이 풀 죽은 목소리로 말했다.

"죄송해요. 저희들은 두 분께 무슨 일이 생긴 줄 알고……."

"왜 그렇게 생각했는지 모르겠구려. 쥐 새끼한테라도 잡혀 먹혔을까 봐 걱정한 것이오?"

"그게 아니라……."

그녀는 보이지 않는 시선을 나인현에게 돌렸다. 나인현은 허리에 찬 주머니를 뒤적여 고두룡의 잔재가 담긴 귀향부를 꺼냈다. 그런데 그 사각의 종이에서 붉은색의 연기가 피어 올라 불빛이 새어 나오는 틈을 향하고 있었다.

"그건……!"

관문의 끝은 어디인가요?

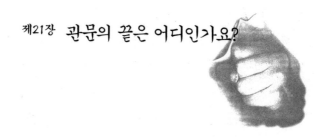

제21장 관문의 끝은 어디인가요?

"흡혈야황이 저 벽 너머에 있어요."

소소자와 사도철광의 얼굴은 경악으로 물들었다. 이곳에서 흡혈야황의 출현은 상상조차 하지 못했던 일이다.

"정말 이곳에 흡혈야황이 있는 것이오?"

소소자의 물음에 호미령은 불빛이 새어 나오는 틈으로 고개를 돌렸다.

"흡혈야황인지는 알 수 없지만 흡혈귀의 기운이 느껴지는 것만은 분명해요. 고두룡이나 강찬충과는 다른……."

소소자는 다시 나인현을 봤다. 그의 눈은 흡혈야황이 분명하냐는 물음을 담고 있었다. 나인현은 기운이 느껴지는 곳으로 시선을 돌렸다. 붉은 연기가 피어 오르는 귀향부와 틈새를 번갈아 보던 나인현은 힘있게 고개를 끄덕였다.

"흡혈야황이 분명해요. 다른 흡혈귀라면 이 정도 양의 홍연(紅煙)과

선명함을 나타내지는 않아요."

의심의 여지가 없다는 나인현의 말은 그들을 더 깊은 긴장 속으로 밀어 넣었다. 이곳에 있을 리가 없는 흡혈야황의 출현은 혼란과 함께 불안함을 가져왔다.

"혹시 우리들이 쫓는 것을 알고 선수를 치려는 것이 아닐까요?"

소소자는 사도철광을 향해 물었다.

"모르지. 지금 이 상황에서 확실한 것이 뭐가 있겠나?"

"젠장! 정말 불확실한 것의 연속이군."

투덜거린 소소자는 불빛이 새어 나오는 틈새를 뚫어지게 쳐다보았다. 금방이라도 흡혈야황이 저곳을 부수고 그들을 덮쳐 올 것 같았다. 천신만고 끝에 발견한 유일한 희망이 이런 식으로 변질되어 버린 것은 그들에게 최악이었다. 이대로 있을 수도, 그렇다고 뚫고 나가기도 망설여지는 어정쩡한 순간이 반복되었다.

어떤 것이 현명한 방법인지 확신할 수 없었기에 모두들 답답한 가슴만 억누르고 있었다.

"두 가지를 생각해 보자구."

사도철광이 침묵을 깨고 입을 열었다.

"하나는 다른 출구를 찾아보는 거야."

"또 쥐를 쫓아서 말이오?"

"이 넓은 동굴에 출구가 또 하나 있다고 해도 이상할 것은 없잖나?"

소소자도 수긍은 하지만 별로 마음에 드는 생각은 아니었다. 그 짓을 다시 반복하고 싶지도 않을 뿐더러 너무도 불확실한 일에 시간을 투자한다는 것이 더 싫었다. 쥐고기를 먹는다고는 하지만 인간이 그 하나만 가지고는 살 수 없었다. 그들의 체력은 이미 한계에 가까워지고 있었고 앞으로 많이 버텨야 보름, 아니, 그보다 더 짧을 수도 있었다. 그것은 사도철광도 잘 알 것이다.

"다른 또 한 가지는 당연히 저곳을 파고 나가는 것이겠군요."

소소자가 틈새를 가리키며 말하자 사도철광이 고개를 끄덕였다.

"그렇지. 지금으로써는 나가는 것조차 불투명하지만 만약 나갈 경우에는 흡혈야황과의 조우를 각오해야지."

"그리고……."

소소자는 틈새로 시선을 돌리며 말을 이었다.

"인정하기 싫지만 우리만으로 흡혈야황을 감당하기는 힘들죠."

사도철광은 나인현과 소소자를 번갈아 본 후 말했다.

"그래, 우리만으로는 어렵지."

잠자코 있던 나인현이 입을 열었다.

"우리 셋이 힘을 합하면 흡혈야황을 상대할 수 있지 않을까요?"

그녀는 희망적으로 물었지만 소소자와 사도철광의 생각은 달랐다.

"이렇게 생각하면 답은 의외로 쉽게 나오죠."

소소자는 자신과 사도철광, 나인현을 차례로 가리키며 말했다.

"나 소저 생각에 우리가 힘을 합하면 주적자를 이길 수 있을 것 같소?"

나인현도 당과와 싸울 때 주적자의 무위를 봤기 때문에 어느 정도는 알고 있을 것이다. 물론 소소자와 사도철광의 실력도 말이다. 그녀는 길게 생각하지 않고 고개를 저었다.

"잘은 몰라도 힘들겠죠. 아니, 불가능해요. 왜냐하면 전 주 대협과 싸우지 않을 테니까요."

"싸운다고 가정했을 때를 말한 거요."

나인현은 더욱 강한 부정의 몸짓을 보였다.

"가정도 필요없어요. 절대 싸우는 일은 없을 테니까!"

소소자는 어이없는 얼굴로 나인현을 보다가 휘휘 손을 저었다.

"정말 융통성이라고는 약에 쓰려 해도 찾을 수 없다니까."

사도철광이 차분한 목소리로 나인현에게 말했다.

"어쨌든 우리 셋이 흡혈야황에게 덤빈다고 해도 승산은 희박하다는 거지. 나 소저가 뛰어난 술법사라는 것은 인정하지만, 강찬충의 경우만 생각해 봐도 흡혈야황은 우리가 감당할 수 있는 괴물이 아니야. 주적자 없이 녀석과 싸운다는 것은 자살 행위나 마찬가지네."

"하지만 우리에게는 다른 길을 찾는 것 외에 선택할 패가 없잖소이까?"

소소자의 말에 사도철광이 검지를 세웠다.

"한 가지가 더 있지. 흡혈야황이 사라질 때까지 이곳에서 기다리는 것."

소소자는 이마에 주름을 만들더니 손을 저었다.

"그건 별로 좋은 생각이 아니군요. 우리에게는 시간이 그리 많지 않아요. 흡혈야황이 왜 이곳에 있는지는 모르겠지만, 여기에 머무르는 시간이 길어진다면 체력이 떨어진 우리의 힘은 약해질 수밖에 없소이다. 저 벽을 뚫는 데 시간이 얼마나 걸릴 것 같소?"

"글쎄… 모르지."

"그래요. 지금 우리에게는 모르는 것 투성이입니다. 운이 좋아 흡혈야황이 이곳에서 빨리 떠나고 저 벽이 얇다면 좋겠지만 만약 그렇지 않다면 우리는 그나마 남아 있는 가능성마저 날리는 꼴이 되겠죠."

소소자는 '우리의 운이 그렇게 좋을 리가 없죠'라는 말로 끝을 맺었다.

"그렇다면 자네 생각을 말해 보게. 우리가 어떡하면 좋겠나?"

이미 생각을 정리한 소소자의 대답은 빨리 나왔다.

"저 벽을 뚫고 나가자는 것이 제 생각입니다."

"흡혈야황과 마주치는 한이 있어도?"

"저도 우리가 흡혈야황과 싸워서 승산이 희박하다는 것은 압니다. 하지만 최소한 살아날 기회는 생기겠죠. 이곳에서 아무것도 하지 않고 시간을 보내기는 싫습니다."

사도철광은 나인현을 보았다.

"나 소저 생각도 같은가?"

나인현은 고개를 끄덕였다.

사도철광의 시선이 호미령에게 향했다.

"호 소저의 생각은?"

"아무 힘도 없는 제게도 결정권이 있나요?"

"무슨 말을 하는 건가? 호 소저도 우리의 동행이라는 것을 잊었나? 무력의 유무(有無)와는 아무 상관이 없네."

"그렇다면… 전 소 의원님의 의견에 따르고 싶어요."

사도철광은 그럴 줄 알았다는 듯 어깨를 으쓱했다.

"어쩔 수 없군. 독단으로 처리할 일이 아님에야 많은 사람의 의견을 따라야지. 이곳에서 시간을 보내는 것도 별로 탐탁지 않으니 벽을 뚫기로 하세나. 문제는 방법인데, 내가 약간이나마 뚫을 수는 있겠지만 끝까지 관통한다고는 장담하지 못하겠군."

"그건 생각해 뒀습니다."

소소자는 품에서 침통을 꺼내며 말을 이었다.

"침을 벽에 촘촘히 박으면 틀림없이 균열이 갈 것입니다. 그때 사도 영감이 충격을 가하면 침이 박혀 들어간 깊이의 세 배 정도는 뚫리겠죠. 가운데가 이미 갈라진 상태이니 틀림없이 제 말대로 될 것입니다. 시간은 걸리겠지만 지금으로써는 이 방법이 최선 같군요."

소소자를 물끄러미 보던 사도철광이 말했다.

"괜찮은 생각이군. 자네는……."

"보기만큼 똑똑하다는 것은 저도 압니다. 결정이 났으니 빨리합시다."

소소자는 여섯 치 정도의 침 백여 개를 꺼냈다.

"그런데 침이 견딜 수 있을까?"

"걱정 마시오. 현철로 만든 것이니 부러지는 일은 없을 것이오. 무더지기는 하겠지만."

사도철광은 소소자가 든 침을 가리키며 말했다.

"그러고 보니 그건 사람을 살릴 때 쓰는 것이 아니라 죽일 때 쓰는 것이구만."

"악인만이오."

소소자는 한 주먹 쥔 침을 사도철광에게 내밀었다.

"박으시오."

"내가?"

"그럼 여기서 침을 박을 사람이 사도 영감 말고 누가 있소이까? 연약한 내 손으로 박아 넣을까요?"

사도철광은 바닥에서 돌멩이를 주워 들었다.

"이것으로 박으면 되잖나."

코웃음을 친 소소자는 사도철광의 손에서 뺏듯이 돌멩이를 들었다.

"잘 보시오."

그는 침 하나를 벽에 갖다 대고 돌멩이로 두드렸다. 조금 박히는가 싶더니 소소자의 손에 들린 돌멩이가 네 조각으로 부숴져 버렸다. 소소자는 조각난 돌멩이를 바닥에 던지고 사도철광을 보았다.

"뾰족한 현철에 부딪힌 돌멩이가 이렇게 될 줄을 몰랐다는 말이오? 사도 영감은 보기만큼이나……."

사도철광은 손을 휘휘 저어 소소자의 말을 막았다.

"알았으니 그 침 이리 주게."

소소자의 손에서 침을 낚아챈 사도철광이 불만스러운 목소리로 중얼거렸다.

"내가 망치 대용으로 쓰려고 손을 도검불침으로 만든 줄 아나."

막 손바닥으로 침을 박으려는 사도철광을 소소자가 급히 불렀다.

"사도 영감! 그걸 손바닥으로 박을 생각이오?"

"그럼?"

소소자는 긴 한숨을 내쉬었다.

"손바닥에 구멍을 내고 싶은 거요? 손톱은 뒀다 어디다 쓰려고 그러시오?"

자신의 손톱을 본 사도철광은 '아하!' 하는 표정을 지었다.

"어휴~ 차라리 그 단단한 머리로 박으면 훨씬 잘 들어갈 것 같구려."

"그것 좋은 생각이군."

말을 한 사도철광은 벽에 가져다 댄 침을 향해 머리를 부딪혀 갔다.

"사도 영감! 멈추시……!"

급히 머리를 멈춘 사도철광은 소소자를 향해 씨익 웃은 후 혀를 찼다.

"쯧쯧, 그렇게 잘 속으면서 어떻게 탈명침이 됐는지 알 수가 없군. 혹시 나쁜 놈들한테 속아서 선량한 사람만 골라서 죽인 것 아닌가?"

소소자의 목에 금세 핏대가 섰다.

"무슨 소릴 하는 것이오? 내가 사전에 얼마나 철저하게 조사를 하는데!"

사도철광은 이마에 주름을 만들고 양쪽 입술을 아래로 끌어내리며 고개를 끄덕였다.

"물론 그렇겠지."

"내 말을 안 믿는다는 표정이구려."

"천하의 탈명침 말을 안 믿다니, 그럴 리가 있나. 이제 말시키지 말게. 인간 망치 노릇을 해야 하니."

사도철광은 위로 팔을 쭉 뻗어 침을 가져다 댔다. 소소자는 잔뜩 화난 표정으로 사도철광의 등을 쏘아보다가 퉁명스럽게 말했다.

"죽어라고 손톱 하나만 사용하지는 마시오. 코딱지 팔 때 선택의 폭이 넓으라고 손가락이 열 개씩이나 있는 것은 아니니까. 아, 물론 사도 영감 손가락은 여덟 개뿐이지만. 입구는 되도록 넓게 하구요. 안으로 들어갈수록 좁아질 것이 분명하니."

"며느리 구박하는 시어미보다 잔소리가 더 심하군."

사도철광은 말을 하며 검지 손톱의 바깥쪽으로 침을 두드려 박기 시작했다. 쇠와 쇠가 부딪치는 듯 날카로운 소리가 다섯 번 울리자 침은 모습이 보이지 않을 정도로 깊숙하게 박혔다. 첫 침이 쉽게 들어가기는 했지만 갈수록 어려워질 것이다. 수천 번을 두드려야 할 텐데, 도검불침의 단단한 손톱이라고는 하지만 견뎌낼 수 있을지 걱정이 되었다. 손톱뿐 아니라 손가락에까지 영향이 미칠 것은 분명했다.

'견뎌내야 할 텐데……'

소소자의 걱정 속에 백 개의 침은 큰 원과 그 안에 다시 작은 원을 만들었다. 침을 모두 박은 사도철광에게서 힘든 기색은 보이지 않았다. 어쩌면 그들을 위해 숨기고 있는 것인지도 모른다.

"과연 우리 생각대로 부서질까?"

"쳐보면 알겠죠."

사도철광은 손가락을 움직여 부드럽게 한 후 벽을 때렸다.

쿵!

둔중한 소리 뒤로 '쩌적!' 하는 여운이 울렸다. 잘게 금이 간 벽을 다시 한 번 때리자 비로소 돌멩이로 변해 무너져 내렸다. 깊이는 소소자의 예상대로 두 자 가까이 되었다.

"만족할 만하군."

그들은 돌멩이 사이에 묻힌 침을 찾아 모았다. 그것을 다시 사도철광이 받아서 벽에 박기 시작했다. 바깥쪽을 다 박고 다시 그 안쪽 한곳에 침을 가져다 대던 사도철광이 손을 멈췄다.

"이게 무슨 소리지?"

"무슨……?"

소소자는 묻는 것을 멈췄다. 갈라진 벽 너머에서 미약한 소리가 전해졌다. 벌레가 풀잎을 갉아 먹는 것 같은 사각거림이었다. 소리가 점점 커진다는 건 그만큼 가까워지고 있다는 것을 뜻했다. 사도철광은 침 박는 것을 그만두고 뒤로 물러섰다.

"흡혈야황이 다가오고 있어요."

잘게 떨리는 호미령의 말은 그들을 긴장의 구렁텅이로 밀어 넣었다. 그녀의 말을 증명하듯 나인현이 들고 있는 귀향부의 홍염도 한층 짙어졌다. 사도철광은 소소자에게 남은 침을 건넨 후 벽에서 일 장 정도 떨어져 싸울 준비를 했다. 양손에 침을 나눠 쥔 소소자도 사도철광 옆에 섰다.

호미령을 소소자와 사도철광 뒤로 안내한 나인현은 어깨에 찬 활을 쥐고 화살을 꺼내 줄에 먹였다. 점점 다가오는 사각거림을 들으며 소소자가 낮게 말했다.

"흡혈야황이 나타나면 나와 사도 영감이 먼저 막을 테니 그사이에 나 소저가 화살을 날리시오."

나인현은 자신감을 나타내듯 힘있게 고개를 끄덕였지만 불안한 표정만은 지우지 못했다. 사각거림은 저승사자의 발자국 소리처럼 그들을 압박해 왔다. 단단한 벽을 저처럼 쉽게 뚫고 오는 속도만큼이나 그들의 자신감도 사라져 갔다. 벽에 침을 박을 때도 거친 숨조차 쉬지 않던 사도철광의 이마에서 땀이 배어 나왔다.

"일단 이 자리를 피할까요?"

"그 다음엔?"

"흡혈야황이 사라지면 그때 뚫린 벽으로 나가는 거지요."

"좋은 생각이기는 하지만 자네, 어둠 속에서 흡혈야황을 피해 도망칠 자신이 있나? 나 소저와 호 소저를 데리고 말이야."

"……."

"그리고 저 안의 어둠 속에서 우리의 시야는 고작 삼 장이야. 똑똑히 볼 수 있는 거리는 더욱 좁지. 차라리 빛이 있는 이곳에서 맞서 싸우는 것이 그 하나라도 유리해."

소소자는 결연한 표정의 사도철광을 힐끔 본 후 중얼거렸다.

"벽을 뚫지 말자고 해놓고서 이럴 때는 싸우고 싶어 안달이 난 사람 같구려."

"처한 상황에서 최선을 다하는 것뿐이야."

"물론 그래야죠."

비꼬듯이 말했지만 소소자도 사도철광의 말에 동감했다. 일이 이렇게 된 이상 무섭도록 빠르게 벽을 뚫고 오는 흡혈야황을 상대로 어떻게 싸우느냐를 생각해 내야 하는데, 특별한 방법이 떠오르지 않았다. 하긴 한 번도 만나본 적 없으니 특별한 방법이 있을 리 없었다. 그저 순간순간 최선을 다하는 수밖에……

이제 사각거리는 소리는 코앞에서 들리는 것처럼 가까워졌다. 소소자는 긴장으로 굳어지는 근육을 풀기 위해 팔을 앞뒤로 움직이며 사도철광을 보았다. 오른손을 가슴에 얹고 왼팔을 약간 구부려 늘어뜨린 사도철광은 벽만 뚫어지게 보고 있었다. 흡혈야황의 머리털만 보여도 한걸음에 달려가 박살을 낼 기세였다.

소소자는 다시 시선을 벽으로 돌렸다. 사각거림은 무척 오랫동안 이어진 것 같지만 사실 그들이 처음 소리를 들은 후 반 각도 지나지 않은 상태였다.

"왔어요."

등 뒤에서 호미령의 낮은 목소리가 들리고 '퍽!' 하는 소리와 함께 벽이 한꺼번에 무너졌다.

"쳐!"

뿌연 먼지가 가라앉기도 전에 사도철광이 흐릿한 검은 인영을 향해 몸을 날리자 소소자가 비스듬히 옆에서 침을 뿌렸다. 그가 던진 침은 사도철광보다 먼저 흡혈야황에게 다다랐다. 하지만 검은 인영의 손짓 한 번에 침은 모조리 퉁겨 나가 버렸다.

까앙!

사도철광의 공격이 맑은 쇳소리와 함께 막혔다.

"환영 인사가 요란하군."

낯익은 음성의 주인공은 곧 육안으로 확인할 수 있었다.

"주, 주적자!"

이름을 내뱉는 소소자의 목소리에는 반가움과 놀라움이 한데 뒤섞였다. 주적자는 검의 날이 아닌 옆면으로 막은 사도철광의 손톱을 밀어내며 말했다.

"왜 이렇게 난리를 치며 날 맞이하는지 모르겠군."

소소자와 사도철광은 뒤를 돌아보았다. 그때까지 활을 겨누고 있던 나인현은 황급히 팔을 내리고 주머니에 넣었던 귀향부를 꺼냈다. 그것은 더 짙어진 홍염을 뿜으며 주적자를 가리켰다.

"분명 흡혈야황을 알리는 표식인데… 설사 흡혈야황이 아니더라도 그에 버금가는 흡혈귀이던가."

나인현은 귀향부와 주적자를 번갈아 보며 중얼거렸다. 사도철광은 무슨 생각을 했는지 황급히 주적자에게서 떨어지며 싸울 태세를 갖췄다.

"사도 선배, 대체……."

"자네가 주적자라는 증거를 대게!"

주적자는 어리둥절한 표정으로 그들을 볼 뿐이었다.

"어쩌면 흡혈야황이 주적자로 변장했을지도 모르니 조심하게."

사도철광은 소소자에게 속삭인 후 다시 주적자를 다그쳤다.

"어서 주적자라는 증거를 대라니까!"

주적자는 대답 대신 나인현이 들고 있는 귀향부를 물끄러미 쳐다보고만 있었다. 묘한 침묵이 잠깐 스친 후 주적자가 나인현을 향해 물었다.

"어떻게 된 거요? 고두룡의 잔재를 담은 그 귀향부는 흡혈야황의 방향을 알려주는 것으로 아는데."

나인현은 당황한 표정만 지을 뿐 아무 말도 하지 못했다.

"혹시 그 부적이 잘못된 것 아니오?"

그녀는 강하게 고개를 저었다.

"그럴 리가 없어요! 얼마나 고생을 하며 배운 술법인데. 처음 흡혈귀를 찾은 것도 이 방법을 썼다구요!"

"저분은 주 대협이 맞아요."

잠자코 있던 호미령이 차분한 목소리로 말했다. 사람들의 시선이 일제히 쏠리자 그녀가 다시 입을 열었다.

"흡혈귀의 존재가 너무 강해서 주 대협의 느낌이 엷어지기는 했지만 저분은 주 대협이 틀림없어요."

"확실하오?"

소소자의 물음에 호미령은 힘있게 '네'라는 대답을 뱉어냈다. 그녀의 확신에도 불구하고 분위기는 조금도 부드러워지지 않았다. 주적자가 흡혈야황의 기운으로 나타났다는 것이 무슨 의미인지 종잡을 수조차 없었다. 주적자는 검을 집어넣고 나인현에게로 다가갔다.

"그 부적을 줘보시오."

평소와는 다른 눈빛으로 주적자를 보던 그녀는 이내 귀향부를 건넸다.

팟!

주적자의 손끝에 귀향부가 닿는 순간 갑자기 푸른 섬광이 튀더니 부적이 화르륵 타올랐다. 주적자가 부적을 급히 놓자 파란 불꽃은 아래로 떨어지다 땅에 닿기도 전에 허공에 흩어졌다. 주적자는 아픈 듯 손을 털며 물었다.

"어떻게 된 거요?"

나인현도 영문을 모르겠다는 얼굴이었다.

"귀향부는 귀신을 쫓거나 정체를 밝힐 때 쓰는 거죠. 하지만 이런 현상은 저도 들은 적이 없어요. 왜냐하면 귀향부를 귀신이 만졌던 적은 한 번도 없으니까요."

주적자는 어이없는 표정을 지었다.

"그럼 내가 귀신이라는 말이오?"

"그런 뜻이 아니라……."

나인현은 다른 변명거리를 찾으려 했지만 마땅한 말이 떠오르지 않는지 우물거리다 이내 입을 다물었다. 당연히 기뻐해야 할 자리는 점점 이상한 쪽으로 흘러가고 있었다.

"일단 급하게 해야 할 일이 있다."

소소자는 말을 하며 주적자에게 다가갔다.

"뭘 말이냐?"

소소자는 얼굴에 함박웃음을 띠고 주적자를 얼싸안았다.

"반갑다! 우리를 구해주러 올 줄 믿고 있었다!"

소소자는 짧은 팔로 주적자의 등을 토닥거린 후 떨어졌다.

"재회의 기쁨은 나누었으니 이제 이 문제를 심각하게 얘기해 보자."

말을 하는 소소자의 얼굴은 어느새 잔뜩 굳어 있었다.

"우리가 이곳으로 떠난 후에 무슨 일이 있었던 거냐?"

주적자는 미간에 주름을 만들고 무언가 깊은 생각에 빠진 모습을 보였다. 아무 일도 없었다는 말을 하지 않은 것으로 보아 틀림없이 뭔가 있긴 있는 모양이었다. 한참 동안 생각에 잠겨 있던 주적자는 이야기를 풀어놓기 시작했다. 말주변이 그리 좋지 않은 주적자였지만 구수한 맛의 옛날얘기를 하는 것도 아니니 상관없었다.

주적자가 얘기를 시작한 지 반 각이 지나기도 전에 '혈정'이란 단어가 튀어나왔다. 그럴 때는 유난히 날카로운 소소자가 주적자의 말을 끊었다.

"혈정? 당과가 너에게 붉은 단환 같은 것을 주었고 그것이 혈정이었다는 말이지?"

"당과의 말에 의하면."

소소자는 그때서야 주적자가 뚫고 나온 구멍을 보고 물었다.

"그런데 당과는 같이 안 왔냐?"

주적자의 얼굴에 짙은 그늘이 졌다.

"당과는……."

다음 말을 잇기 전에 주적자의 목젖은 크게 흔들렸다.

"죽었다."

"그 괴물 같… 아니, 강해도 너무 강한 당과가 죽었다구? 어떻게?"

주적자는 가슴으로 넘어오는 무언가를 삼키듯 깊은 숨을 들이쉰 후 말했다.

"날 구하려다 치솟는 불기둥에… 불기둥에……."

소소자는 주적자가 말을 뱉지 않기를 바랐다. 다시 입을 열면 말 대신 울음을 토해낼 것 같았기 때문이다. 지금 주적자가 느끼고 있는 아린 아픔이 그의 마음속까지 파고들었다. 둘 사이의 자세한 얘기를 하지는 않았지만 주적자와 당과의 사이는 꽤 깊었을 거란 예감이 들었다. 그렇지 않다면 무뚝뚝하기가 나무토막보다 더한 주적자가 저런 감정의 기복을 보일 리가 없기 때문이다.

소소자는 끝내 위로의 말을 찾지 못하고 그저 주적자의 팔을 툭툭 두드리는 것으로 대신했다. 슬픔이 내리누르는 침묵은 그 후로도 한참 동안 이어졌다. 전염된 아픔이 그들에게 입을 닫으라는 무언의 압력을 넣고 있었다.

"후우—!"

소소자는 긴 한숨으로 묘한 압박감을 떨쳐 내고 말했다.

"당과의 일은 안됐구나. 나중에 묘라도 만들어주는 수밖에. 그보다는 당장 우리 일부터 해결하는 것이 좋지 않을까? 그래도 산 사람은 살아야지."

그의 조심스런 말에 주적자가 고개를 끄덕였다.

"그래야겠지. 산 사람은… 살아야지."

같은 말을 뱉는데도 주적자와 소소자가 풍기는 여운은 사뭇 달랐다.

"당과가 준 혈정 외에 정체를 알 수 없는 무언가를 먹었거나 바른 적은 없었냐?"

애써 목소리를 높인 소소자의 물음에 주적자는 고개를 저었다.

"전혀. 송강(宋江)을 지날 때 이상한 음식을 먹기는 했지만 그 때문이라는 생각은 들지 않는군."

잠자코 듣기만 하던 사도철광이 입을 열었다.

"주 아우에게서 이상한 기운이 풍긴 것은 아마도 그 혈정 때문인 것 같군."

"그렇겠죠."

사도철광의 말에 소소자도 동의했다. 이런 드문 현상이 일어날 때는 불변의 사실일 때뿐이었다.

"그럼 얘기가 아주 복잡해지는데. 주 아우에게 일어난 변화가 그 혈정 때문이라면 대체 당과는 그것을 어디서, 어떻게 구한 것일까?"

사도철광의 의문에 주적자가 답했다.

"그건 저도 들은 바가 없습니다."

"이런 추론(推論)은 어떨까?"

주적자를 보고 한 말을 사도철광이 받았다.

"어떤 추론 말인가?"

소소자는 무슨 말을 꺼내려다 주적자에게 물었다.

"내가 어떤 말을 한다고 해도 기분 나빠하지는 말아라. 이건 어디까지나 예상일 뿐이니까."

"무슨 말을 하려고… 설마 너?"

주적자의 딱딱해진 얼굴을 보고 소소자가 고개를 끄덕였다.

"그래, 바로 그거야."

그제야 사도철광도 알았다는 표정을 짓고 말했다.

"그렇군. 당과가 흡혈야황이라면 주 아우의 몸에 생긴 변화에 대한 설명이 되는군. 바로 그거야!"

사도철광의 말이 허공에 채 흩어지기도 전에 주적자가 소리쳤다.

"그럴 리가 없습니다! 절대 그럴 리가 없어요! 만약 당과가 흡혈야황이라면 왜 제게 엄청난 능력을 발휘할 수 있는 혈정을 줬겠습니까? 더욱이 적이 분명한 내 목숨을 자신의 목숨까지 버려가며 살릴 이유가 없잖아요! 자신의 목숨까지 버려가며 말입니다!"

주적자의 고함에 가까운 목소리는 오랫동안 그들 주위를 떠돌다가 흩어졌다. 그 흥분의 여운이 가시길 기다린 나인현이 상대적으로 낮은 목소리를 뱉어냈다.

"어쩌면… 저도 당과가 흡혈야황일 가능성이 높다고 생각하는데… 그건 예상으로 돌리고… 어쩌면… 당과가 흡혈야황이 맞다면… 어쩌면 당과는 죽지 않았을지도 몰라요."

두서가 없어서 알아듣기 힘든 얘기였지만 그녀가 무슨 말을 하려는지는 분명했다. 당연히 주적자의 반응이 가장 컸다.

"당과가 죽지 않았을 수도 있단 말이오? 당신도 산을 올라오며 그 불기둥을 직접 겪었을 것 아니오. 그 불기둥에 휩싸이고도 살아날 수 있다고 생각하시오?"

"그건 보통 사람일 때 얘기지요. 우리 모두 흡혈야황이 어떤 존재인지 모르잖아요. 그의 모습도, 능력도, 아무것도 아는 것이 없어요. 유일하게 아는 것은 그가, 아니, 그녀일 수도 있군요. 어쨌든 흡혈야황이 흡혈귀를 만든다는 것 외에 우리가 뭘 알고 있죠?"

"하지만……."

주적자의 반박은 부정의 뜻만을 남긴 채 끝났다. 흡혈야황에 대한 예상의 부정은 무의미할 뿐더러 어떻게 할 수조차 없는 것이었다. 주적자를 제외한 사람들의 의견은 당과가 흡혈야황이라는 것에 모아졌다. 그것 외에는 주적자의 변화에 대한 설명이 나오지 않았다.

"지금 상황에서 당과가 흡혈야황이니 아니니 하는 논박은 별 의미가 없는 것 같군. 알 수 있는 방법이 없으니 말이야."

주적자의 기분을 생각해서인지 사도철광이 말했다. 하지만 소소자의 생각은 달랐다.

"그건 아닙니다. 우리가 당과를 어떻게 생각하느냐에 따라 갈 길이 확연히 달라지니까요. 주적자의 말대로 당과는 죽었고 흡혈야황이 아니라고 한다면 우리 방식대로 쫓겠지만 만약 당과가 흡혈야황이고, 그래서 죽지 않았다면 우리가 갈 길을 이 자리에서 결정해야 합니다."

"만약… 이건 만약인데……."

주적자는 다음 말을 힘겹게 이었다.

"당과가 흡혈야황이라면 어떻게 되는 거지?"

"그녀는 죽지 않았다고 생각해야겠지."

무언가를 생각하던 주적자는 고개를 좌우로 크게 움직였다.

"아냐. 당과가 흡혈야황이라는 것은 말도 안 돼. 적이 분명한 나를 살려줄 이유가 없잖아. 그것도 두 번씩이나."

"그 이유를 당사자 외에 누가 알 수 있겠냐?"

소소자는 혼란스러워하는 주적자의 어깨에 팔을 얹었다.

"네가 당과와 어떤 인연을 맺었는지는 모르겠지만 네 기분이 이해한다."

"네가 어떻게 내 심정을 알겠냐?"

주적자는 한숨처럼 말을 뱉어냈다.

"네 말대로 다 이해할 수는 없겠지. 그래도 쪼끔은, 벼룩의 간만큼은 이해할 수 있다. 그렇더라도 네 기분을 현실과 괴리(乖離)시키지는 말아라. 받아들일 것은 받아들여야 한다. 물론 네가 믿고 싶은 대로 당과가 흡혈야황이 아닐 수도 있다. 밝혀진 사실이 아니니 말이다. 하지만 우리가 선택할 길은 넓은 곳일 수밖에 없다. 즉, 가장 큰 가능성을 따라 움직여야 한다는 것이다. 난 네가 가장 너다운 결정을 내리기를 바란다. 보표지존, 호인불사라 불리운 냉철한(冷徹漢) 주적자로서의 결정 말이다."

주적자는 어깨에 얹혀진 소소자의 팔을 떨치고 돌아섰다. 그 등만 보고는 주적자가 어떤 생각을 하는지 알 수 없었다. 소소자는 주적자가 뚫고 들어온 벽에서 새어 나오는 빛에 눈부심을 느끼고 고개를 돌렸다. 어쩌면 빛 때문이 아니라 고뇌하는 친구의 등을 보기 싫었을지도 모른다.

의외로 주적자의 고민은 길게 이어지지 않았다. 돌아선 그의 눈에는 특유의 차가움이 배어 있었다.

"만약 당과가 흡혈야황이라면 우린 어떻게 해야 하지?"

'만약'이라는 단서를 붙이기는 했지만 주적자가 어떤 결정을 내렸는지 알 수 있었다. 평소의 주적자라면 당연한 일이었는데 새삼 다행스럽게 느껴지는 이유는, 그가 보여준 극복할 수 없을 것 같은 슬픔 때문이었다.

"나 소저가 가지고 있던 부적이 없어졌으니 이전처럼 북쪽으로 길을 잡아가야지."

"당과가 흡혈야황이 아니라고 하더라도 별로 달라질 것은 없을 것 같은데?"

"가는 길은 그럴 수 있지만 문제는 마음가짐이다. 흡혈야황을 대하는 마음가짐."

소소자는 '네가 당과를 죽일 수 있다는 마음을 먹어야 해' 라는 말은 차마 하지 못했다. 하지만 굳이 그가 말을 하지 않더라도 주적자는 알아들었을 것이다.

"흡혈야황이 살아 있다면."

주적자는 굳이 '당과' 라는 이름 대신 흡혈야황이라고 불렀다. 그런 그의 마음을 조금은 이해할 수 있을 것 같았다.

"자! 그럼 결정이 났으니 가장 급한 문제부터 해결하세나."

사도철광의 활기 찬 말을 소소자가 받았다.

"급한 일? 똥 마려우시오? 되도록 저기 으슥한 곳에서 볼일을 보시구랴. 우리 먼저 갈 테니 천천히 오시오."

소소자는 주적자가 뚫고 들어온 벽으로 나갔다. 벽의 두께는 그가 생각한 것보다 훨씬 두꺼워서 이 장이 넘어 보였다. 침으로 뚫으려고 했다면 몇 날 며칠을 파야 했을 것이다. 소소자는 새삼스레 놀란 얼굴로 뒤따라오는 주적자를 보았다.

"어떻게 이 두께의 벽을 그렇게 빨리 뚫은 거냐?"

주적자는 등의 검을 툭 치며 말했다.

"검이 워낙 잘 들어서 그리 어렵지는 않더군."

소소자는 부러운 눈으로 검을 보고는 입맛을 다셨다.

"쩝! 나도 어디서 던지면 악인만 골라서 죽이는 신침(神針) 같은 것 안 생기나?"

"하늘의 복도 아무한테나 오는 것이 아니지. 평소에 마음 씀씀이를 곱게 쓰는 이유가 어디 있겠나?"

소소자는 말을 한 사도철광을 흘겨본 후 주위를 살폈다. 그들이 나온 곳은 동굴의 벽이었고 양쪽으로 쭉 뻗은 통로가 나 있었다. 폭은 장정 세 사람이 어깨를 나란히 하고 걸을 수 있을 정도로 넓었고 높이도 일 장 정도 되어 보였다. 벽에 군데군데 횃불이 걸려 있는 것도 그렇고 동굴 벽면을 살펴보아도 인공의 흔적이 뚜렷했다.

"그런데 이곳은 어디냐?"

"지도에 천의지 입구라고 표시되어 있던 곳이지. 학 모양의 바위 밑으로 들어오니 가파른 경사가 나오더군. 그 길을 내려와 보니 이곳에 다다른 거야."

"저 횃불들은 원래 밝혀져 있던 것이냐?"

"아니, 내가 밝혔지. 나야 어두워도 상관없지만 혹시 있을지 모를 다른 사람들을 위해서."

소소자는 왼쪽으로 방향을 잡으며 물었다.

"어두워도 상관없다니?"

주적자의 입가에 고소가 맺혔다.

"혈정을 먹은 후에 생긴 능력이지."

그는 자신의 손을 내려다보며 말을 이었다.

"정확히 어떤 능력이 더해졌는지는 아직 몰라. 시간이 지나면 알게 되겠지. 당과가 그렇게 말을 했으니."

무심한 척 말은 하지만 당과의 이름이 나올 때 잘게 떨리는 목소리만은 숨기지 못했다.

'그래, 그것도 시간이 지나면 익숙해지겠지.'

소소자는 생각 뒤로 말을 꺼냈다.

"우릴 발견한 것은 벽을 깨는 소리 때문이냐?"

"응. 이 동굴 막다른 곳까지 가서도 사람들이 없기에 다시 돌아오는 길에 소리를 들은 거지."

"역시 벽을 깨길 잘했지. 누구 말처럼 기다리고 있었다가는 그 안에서 굶어 죽을 뻔했잖아."

소소자가 돌아보며 말하자 사도철광이 시선을 이리저리 옮기더니 뒤쪽을 가리켰다.

"앗! 저기 돼지가 알을 낳는다!"

그 말에 순진한 나인현은 놀란 눈으로 사도철광이 가리킨 곳을 보았고 소소자는 코웃음을 쳤다.

"흥! 부끄러움을 모면하는 방법도 여러 가지로군."

이야기를 하는 사이 그들은 동굴의 막다른 곳에 다다랐다. 하지만 기대한 것과는 다르게 평범한 동굴의 끝과 다를 바가 없었다. 소소자는 여기저기를 살피며 말했다.

"눈에 띄는 출입구가 안 보이는데?"

"쯧쯧, 당연히 출입구는 감춰져 있겠지. 이곳이 들어오기 어려운 곳도 아닌데 '여기가 천의지 입구요' 하고 표시를 해놓겠나?"

조금의 꼬투리도 놓치지 않는 사도철광이었다.

"하지만 벽에는 줄줄이 횃불을 걸어놓았잖소?"

"그거야 다른 사람이 만들어놓은 것일 수도 있지. 사람이 어떻게 그렇게 단순하게만 생각하나?"

"사도 영감은 복잡해서 퍽이나 좋겠소."

"단순한 것보다야 낫지."

주적자가 그들의 설전을 끊었다.

"나 소저, 끼고 있는 반지 좀 줘보시오."

주적자는 나인현이 건넨 반지를 가지고 동굴의 벽과 벽이 만나는 모서리로 갔다. 주적자가 그곳 어디엔가 반지를 끼우자 '그르르릉—!' 하는 소리와 함께 전면의 동굴이 양쪽으로 열렸다. 세월에 켜켜이 쌓인 먼지에 가려진 때문인지는 모르지만 이음새가 전혀 보이지 않았는데 문이 열린다는 것이 놀라울 따름이었다.

문이 반쯤 열렸을까? 갑자기 천장에서 뭔가가 소소자의 머리 위로 툭 떨어졌다.

화들짝 놀라며 몸을 피한 소소자는 허리를 숙여 떨어진 '그것'을 보았다. 손바닥만한 '그것'은 두께가 한 치 정도 되었고 전체적으로 둥근 모양을 하고 있었다. 톱날 같은 것이 '그것'의 바깥쪽을 빙 두르고 있었는데, 크기가 제각각 달라 들쑥날쑥했다.

별로 위험하지 않다는 것을 확인한 소소자는 '그것'을 집어 들었다. 한쪽 면에 툭 튀어나온 것이 있어 잡기에 편했다.

"이게 뭐지?"

'그것'을 살피던 소소자는 톱날 같은 곳의 상하좌우에 쓰여진 글자를 발견했다.

"척귀호세(斥鬼護世)? 이것의 이름인가 보지?"

소소자는 나인현에게 척귀호세를 내밀며 물었다.

"이게 뭔 줄 아시오?"

"모르겠어요. 처음 보는 것인데……."

"어쨌든 당신 사문을 들어가며 얻은 것이니 당신이 가지고 있으시오."

주적자가 열린 문으로 들어가며 말했다.

"빨리 들어가자. 언제까지 열려 있지는 않을 테니까."

주적자의 말대로 그들이 들어서기를 기다렸다는 듯 문은 다시 닫히고 암흑이 찾아왔다. 누가 눈을 찌른다 해도 눈꺼풀조차 내릴 수 없을 정도의 어둠이었다.

치이익—

화섭자 켜는 특유의 소리가 나더니 파란 불빛이 주위를 물들였다. 화섭자를 든 주적자는 벽에 걸린 횃불에 불을 당겨 어둠을 좀 더 바깥쪽으로 밀어냈다. 문 안쪽은 밖과 마찬가지로 긴 통로로 되어 있었다. 그 통로를 따라 이십여 장쯤 가자 그들이 들어선 곳을 제외한 삼면이 막힌 정사각형의 방이 나왔다. 특이하게도 방의 모든 곳이 철로 덮여 있는 방은 이십 평쯤 되어 보였다.

"막다른 곳이잖아."

소소자의 말이 끝나기가 무섭게 뒤쪽에서 쿵! 하는 소리와 함께 그들이 들어온 곳이 막혀 버렸다. 맨 마지막에 들어온 사도철광이 문을 밀어봤지만 쇠로 만들어진 문은 꼼짝도 하지 않았다.

"제길, 술법사의 문파답게 정말 특이하군."

그의 말에 나인현의 표정이 금세 어둡게 변했다. 당황한 소소자가 다급히 변명을 했다.

"아, 그렇다고 나 소저의 암명문이 나쁘다는 소리는 아니오. 단지 왜 이런 개떡 같은 밀폐된 방에 우릴 가뒀는지 그게 궁금할 뿐이지요."

"개, 개떡이라구요?"

"아니, 암명문이 개떡이라는 소리가 아니라, 난 이 빌어먹을 방을 말한 거라니까요."

소소자의 변명에도 불구하고 나인현의 표정은 풀리지 않았다. 그는 다시 말을 꺼내려다 한숨과 함께 입을 다물었다. 괜히 말을 해봤자 나아질 것 같지 않았다.

"그러니까 사람은 평소에 말을 조심해야 한다니까."

사도철광의 핀잔에 소소자가 핏대를 세웠다.

"영감은 끼어들지 좀 마시오! 그럼 사람이 말을 조심하지 개나 소가 말을 조심하겠소?"

소소자의 말을 받은 사람은 의외로 나인현이었다.

"소 의원님, 나이 드신 분께 그처럼 함부로 말씀하시니 보기가 민망하네요."

그녀의 반응은 소소자뿐 아니라 방에 있는 모든 사람에게 정말 의외였다. 누가 묻기 전에는 자신의 의견을 한 번도 낸 적이 없던 그녀가 스스로 사도철광을 변호(?)하고 나선 것은 사건이라고 할 수 있었다. 사도철광까지도 어리둥절한 얼굴로 그녀를 보고 있었으니 말이다.

모든 시선이 자신에게 쏠리자 나인현은 금세 얼굴이 빨개져서 더듬거렸다.

"그, 그러니까 제 말은… 사도선배님은… 연장자시고… 그러니까……."

알아듣기조차 힘든 말을 주절거리며 진땀을 흘리는 그녀를 구한 것은 갑자기 들린 소리였다.

철컹!

날카로운 그 소리는 천장과 사면 벽에 손바닥만한 무수한 구멍을 만들어냈다. 바깥쪽이 톱날처럼 불규칙하게 파인 것을 보니, 나인현이 가진 척귀호세를 집어넣으면 꼭 맞을 것 같았다.

"또 무슨 일이 일어나려는 거야?"

그동안 험한 일을 많이 겪은 소소자가 지레 몸을 사리고 끊임없이 주위를 둘러보았다.

끼이이잉—!

이빨을 절로 다물게 만드는 소리가 잠시 이어지더니 쇠 끌리는 소리와 함께 사면 벽이 가운데를 중심으로 조여오기 시작했다. 거북이가 기어가는 정도의 느린 속도였지만 피할 공간이 없으니 시간이 지나면 그들이 어떻게 될지는 충분히 알 수 있었다.

"빨리 나갈 곳을 찾아보는 것이 좋겠군."

사도철광의 말은 그저 말로 끝날 수밖에 없었다. 시선이 미치는 곳 어디에도 그들이 빠져나갈 수 있는 공간은 보이지 않았다. 구멍이라고는 벽과 천장에 무수히 뚫린 것뿐인데, 사람이 빠져나가라고 뚫어놓은 구멍이 아닌 것은 분명했다.

소소자는 점점 다가오는 벽을 밀어보았지만, 벽은 그의 힘에 물러날 정도로 허술하지 않았다.

"이거 완전히 죽음의 함정이군. 길을 잘못 든 건 아닐까?"

소소자와 함께 벽을 밀던 사도철광이 대꾸했다.

"하지만 중간에 다른 길은 없었잖나."

"제길! 이런 이상한 곳이니 비밀 통로가 있었을지도 모르지요."

소소자는 말을 하다가 나인현이 들고 있는 척귀호세에 시선을 맞췄다.

"그렇군! 나 소저! 그 척귀호세를 주시오!"

나인현이 손을 내밀기도 전에 소소자가 낚아채듯 척귀호세를 들고 왼쪽 벽으로 다가갔다.

"벽에 있는 모양을 보니 이것이 열쇠인 것이 분명해요."

말을 한 소소자는 많은 구멍 중 한 곳에 척귀호세를 밀어 넣었다. 하지만 그것은 머리칼 두 개 정도의 두께밖에 들어가지 않았다. 이리저리 돌려보았지만 오히려 처음만큼도 밀어 넣지 못했다. '이곳이 아닌가 봐' 하며 다른 곳을 넣어봐도 마찬가지였다.

소소자가 스무 개의 구멍에 척귀호세를 맞추는 사이 벽은 양쪽 길이가 여덟 자도 남지 않게 다가와 있었다.

"혹시 천장일지도 모르겠군. 사도 영감, 어깨 좀 빌립시다!"

소소자는 사도철광의 승낙이 떨어지기도 전에 어깨에 올라탔다. 그 상태로 열두 개의 구멍에 척귀호세를 끼우려 했지만 조금 들어가다 말기를 반복했다.

"사도 영감, 오른쪽으로 움직여 보시오!"

상황이 상황인지라 사도철광은 군소리없이 소소자의 말에 따랐다. 다시 여덟 개의 구멍에 척귀호세를 끼우려는 시도를 하는 사이 벽의 간격은 여섯 자로 좁혀졌다. 조금 있으면 서로 등을 대고 서 있을 공간도 남지 않을 것이다.

"뭐 이런 지랄 같은 방이 다 있는 거야!"

사도철광의 등에서 뛰어내린 소소자는 이곳저곳에 척귀호세를 넣어보았다. 운이 나쁜 건지, 아니면 그의 생각이 틀렸는지 어느 하나 완전히 들어가는 것이 없었다.

끼이이익—!

귀에 거슬리는 소리는 다가오는 벽과 함께 그들의 신경을 곤두서게 만들었다. 이렇듯 눈에 보이게 천천히 다가오는 위험은 불안함과 함께 사고의 마비를 가져왔다.

"빨리 맞춰보게! 지금으로써는 그게 유일한 방법인 것 같으니까!"

사도철광의 음성에는 필요 이상의 힘이 들어가 있었다.

"내가 움직이는 것이 안 보이오? 나도 최선을 다하고 있다구요!"

소소자도 마주 소리를 지르며 척귀호세를 움직였다. 이미 사방 벽에 난 구멍이란 구멍에 모두 맞춰본 것 같은데 맞는 곳이 없었다. 그가 틀렸을 수도 있다는 생각이 뇌리를 스쳤지만 척귀호세 외에 다른 방법이 없는 것도 분명했다.

"침착하게… 침착하게……."

소소자는 자기 최면을 걸듯 중얼거리며 최대한 느리게 척귀호세를 옮겼다. 지금 상황에서 가장 나쁜 선택이 서두름이라는 것을 누구보다 잘 알고 있었다.

벽은 이제 척귀호세를 쥔 손을 쭉 뻗을 수 없을 정도로 가까이 다가와 있었다. 잘게 떨리는 호미령의 등이 맞닿은 그의 등을 타고 느껴졌다. 앞이 보이지 않는다고 하지만 그녀도 느낌으로 압박해 오는 위험을 알 수 있을 것이다.

'벽이 다가오지 않는다고 생각해라! 멈춰진 상태로 그냥 그림 맞추기 놀이라고 생각해!'

소소자는 끊임없이 자신을 채찍질하며 침착하려 애썼다. 벽이 더 이상 좁아질 수 없을 정도로 좁아져 그들의 육즙을 짜내기 전까지 희망의 시간은 남아 있었다. 팔을 뻗어 척귀호세를 움직이던 소소자는 어깨와 등에 압박감을 느꼈다. 옆에 있는 사도철광과 뒤쪽의 호미령이 벽에 밀려 가까워진 것이다.

'정말 방법이 없는 것일까?'

차츰 절망이 그의 전신을 내리눌렀다. 이빨을 갈리게 만드는 '끼이 익' 거리는 소리가 심장을 후벼 파는 것 같았다.

"젠장!"

소소자는 척귀호세로 벽을 후려쳤다.

쩌엉!

좁은 공간 때문에 울리는 소리는 고막을 찢을 듯 크게 들렸다. 완전한 절망은 소소자의 움직임을 멎게 만들었다. 코앞으로 다가온 벽과 등에 느껴지는 압박은 더 이상의 가능성이 없음을 말해 주었다.

'이렇게 죽는 건가?'

소소자의 뇌리에 생각이 떠오른 순간 머리 위에서 손 안의 척귀호세를 누군가가 빼앗아갔다. 고개를 들자 사도철광 어깨에 올라선 주적자가 보였다. 주적자는 아무 망설임 없이 뒤쪽의 한 구멍에 척귀호세를 밀어 넣었다.

철컥!

소소자가 넣었을 때는 한 번도 들어보지 못한 소리가 울리며 척귀호세가 완전히 들어갔다. 그리고…….

덜컹!

발 밑이 꺼지며 어둠이 그들을 집어삼켰다. 짧은 추락 뒤로 탄력 좋은 그물이 그들을 출렁이게 만들었다. 그 상황에서도 주적자가 용케 횃불을 놓지 않아 어둠은 재빨리 뒤로 물러났다. 그들은 양쪽 벽에 고정된 키 높이의 그물을 내려와 주위를 살폈다.

앞쪽으로 쭉 뻗은 동굴에서 습기를 머금은 바람이 느껴졌다. 동굴 안에 들어와 처음으로 접한 바람이었다.

"내겐 필요없으니 네가 들어라."

주적자는 횃불을 소소자에게 넘겼다. 소소자는 횃불을 받아 들며 물었다.

"대체 어떻게 그곳이 맞았던 거지? 내 기억으로는 분명 그 구멍에 척귀호세를 꽂았었는데."

주적자는 동굴을 따라 걸음을 옮기며 대답했다.

"그랬었지. 하지만 그때는 겉에 있는 모양과 안의 모양이 일치하지 않아서 넣을 수가 없었던 거야."

"그럼 안의 모양이 바뀌었다는 거냐?"

"우리 다섯이 서 있을 공간조차 부족할 때 모양이 변한 거야, 그거 하나만."

"내 눈에는 안 보이고 네 눈에는 보였다는 말이지?"

주적자는 자신의 눈을 검지와 중지로 가리켰다.

"말했잖아, 혈정을 먹은 뒤로 눈이 좋아졌다고. 우리가 통과한 곳은 담력과 침착성, 그리고 시야의 밝음을 시험한 관문이었던 것 같다."

"관문이라… 더럽게 까다로운 곳에 들어온 것 같군."

"힘든 만큼 얻을 것도 많겠지."

"제발 그래야 할 텐데……."

앞으로 나아갈수록 바람은 세게 불어왔다. 그물에서 내려올 때만 해도 미풍(微風)이었는데 이제는 옷깃을 나부끼게 할 정도로 거셌다.

"또 무슨 관문이 나올지 불안하군."

소소자의 말과 함께 동굴의 끝이 나타났다. 그곳은 막다른 곳이 아닌 끝이 보이지 않는 허공이었다. 동굴 끝의 양쪽은 새까만 어둠이었고 위와 아래도 마찬가지였다. 소소자는 바람 때문에 꺼질 듯 펄럭이는 횃불을 이리저리 옮겼다. 미약해진 빛 때문인지 몰라도 역시 끝은 보이지 않았다. 대신 다른 것을 발견할 수 있었다.

"이건 뭐야?"

소소자는 쭈그려 앉아서 발 밑을 살폈다. 처음에는 바위에 가는 줄이 박혀 있는 줄 알았는데 아니었다. 차라리 검날이라고 표현하는 것이 옳았다. 폭이 네 치 정도인 그 긴 검날은 이쪽 바위에 박혀 보이지 않는 전면의 어둠 너머까지 뻗어 있었다. 얼마나 날카로운지 보려고 손을 가져다 대자 느낌이 오는 즉시 피가 배어 나왔다. 오랜 세월이 지난 것이 분명한데 습한 바람과 시간 속에서도 녹 한 점 슬어 있지 않았다. 거기에 옆면이 이 정도로 넓으면 강풍에 흔들릴 만도 한데 바위의 한 부분처럼 움직임 하나 없었다.

뒤따라온 사도철광이 그 긴 검날을 보고 말했다.

"아무래도 이것을 이용해 저 끝으로 건너가라는 뜻 같은데?"

"어떻게 이것을 밟고 간다는 말이오? 사도 영감은 발바닥도 도검불침이오?"

사도철광은 긴 손톱을 소리나게 부딪쳤다.

"굳이 걸어가야 한다는 법은 없잖나."

"뭐, 하긴 그렇군요."

"이것 외에 다른 길은 없는 것 같군."

주적자는 말을 하고 검날을 손가락으로 퉁겼다. 내력을 주입했는지 '지이잉—!' 하고 울리는 소리는 어둠 너머의 저곳에서까지 울려왔다. 대충의 길이를 알아보려고 한 행동이었지만 소리만으로는 얼마나 긴지 짐작이 가지 않았다.

"그럼 이곳을 건널 방법을 생각해 보자구."

이미 방법이 있는 사도철광이 말했다.

"일단 두 소저는 누군가가 업고 가야 하겠군요."

소소자의 말에 사도철광이 나인현을 가리켰다.

"나 소저는 내가 책임지지."

소소자는 그런 사도철광을 의미심장한 눈으로 쳐다보았다. 동굴에 들어온 후, 아니, 정확히 말하면 물속에서 숨을 나눠준 후부터 유난히 나인현을 챙기는 사도철광이었다.

'저 영감이 설마 나 소저에게 딴마음을 품고 있는 것은 아니겠지?'

하긴 그가 상관할 일은 아니었다. 사도철광이 나인현을 좋아하든 당과를 좋아하든 무슨 상관이겠는가? 호미령만 아니면 됐지.

"내가 호 소저를 업고 가면 되겠군."

주적자의 말에 소소자가 물었다.

"넌 어떻게 건널 생각인데?"

"손가락으로 잡을 정도의 폭은 되잖아."

"손가락 힘만으로 끝이 어딘지도 모르는 이곳을 건너겠다는 것이냐?"

"두 사람의 몸무게쯤은 감당할 수 있으니 염려하지 말아라. 정작 문제는 너지."

소소자는 손을 휘휘 저었다.

"내 걱정은 관둬라."

그는 검날을 건너야 한다는 것을 아는 순간 이미 방법을 생각해 뒀다.

"어떻게 건너려고 그러나?"

사도철광의 물음에 소소자는 품에서 침통을 꺼내며 말했다.

"내 머리를 사도 영감과 같은 수준이라고 생각하지 마시오."

그는 신발을 벗은 후 침을 신발 밑창에 가로로 촘촘히 꽂기 시작했다. 검날이 날카롭다고는 하지만 현철로 만든 침을 부러뜨리지는 못할 것이다. 침을 모두 꽂은 소소자는 신발을 신었다. 차가움과 함께 약간의 거북함이 느껴졌지만 이 정도면 중심을 잡으며 걷기에 충분했다.

"괜찮겠냐? 바람이 이렇게 세게 부는데."

"약간의 천추근을 사용하면 문제없어. 그렇다고 검날이 부러지지는 않을 테니까."

소소자를 보는 사도철광의 얼굴에 감탄이 서렸다.

"자네 잔머리는 정말 알아줘야겠군."

"이왕이면 기지(奇智)라고 불러주시오."

그는 말을 하고 검날 앞에 섰다.

"홀몸인 내가 먼저 건너지."

심호흡을 한 소소자는 검날에 왼쪽 발을 올려놓았다. 내디딘 발에 몸무게를 실을수록 딱딱한 느낌이 더해졌다. 오른쪽 발을 완전히 떼고 천추근을 사용하자 금세 중심이 잡혔다. 다행히 발에 통증도 없고 칼날이 파고든 밑창의 틈 때문에 미끄럽지도 않았다. 소소자는 양팔을 벌리고 조심스럽게 걸음을 내디뎠다. 손에 든 횃불 덕분에 시야는 쉽게 확보되었다.

익힌 무공이 검법이든 권법이든 그가 익힌 암기술이든, 가장 기본이 되는 것 중 하나가 균형 감각이었다. 자세가 흐트러진 상태에서는 어떤 무공을 펼쳐도 제대로 된 위력을 발휘할 수 없기 때문이다. 그래서 설사 이류라고 불리는 무림인일지라도 줄타기 정도는 눈 감고도 할 수 있었다.

하물며 중원제일살수라고 불리는 그에게 이 정도는 어려움을 느낄 만한 것도 아니었다. 점점 세지는 바람이 조금은 걱정스러웠지만 천추근을 운용하고 있으니 상체의 균형만 잘 잡으면 문제없었다.

소소자는 여유를 가지고 뒤를 돌아보았다. 삼 장 뒤에서 나인현을 업은 사도철광이 성큼성큼 따라오고 있었다. 둘의 몸은 허리띠로 매어져 있었기 때문에 나인현이 팔을 놓아도 떨어지는 일은 없을 것이다. 더 뒤쪽에 있는 주적자의 모습은 어둠에 가려 보이지 않았다. 다른 사람이라면 모르지만 주적자이기에 걱정할 필요는 없었다.

소소자는 다시 검날을 타는 데 정신을 모았다. 여유가 있다고는 하지만 발을 잘못 딛는 날에는 끝도 모를 낭떠러지로의 추락이 기다리고 있으니 방심은 금물이었다.

이각쯤 걸었을까? 드디어 끝이 시야에 들어왔다. 육 장 정도 앞에 있는 그곳은 그들이 출발한 곳과 비슷한 모양을 하고 있었다. 땅에 발을 디딘 소소자는 크게 한숨을 쉬고 주저앉았다. 검날 위를 걸을 때는 몰랐는데 긴장이 과했는지 근육이 당겼다. 신발을 벗고 침을 빼는 사이 사도철광과 주적자가 연이어 도착했다.

나인현을 내려놓은 사도철광도 어깨가 아픈지 연신 주물러 댔다. 따지고 보면 무공을 익힌 그들에게 이 정도의 일이 힘든 것은 아니었다. 그런데 아픔을 느끼는 것을 보면 정신이 육체를 지배한다는 소리가 맞긴 맞는 모양이다. 아무렇지 않은 얼굴로 다음 갈 길을 보는 주적자만 빼고…….

주적자는 천의지에서도 머물지 않는다

제22장 주적자는 천의지에서도 머물지 않는다

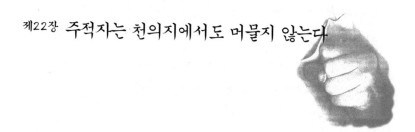

"다음에 뭐가 나올지 벌써부터 기대가 되는군."

소소자가 앞으로 쭉 뻗은 동굴을 횃불로 비추며 말했다.

"가보면 알겠지."

주적자는 망설임없이 어둠 속으로 걸음을 내디뎠다. 소소자는 뒤를 따르며 너덜너덜해진 신발을 보고 투덜거렸다.

"젠장! 언제나 마음에 드는 것은 일찍 망가진다니까."

일각 넘게 동굴을 걸었는데도 여전히 끝이 보이지 않았다. 그들의 그림자만이 저벅거리는 발자국 소리에 맞춰 흔들릴 뿐이었다.

"미로 찾기라도 나오는 것 아니야?"

그의 말이 끝나기 무섭게 묵묵히 걷고 있던 주적자가 멈췄다. 전면을 뚫어지게 쳐다보는 주적자에게서 심상치 않은 기운이 감돌았다.

"왜 그러나?"

주적자는 여전히 시선을 전면에 두고 말했다.

"뭔가 있어."

바로 뒤에서 걸음을 멈춘 사도철광이 물었다.

"뭐가 있다고 그러나? 아무것도 보이지 않는데."

"그러게 말이오. 대체 뭐가 있다고……."

소소자는 횃불을 내밀며 앞으로 걸음을 옮겼다. 그런 그의 어깨를 주적자가 잡았다.

"기다려. 네 눈에 보이지는 않겠지만 이십 장 앞의 동굴 양쪽에 몇 개의 구멍이 나 있다. 그곳에서 알 수 없는 귀기가 느껴져."

"이 어둠 속에서 이십 장 앞이 보인단 말이냐? 아참, 눈이 밝아졌다고 했지? 하지만 귀기까지 느껴지다니… 그것도 혈정 탓인가?"

"아마도… 그렇겠지."

"제가 알아볼게요."

나인현이 말을 하며 앞으로 나왔다. 그녀는 붉은 그림이 그려진 부적을 양쪽 검지 사이에 끼운 후 주문을 외우기 시작했다.

"각항저방심미기(角亢氐房心尾箕) 두우여허위실벽(斗牛女虛危室壁), 규루위묘필자삼(奎婁胃昴畢觜參) 정귀유성장익진(井鬼柳星張翼軫)!"

주문이 끝남과 동시에 그녀의 손가락 사이에 끼워져 있던 부적이 빠르게 허공을 갈랐다. 부적이 어둠 속으로 사라진 잠시 후…….

까아아아악—!

화살 맞은 새가 지르는 비명 같은 것이 길게 울린 후 잠잠해졌다. 눈에 보이지 않으니 무슨 일이 일어났는지 알 수 없었지만, 주적자의 말대로 어둠 속에 무언가가 있는 것은 틀림없었다.

"축귀진언부(逐鬼眞言符)를 날렸음에도 아직 물러가지 않는 것을 보

156 무한투

면 상당히 강력한 귀신들이군요."

"귀신 쫓는 부적을 쓴 것인가?"

"네, 웬만한 귀신은 축귀진언만 외워도 물러가는데 저곳에 있는 귀신들에게는 별 효력이 없군요."

"귀신들이라면 놈들이 떼거지로 몰려 있다는 것이오?"

소소자의 물음에 나인현이 고개를 끄덕였다.

"네 적어도 열 귀(鬼) 정도는 되겠어요."

주적자가 등에서 검을 뽑으며 앞으로 나아갔다.

"막으면 죽이고 가는 수밖에."

나인현이 걸음을 빨리해 주적자보다 앞서 나가며 말했다.

"제가 처리할게요. 귀신을 잡는 것은 제 몫이니까요."

그녀는 주머니에서 몇 장의 부적을 꺼내며 주문을 외우기 시작했다.

"음령음령 동여사생, 음양이계 결위형제, 아약유난 예선보진……."

나인현이 술이 취했을 때 사무를 불러내던 주문이었다. 그녀의 몸에서 하얀 안개가 스멀스멀 피어 오르더니 이내 뱀의 형상으로 뭉쳐지기 시작했다.

끼에엑—!

자신의 출현을 알리듯 커다란 괴음을 터뜨린 사무는 그녀의 발걸음에 맞춰 몸을 흔들었다. 소소자는 그녀와 이 장 간격을 두고 뒤를 따랐고 그 중간에 사도철광이 끼어 있었다. 사도철광은 나인현이 위험한 모습이라도 보이면 언제든 뛰어나갈 태세를 갖추고 있었다. 얼마쯤 가자 주적자가 말한 구멍이 보였다. 폭이 두 자 정도 되는 구멍은 벽 양쪽으로 띄엄띄엄 나 있었는데 어둠 때문에 몇 개인지는 정확히 알 수 없었다.

나인현이 구명에 가까이 다가가자 갑자기 시커먼 물체가 그녀를 향해 튀어나왔다. 누가 보아도 평범한 그녀가 피하기에는 너무 빠른 속도였다. 사도철광이 화들짝 놀라며 몸을 날리려 할 때 사무가 지르는 괴성이 사위를 진동했다.

쩌겅!

사무와 검은색의 공 같은 것이 부딪치며 요란한 소리를 만들어냈다. 그사이 나인현이 흑귀(黑鬼)를 향해 부적을 날렸다. 소소자가 날리는 암기처럼 빠르게 허공을 격한 부적은 흑귀의 몸에 달라붙었다.

꽈아악—! 꽉! 꽉!

고통스런 비명을 지르며 요동을 치던 흑귀는 점점 몸이 길어지더니 이내 부적 속으로 빨려 들어가 버렸다. 힘없이 펄럭이며 땅에 떨어진 부적을 집어넣은 나인현은 다시 걸음을 옮겼다. 그녀의 손에는 어느새 여러 장의 부적이 들려 있었는데, 아마도 귀신에 따라 달리 사용하는 모양이다.

나인현이 구명 앞을 지날 때마다 각기 다른 색깔과 모양의 귀신들이 그녀를 공격했다. 어떤 것은 범과 비슷한 형상을 한 것도 있었고 어떤 것은 붉은색의 새 모습으로 나타나기도 했다. 그녀는 그 귀신들의 첫 공격을 사무로 막고 부적을 날리는 형태로 제압해 나갔다.

평소에는 얌전하고 수줍음 많던 그녀가 귀신과 싸울 때는 무림의 여고수처럼 보였다. 가끔 뒤로 물러서거나 위험한 장면을 연출하기도 했지만 그녀는 귀신을 부적에 가두고 나아가는 것을 멈추지 않았다. 그렇게 열두 개의 부적에 귀신을 가둔 나인현은 거친 숨을 몰아쉬며 벽에 등을 기댔다.

사무가 사라진 후 지친 그녀의 모습은 그들이 알고 있는 나인현으로 돌아와 있었다.

"괜찮나?"

사도철광이 제일 먼저 다가가 걱정스럽게 물었다. 나인현은 애써 웃음을 지으며 고개를 끄덕였다.

"네. 이렇게 많은 귀신과 한꺼번에 싸우기는 처음이라 조금 힘들었을 뿐이에요."

그녀는 말끝으로 안심하라는 듯 미소까지 지어 보였다.

"그런데 왜 이곳에 귀신이 득실거리는 것이오?"

"제가 잡은 것들은 수귀(獸鬼)예요. 짐승이 죽은 후 땅의 음(陰)한 기운을 받아 귀신이 되는 종류인데 원래는 사람을 공격하지 않아요. 아마도 이곳을 만드신 술법사와 계약을 맺고 오는 사람을 기다리고 있었던 모양이에요."

그녀는 부적을 넣은 주머니를 툭툭 치며 말을 이었다.

"비록 수귀지만 제사를 지내 내세에는 부디 사람으로 태어날 수 있도록 축언(祝言)을 해야죠."

나인현의 얼굴에는 자신도 뭔가 해냈다는 뿌듯함이 서려 있었다.

"귀신과 계약을 맺는단 말이오?"

궁금증을 참지 못하는 소소자가 묻자 사도철광이 끼어들었다.

"나 소저 힘든데 이것저것 묻지 말고 좀 놔두게."

소소자는 눈을 가늘게 뜨고 사도철광을 보았다.

"사도 영감, 너무 티내는 것 아니오?"

사도철광은 평소의 그답지 않게 얼굴을 붉히며 어물거렸다.

"내, 내가 무슨 티를 냈다고 그러나? 그냥 나 소저가 피곤해 보여서 그렇지."

"전 아무렇지도 않아요. 그리고 이왕 이곳에 오셨으니 술법에 대해서 간단하게 알아두는 것도 좋겠지요. 음……."

눈동자를 위로 올려 생각하는 표정을 짓던 그녀가 다시 입을 열었다.

"거의 모든 술법사는… 그래 봤자 내가 아는 술법사는 하나도 없지만, 뭐 그건 그렇고 어쨌든 거의 모든 술법사는 귀신과 계약을 맺고 있어요. 대부분 종신 계약을 맺는데 내세에 조금 더 좋은 생명으로 태어나기 위해 술법사와 같이 다니며 선행을 행하죠."

"그럼 나 소저가 부리는 사무도 그런 종류요?"

"네. 정확한 이름은 반용귀(半龍鬼)예요. 용이 되지 못하고 죽은 이무기와 계약을 맺은 거죠. 반용귀도 다른 귀신들과 마찬가지로 선행을 쌓아 내세에는 용이 될 수 있도록 저와 계약을 맺었어요."

"그럼 세상에는 선행을 하기 위한 귀신밖에 없다는 말이오?"

"그럴 리가 있나요. 가끔 스스로 사람을 해치는 귀신도 있지만 극히 드물어요. 그것보다는 사람에게 이용당해 악행을 저지르는 귀신이 더 많아요. 묘귀(猫鬼)가 그 대표적인 예죠."

"묘귀?"

아는 것이 많은 사도철광이 나섰다.

"무식하긴. 자네는 묘귀도 모르나? 묘귀는 수 왕조(隋王朝) 시대에 가장 유행했었는데 왕실의 외척인 독고타(獨孤陀)가 묘귀를 부려 자신의 동생인 황후와 자기 처형을 저주한 사건은 아직도 인구에 회자될 만큼 유명하지."

"그러니까 묘귀가 뭐냐구요? 가장 중요한 것은 쏙 빼놓고 수 왕조가 어떻느니 독고타가 어떻느니… 요점 정리를 못하는 사람은 정말 피곤

하다니까. 혹시 그것만 알고 정작 묘귀에 대해서는 모르는 것 아니오?'

사도철광이 발끈했다.

"모르긴 왜 몰라?! 묘귀는 술사가 일부러 죽여 만든 고양이의 혼령으로 사람을 병들게 해서 죽이는 귀신인데 자(子:십이지의 쥐)일 밤에 제사를 지내면 계속 부릴 수가 있지."

이야기를 들은 소소자가 아니꼬운 얼굴로 말했다.

"차라리 그 길로 나서지 그랬소? 외모도 사악한 술법을 펼치기에 딱 알맞은데 말이오."

"외모로 따지자면 자네도 만만치 않아."

"아니, 내 외모를 영감과 같은 수준으로 본다는 말이오? 귀태나는 내 고아한 풍모와 사도 영감의 꼬질꼬질하고 어딘가 음침한 구석이 있는 외모와는 근본적인 차이가 있단 말이오! 게다가……."

여기까지 말한 소소자의 시선이 우연히, 아주 우연히 나인현에게 머물렀고 그는 말을 중단할 수밖에 없었다. 기분 탓인지는 모르겠지만 그녀의 눈길에서 사나운 빛을 감지했기 때문이다. 소소자가 갑자기 말을 끊자 사도철광이 의아한 얼굴로 물었다.

"왜 말을 하다가 마나? 말도 안 되는 말을 하려니까 혀가 꼬이나?"

소소자는 사도철광은 흘겨본 후 몸을 휙 돌려 먼저 걸음을 옮겼다.

"관둡시다. 제발 내 생각이 잘못되었기를 바라는 수밖에……."

소소자는 '그럴 리가 없어. 아암, 그럴 리가 없지'라는 말만 중얼거리며 동굴을 따라 걸어갔다. 끝은 예상보다 일찍 그들을 맞았다. 사람의 손길이 닿은 게 분명한 석문(石門)이 앞을 가로막고 있었다. 그 석문에는 소소자가 이해할 수 없는 문자 같기도 하고 그림 같기도 한 문양이 새겨져 있었다.

처음 보는 것임에도 눈에 익숙하다는 생각이 들었는데 나인현이 자주 그리던 부적 때문이라는 것을 깨달았다.

"선신수호부(善神守護符)로군요."

그녀는 석문을 잠시 살피더니 고개를 갸웃했다.

"이상하네? 한 획이 빠졌는데… 왜 이렇게 새겨 넣은 거지?"

도착한 후 이곳저곳을 열심히 살피던 주적자가 말했다.

"그게 관문인 것 같소. 빠진 획을 새겨보시오."

그 말에 소소자가 소도(小刀)를 나인현에게 건넸다. 그녀가 없는 힘을 써가며 세 치 정도의 획을 파 넣자 석문이 움찔하더니 돌 가루를 휘날리며 열리기 시작했다. 조금씩 열리는 석문 안은 어둠이 아니었다. 횃불보다 훨씬 밝은 빛이 석문이 열리는 만큼씩 넓어지고 있었다. 문이 다 열리기도 전에 소소자가 고개를 넣어 안을 보았다. 정사각형의 텅 빈 석실은 사십 평이 넘어 보일 정도로 넓었다.

석실의 정면은 막혀 있었고 우측에 작은 문이 나 있었다. 안으로 들어선 소소자는 정면 벽의 상단에 조그맣게 쓰여진 목(木) 자를 발견할 수 있었다. 글자를 스치고 지나간 그의 시선이 천장에서 머물렀다.

"야명주(夜明珠)잖아!"

소소자는 천장에 박힌 주먹만한 구슬을 보고 놀람에 찬 음성을 터뜨렸다. 스스로 빛을 내는 구슬이 있다는 말을 듣기는 했지만 전설처럼 전해지는 얘기라 믿지 않았는데 실제로 존재한다는 것이 놀라웠다.

사도철광이 소소자 뒤를 따랐고 나인현과 호미령, 마지막으로 주적자가 방으로 들어갔다.

"으음—!"

주적자는 방에 발을 들여놓자마자 가는 신음을 뱉어냈다. 미간에 주름을 만들고 있는 모습이 어딘가 불편한 것 같았다.

"왜 그러나?"

"모르겠어. 그냥 속이 거북하고 뼈가 저리는 느낌이……."

주적자는 말을 하며 연신 심호흡을 했다. 내력으로 다스려 보는 것 같았지만 잘되지 않는다는 것이 눈에 보였다.

"아마도 혈정 때문일 거예요."

나인현의 말에 소소자가 물었다.

"이 방과 혈정이 무슨 관계가 있다는 것이오?"

"이곳은 정(靜)과 빛이 모인 곳이에요. 그런데 주 대협께서 먹은 혈정은 그와 상반된 성질을 가지고 있기 때문에 불편하실 수밖에 없죠."

"그럼 주적자는 이곳에 있을 수 없다는 말이오?"

나인현은 소소자를 일별하고 말했다.

"안 계시는 것이 좋을 거예요. 오래 있으면 혈정의 기운뿐 아니라 몸까지 상하게 될 테니까요."

자신의 잘못이 아님에도 미안한 표정을 지으며 고개를 돌리던 나인현의 눈에 이채가 띠어졌다.

"저기……!"

그녀는 벽에 써진 목 자를 가리켰다.

"저게 어쨌다는 것이오?"

소소자의 질문은 다시 나인현의 물음으로 돌아왔다.

"여러분들 중 혹시 이곳에 들어오자 심신이 편해지고 머리가 맑아지는 느낌을 받은 분은 없나요?"

그러자 사도철광이 훈장의 질문에 답하는 학동처럼 손을 들었다.

"나도 물어보려던 참인데… 딱 그 느낌이 드는군."

나인현은 '역시나' 하는 표정으로 고개를 끄덕였다.

"이곳은 목의 기운이 가장 활발한 곳이에요. 음… 그걸 말씀드리기 전에 먼저 설명을 해야겠군요. 사람들은 누구나 수(水), 금(金), 지(地), 화(火), 목(木), 풍(風), 이 여섯 가지의 기운 중 하나를 가지고 태어나지요. 저처럼 특이하게 수와 화의 기운을 함께 지닌 사람도 있지만요. 술법사로는 가장 적당한 기가 바로 저 같은 경우예요. 그래서 사부님께서 저를 제자로 거둬들이신 거구요."

소소자가 사도철광을 보며 말했다.

"그러니까 사도 영감은 목의 기운을 타고난 거구려."

"네, 그렇죠. 물론 목의 기운을 타고났다고 해서 모두 사도 선배님이 느끼는 것 같은 기운을 느끼지는 못해요. 몸과 정신이 모두 맑아야 되죠. 그래서 대부분 십 세를 넘기지 않은 아이들이 그런 기운을 강하게 느끼는데, 그런 의미에서 사도 선배님은 특별하다고 할 수 있죠."

사도철광이 흐뭇한 표정으로 말했다.

"내가 원래 순수할 뿐더러 항상 바른 생활을 하다 보니 청정한 육체까지 가지고 있지."

사도철광의 이런 말을 듣고 가만히 있을 소소자가 아니었다.

"그건 정신 연령이 어린애 수준이라 그런 거고, 몸은 워낙 오래 굶은 탓에 허해진 까닭이오. 순수와 청정이 아무한테나 안기는 기생 삼월인 줄 아시오? 영감한테 붙어 있게."

"쯧쯧… 자네 질투는 정말 못 말리겠군."

"질투는 무슨… 사실이 그렇지."

그들 사이에 나인현이 끼어들었다.

"이제 다른 곳으로 가보죠."

"뭐가 또 있나?"

"목의 방이 있으니 다른 다섯 가지 방이 또 있을 거예요."

다들 걸음을 옮기려 할 때 주적자가 말했다.

"난 나가는 것이 좋겠군."

"그러실 필요 없어요. 지의 방에 들어가면 아마 불편함이 가실 거예요. 모든 것을 포용하는 것이 땅이니까요."

그녀는 말을 하고 사람들을 왼쪽 문으로 안내했다. 그곳으로 들어가자 역시 목의 방과 비슷한 크기의 방이 나왔다. 발을 들여놓자마자 갖가지 무기들이 시선을 끌었다. 정면으로 보이는 벽에는 나인현이 가지고 있는 것과 비슷한 활하며 검, 도, 봉, 창 등 십팔반 병기와 심지어 갑옷과 장갑도 걸려 있었다.

"술법사들도 익힌 술법에 따라 갖가지 무기들을 써요. 이곳에 걸려 있는 무기들은 일반 사람들이 쓰는 것하고는 달라요. 모두 법력이 깃들어 있는 것이지요."

그녀는 주위를 둘러보다 방구석에 놓인 항아리를 발견하고 반색을 했다.

"혹시……!"

재빨리 다가가 밀봉을 푼 후 뚜껑을 연 그녀의 얼굴에 함박웃음이 번졌다.

"벽곡단(辟穀丹)이에요."

그녀는 안에서 염소 똥보다 조금 큰 단환을 열 개 남짓 꺼내 다가온 사람들에게 세 개씩 나눠 주었다.

"먹으라고 준 거요?"

소소자가 벽곡단을 요리조리 살피며 물었다.

"네, 그것만 드셔도 허기가 말끔히 가실 거예요."

취하지 않는 이상 허튼소리를 할 나인현이 아니었지만 선뜻 믿기지가 않았다. 염소 똥 같은 것 달랑 세 알로 어찌 배가 부를 수 있겠는가? 한 달을 참아온 허기가 말이다.

소소자가 의심스러운 눈으로 벽곡단을 살피는 사이 사도철광은 그것을 날름 삼켰다. 나인현의 말이 당연히 맞을 것이라고 굳게 믿는 눈치였다. 소소자는 밑져야 본전이라는 심정으로 벽곡단을 입 안에 털어넣었다. 나인현이 먹고 죽을 것을 줄 리는 없으니 말이다.

어떤 음식이든, 설사 그것이 물이라고 하더라도 맛이 있는 법인데 나인현이 준 벽곡단은 아무 맛도 나지 않았다. 모래를 씹는 듯 버석버석한 느낌뿐이었다. 그런데 삼키고 난 후의 느낌은 개운했다. 입 안에 찌꺼기가 남을 법도 한데 침에 녹아 모두 넘어간 것 같았다.

벽곡단을 먹은 그들은 다음 방으로 넘어갔다. 방의 배열이 가로로 늘어져 있는 것이 아니라 꺾어지는 것으로 보아 천의지 전체 형태는 사각형인 것 같았다. 그들이 다음에 들어간 곳은 풍의 방이었다. 그곳에서는 호미령이 사도철광이 경험했던 것과 비슷한 느낌을 받았다.

그들은 화의 방을 거쳐 지의 방으로 들어갔다. 그곳에 도착한 후에야 주적자의 안색이 조금은 펴졌다.

"어떠세요?"

나인현이 주적자에게 물었다.

"다른 곳보다는 훨씬 낫군요."

"밖에보다는 못하겠지만 천의지 안에서는 여기가 편하실 거예요."

"그렇군요. 난 여기 있을 테니 다른 곳을 둘러보시오."

그들은 주적자를 지의 방에 두고 다음 방으로 넘어갔다. 그곳은 금의 방이었는데 그곳에 들어서자 소소자가 뱃속에서 우러나오는 웃음을 토해냈다.

"후후후후……!"

"왜 그러나? 벽곡단에 체하기라도 했나?"

소소자는 벽에 써진 금 자를 가리키며 말했다.

"이곳이 내게 딱 맞는 방이오. 오! 이 상쾌함이라니. 마치 엄마의 뱃속에 있는 것처럼 편안하구려."

사도철광이 이죽거렸다.

"자네는 총기도 좋군. 그 나이 되도록 엄마 뱃속이 어떤지 기억하고 있다니 말이야."

"말이 그렇다는 것이지 어디 뜻이 그렇소?"

말을 한 소소자는 배를 만지며 고개를 갸웃거렸다.

"그런데 정말 허기가 싹 가셨군요. 사도 영감은 어떻소?"

사도철광도 그제야 생각이 미쳤는지 자신의 배를 내려다보았다.

"그러고 보니 그렇네."

나인현이 그것 보라는 듯이 미소를 지었다.

"그것이 벽곡단의 효능이에요. 음식을 소량으로 오래 저장하면서도 긴 시간 동안 한곳에서 허기를 느끼지 않을 수 있죠."

"그 벽곡단이라는 건 어떻게 만드는 것이오?"

잔뜩 기대 어린 눈으로 묻는 소소자를 향해 나인현이 손을 흔들었다.

"미안하지만 그건 사문의 비법(秘法)이라 가르쳐 드릴 수가 없어요."

소소자는 더 이상 물을 수가 없었다. 사문의 비밀을 가르쳐 줄 수 없다는 데야 무슨 할 말이 더 있겠는가? 그들은 수의 방을 거쳐 마지막으로 서고에 들어갔다. 술법에 관한 책들이 가득 꽂힌 그곳이야말로 암명문의 정화였다.

나인현은 서고 앞에 서서 넋을 잃고 책들을 보았다. 가끔 책을 빼서 펼치는 그녀의 입에서는 쉼없이 감탄사가 터져 나왔다.

"대단해요, 대단해! 출행법(出行法)부터 시작해서 여의부(如意符), 보강법(步罡法), 장신술(藏身術)과 둔신술(遁身術), 이보법(耳報法), 강신법(降神法), 보행신비법(步行神秘法), 백살제압법(百殺制壓法)……."

그녀는 쉴 새 없이 갖가지 술법 이름들을 대며 좋아했다.

"저기에 있는 술법이 뭔지는 몰라도 저것만 다 익히면 세상에 무서울 것이 없겠군."

서고에 꽂힌 책을 꺼내 보며 좋아하던 나인현이 소소자의 말을 들었는지 돌아섰다.

"이걸 다 익힐 수는 없어요. 사람마다 기운이 다 다르듯 익힐 수 있는 술법에도 한계가 있어요."

그녀는 사도철광을 가리켰다.

"사도 선배님의 경우 목의 성질을 가지셨으니 몸 한 부분에 법력을 모아서 사용하는 것이 가장 효과적이에요."

소소자가 물었다.

"그럼 나는 어떤 술법이 가장 좋소?"

"소 의원님은 금의 기운을 가지셨으니 탄(彈)의 성질이라 할 수 있어요. 즉 암기 같은 것에 법력을 실어 던지는 술법을 익히는 것이 좋죠."

소소자는 만족한 얼굴로 고개를 끄덕였다.

"역시… 그리고 보면 무공도 자신의 체질에 맞게 익혀지는가 보군.

성취도 가장 높고 말이야. 그럼 풍의 기를 가진 호 소저는 뭘 익혀야 하오이까?"

"제가 무슨 술법을……."

"아니에요. 사실 풍의 기운을 타고난 사람은 드물어요. 만에 하나도 되지 않을 정도지요. 바람은 세상 어디에도 갈 수 있죠. 즉, 많은 것을 알고 듣거나 쫓을 수도 있어요. 호 소저는 이보법과 보행신비법, 그리고 장신술을 익히면 반드시 성취를 이룰 거예요."

한참 동안 말이 없던 사도철광이 불쑥 물었다.

"그런데 우리가 술법을 익힌다면 사람에게 써도 효과가 있는 건가?"

나인현은 단호하게 고개를 저었다.

"절대 사람에게 쓰면 안 돼요. 술법은 꼭 귀신에게만 써야 해요."

"설사 용서할 수 없는 악인이라도 말이오?"

"그래요. 지금 제가 익힌 술법을 사람에게 쓴다면 그만큼의 대가가 제게 돌아올 거예요. 즉, 자신이 익힌 술법에 자신이 해를 입는 경우가 생기는 거죠."

사도철광이 아쉬운 듯 말했다.

"역시 무공과는 다르군."

"하지만 자신을 지키기 위해서는 써도 되지 않을까요?"

소소자의 물음에도 나인현의 대답은 단호했다.

"절대 안 된다고 했잖아요. 술법은 어떤 경우에도 귀신을 잡는 데만 써야 해요."

"하지만 천의지에 들어와 관문을 통과할 때 술법을 써서 그 위기를 넘길 수 있었다면 그렇게 해야 되는 것 아니오? 사람을 해치는 것도 아니고 목숨을 구하자는 것인데."

"하지만 사부님께서는 귀신을 제압하는 데 외에는 절대 술법을 써서는 안 된다고 하셨어요."

사도철광이 고개를 갸웃하며 입을 열었다.

"뭔가 좀 이상하군."

"뭐가 말이오?"

"우리가 통과한 관문은 들어오는 사람이 암명문의 문인(門人)인지 알아보려고 만들어놓았을 것 아니야?"

"그랬겠죠."

소소자도 번뜩 무언가 떠올랐다.

"그러고 보니 우리의 도움이 없었다면 나 소저가 암명문의 문인이라고는 하지만 절대 그곳을 통과하지 못했겠군요."

"그렇지. 결국 그 관문은 누군가의 도움을 받아야 통과할 수 있으니 정말 이해할 수 없는 관문이군."

나인현이 작은 소리로 말했다.

"그건 아니에요."

"우리의 도움 없이도 통과할 수 있었다는 말이오?"

나인현은 무언가 생각을 한 후 입을 열었다.

"처음 척귀호세를 구멍에 맞추는 관문은, 안명부(眼明符)를 써서 눈과 눈 사이에 붙인 후 안명주(眼明呪)를 외워 시야를 밝게 하면 통과할 수 있어요. 그리고 칼날 위를 걷는 관문은 강신부(强身符)를 발바닥에 붙인 후 강중주(剛中呪)를 외우며 건너면 돼요."

그녀는 자랑스럽게 얘기를 했지만 듣는 소소자는 어이가 없었다.

"그럼 왜 그렇게 하지 않았소?"

소소자의 물음에 나인현은 우물쭈물 대답했다.

"그때는 잘 생각이 나지 않았고… 사부님이 수련할 때와 귀신을 상대할 때 외에는 절대 술법을 사용해서는 안 된다고 하셔서……."

소소자는 나인현을 물끄러미 쳐다보다가 이내 한숨을 내쉬었다.

"나 소저를 보면 언제나 느끼는 거지만 융통성이라고는 병아리 눈물만큼도 없구려. 아무리 사부가 그렇게 시켰다고 해서 목숨이 경각에 달렸는데……."

소소자의 말을 사도철광이 끊었다.

"그만 하게. 생각이 안 났다고 하지 않는가. 더구나 이처럼 각박한 세상에 하늘 같으신 사부님의 말씀을 목숨 걸고 지키는 나 소저의 인격은 칭찬받아 마땅한 일이지 어찌 욕을 먹어야 한다는 말인가? 이미 지난 일이니 왈가왈부하지 말게."

한참 동안 사도철광을 쳐다보던 소소자는 한숨처럼 말을 뱉어냈다.

"지금 내가 무슨 소릴 하겠소? 단지 우리는 서로의 등을 보호해야 하는 동료라는 말밖에 할 말이 없군요."

소소자와 호미령은 주적자가 있는 지의 방으로 걸음을 옮겼다. 그가 들어서자 벽에 등을 기대고 쭈그려 앉아 있던 주적자가 일어섰다. 급히 표정을 가다듬기는 했지만 짧은 순간 주적자가 내보인 그 얼굴은 소소자의 가슴을 아프게 했다. 자신의 슬픔을 애써 숨기려 하는 주적자이기에 그 아픔은 더욱 크게 다가왔다.

"아무래도 이곳에서 머물 시간이 길어질 것 같다. 지금 우리가 가진 힘만으로는 흡혈야황을 상대하기 벅찰 테니 강해져야지."

"그래, 강해지면 좋겠지."

주적자의 말은 왠지 공허하게 들렸다.

"넌 어떻게 할 생각이냐? 이곳에서 네 나름대로의 수련을 하다 우리와 같이 나가는 것이 좋을 듯싶은데."

"글쎄……."

주적자는 한참 후에 다시 입을 열었다.

"지금으로써는 별 대안이 없으니 머물면서 생각해 보기로 하자."

소소자는 주적자의 어깨를 툭 쳤다.

"그래, 급할 게 뭐가 있겠나? 천천히 결정하도록 해."

그들이 말을 하는 사이 사도철광과 나인현이 들어왔다. 수의 방에서 무슨 얘기를 했는지 그들의 얼굴은 잔뜩 굳어 있었다. 서먹한 분위기 속에서 나인현이 소소자에게로 다가왔다.

"저… 이제까지 일에 대해서는 제가 앞으로 생각을 바꿔볼게요."

물끄러미 나인현을 쳐다보던 소소자가 그녀에게 바짝 다가가 속삭였다.

"정말 생각을 바꿔볼 거요?"

그녀는 반사적으로 한 발자국 물러서며 대답했다.

"네."

소소자는 흐뭇한 표정으로 고개를 끄덕였다.

"잘 생각하셨소. 늙다리 사도 영감이 나 소저에게 응큼한 마음을 품고 있었다는 것은 내 일찍이 눈치 채고 있었소. 그런데 거기에 나 소저가 점점 넘어가는 것 같아 안타까운 마음을 금할 길 없었는데 이제라도 생각을 바꾼다고 하니 이 얼마나 다행스러운 일이오?"

"네? 무, 무슨 말씀을……."

"아아, 뭐 그렇게 부끄러워할 것 없소이다. 따지고 보면 나 소저에게 무슨 잘못이 있겠소? 죄가 있다면 순진한 젊은 처자를 꼬드겨 흑심을 채우려 한 사도 영감에게 있지. 안 그렇소?"

아무 말도 못한 채 얼굴만 붉히고 있는 나인현을 대신해서 사도철광이 나섰다.

"자네, 지금 무슨 헛소리를 하는 것인가?"

"얼굴이 불타는 고구마가 된 것을 보니 찔리는 것이 있기는 있는 모양이구려."

그의 말마따나 사도철광의 얼굴은 더 이상 빨개질 수 없을 정도로 붉어져 있었다.

"나 소저의 말은 그런 뜻이 아니라……!"

"안이고 밖이고 나 소저가 생각을 바꿨다고 하니 사도 영감도 더 이상 추근대지 마시오. 노친네가 노망이 든 것도 아니고 나이를 생각하셔야지."

소소자는 자신이 할 말만 하고 호미령에게로 가버렸다. 사도철광이 '그게 아니라니까' 라는 말을 반복하며 소소자를 쫓아왔지만 듣는 척도 하지 않았다.

"호 소저는 앞으로 닷새 정도는 나와 같이 있어야겠소. 눈 치료를 끝내야 하니까 말이오."

"이보게, 소 의원. 뭔가 오해를 한 모양인데……."

"막바지 치료를 하는 동안에는 상당히 아플 것이오. 견딜 수 있겠소?"

"네."

"소 의원, 내 말 좀 들어보라니까. 자네가 그런 소리를 해도 나는 괜찮지만……."

"행여라도 걱정 같은 것은 하지 마시오. 반드시 낫게 될 테니까."

호미령이 살풋 웃음을 지었다.

"걱정은 하지 않아요. 그러니 소 의원님도 제게 너무 부담 갖지 마세요."

"이보게, 자네의 그런 오해가 나 소저를 얼마나 난처하게……."

"부담은 무슨. 환자를 치료할 때마다 부담을 가졌다면 내 키가 지금보다 더 작아졌을 것이오."

드디어 참지 못한 사도철광이 버럭 소리를 질렀다.

"글쎄, 내 말을 들어보라니까! 젊은 사람이 왜 자꾸 어른 말을 무시하는 거야! 보자보자 하니까 정말 너무하는구먼! 젊은 사람이란 자고로 어른을 공경하고 그 연륜이 말하는 것을 귀담아들을 줄 알아야 비로소 현명한 인격체가 되는 법일세!"

사도철광을 물끄러미 쳐다보던 소소자가 물었다.

"그래서, 사도 영감이 말하고 싶은 것은 어른에 대한 공경심이오?"

"그렇지! 아, 아니, 그게 아니고 내가 하고 싶은 말은 그러니까… 이, 이보게, 어디 가나? 내 말 좀 들어보라니까."

소소자는 나인현에게 가려던 발길을 돌려 사도철광의 팔을 잡아끌고 방구석으로 갔다. 그는 다른 사람에게 들리지 않을 정도로 나지막이 속삭였다.

"사도 영감은 자타가 공인하는 협객이지요?"

"물론이지."

"그럼 협객은 거짓을 말하면 안 되는 것도 알겠군요."

"거짓말이란 남의 눈치나 보는 소인배들이 하는 짓이지."

"좋습니다. 그럼 한 가지 묻겠소. 정말 나 소저에게 관심이 없었소?"

"그거야……!"

사도철광은 무슨 말인가를 하려고 자꾸 입을 우물거렸지만 말이 되어 나오지는 못했다. 그러자 소소자가 재빨리 사도철광의 말 사이에 끼어들었다.

"거 보시오. 내가 틀린 말을 한 것도 아닌데 왜 자꾸 쫓아다니면서 그리도 괴롭히는 것이오?"

소소자는 휭하니 돌아서서 나인현에게로 가버렸다. 사도철광은 '하지만'을 반복하며 소소자를 쫓았지만 끝내 '하지만' 외에 아무 말도 하지 못했다.

"수고스럽겠지만 나 소저가 술법에는 전문가이니 우리가 익히기에 알맞은 술법들을 골라주시겠소?"

"그러지요."

그녀는 주적자를 제외한 사람들을 데리고 서고로 향했다. 나인현의 뒤를 따라가던 소소자가 걱정스럽게 물었다.

"우리에게 술법을 가르쳐 줘도 되는 것이오? 무림의 방파에서도 독문절기는 직전제자 외에는 가르치지 않는 법인데."

"사부님께서도 아무에게나 술법을 가르쳐 주지 말라고 하셨지만 여러분은 '아무나'가 아니잖아요."

너무도 명쾌한 그녀의 대답에 소소자가 머쓱해질 지경이었다. 암명문이라는 문파에 소속되어 있지만 이제껏 사형제도 없이 사부에게 혼자 배웠으니 그녀에게 사문이란 의미는 그리 크지 않을 것이다. 나인현은 서고에서 책을 고르며 말했다.

"술법을 어느 경지 이상 익히려면 굉장히 많은 시간이 걸려요. 하지만 우리에게는 시간이 별로 없으니 소 의원님이나 사도 선배님께서 익히신 무공에 맞춰 두 가지 정도의 술법을 익히시는 것이 좋겠어요."

"무공과 함께 사용할 수 있는 술법이 있다는 말이오?"

"그럼요. 하지만 사람을 상대로 술법이 깃든 무공을 쓰시면 안 돼요. 아셨죠?"

"상대가 사람이라면 굳이 술법을 쓰지 않더라도 충분히 강한 우리이 니 그런 걱정은 하지 마시오."

"좋아요."

그녀는 다시 책을 고르는 데 열중했다.

"우리가 술법을 익히는 데 얼마나 걸릴 것 같소?"

"글쎄요… 자질과 술법의 종류에 따라 다르겠지만 최소한 사 개월 은 연마하셔야 할 거예요."

"사 개월이라……."

중얼거리는 소소자의 미간에 주름이 잡혔다. 그 기간에 흡혈야황이 어떤 짓을 할지도 걱정이었고 주적자도 문제였다. 주적자가 사 개월이 나 이곳에 있을 이유가 없기 때문이다.

'아무래도 혼자 움직이려 하겠지?'

소소자는 걱정스런 눈으로 지의 방을 보았다.

*   *   *

주적자는 걸음을 멈춰 학 모양의 바위를 보았다. 자욱한 연기 사이 로 반달을 머리 위에 얹고 있어서 닭처럼 보이기도 했다.

"후—!"

그는 긴 한숨을 쉬어 이유 모를 답답함을 토해냈다. 삼 일 동안 지의 방에 있으면서 많은 생각을 했지만 무엇 하나 '이것이다!'라는 답은 나오지 않았다. 당과도 그렇고 앞으로 그가 가야 할 길도 그렇고 모든 것이 혼란스러울 따름이었다. 모두들 수련에 열중하고 있는데 그 혼자 멍한 정신으로 시간을 까먹을 수는 없었다.

그는 아직도 간간이 불기둥을 내뿜고 있는 산 아래쪽을 보았다. 범인(凡人)이 통과하기에는 아직도 위험했지만 그가 내려가는 데 별문제는 없을 것이다. 하지만 주적자는 선뜻 걸음을 떼지 못했다. 딱히 갈곳을 정해놓고 나선 길이 아니었기 때문에 방향을 잡기가 망설여졌다.

'어디로 간다?'

그는 어둠 저편으로 시선을 던졌다. 그들이 원래 흡혈야황을 잡기위해 가던 바로 그 방향이었다. 생각 같아서는 혼자서라도 흡혈야황의정체가 당과인지 밝히고 싶었다.

"그렇게 해야 할까?"

그는 중얼거림의 끝으로 뒤를 돌아보았다. 누군가 다가오는 기척을느꼈기 때문이다.

"그 지랄 같은 불기둥은 아직도 터지고 있는 거냐?"

급하게 쫓아왔는지 경사진 길을 올라 나오는 소소자의 가슴은 심하게 일렁이고 있었다.

"왜 나왔냐?"

그의 물음에 소소자가 씨익— 웃음을 지었다.

"먼 길 가는 친구 배웅은 해야지."

"용케 알고 쫓아왔군."

"네가 뛰어봤자 내 손바닥 안이지."

그들은 한참 동안 터지는 불기둥을 바라보았다. 서로 무슨 말인가를해야 하는데 말머리를 찾지 못하고 있는 것 같았다. 소소자가 말을 하려고 숨을 들이키다 자욱한 연기에 기침을 토해냈다.

"쿨룩! 쿨룩! 하여간 별 이상한 데다 이런 것을 만들어놔 가지고 사람을 고생시키는군."

소소자는 바닥에 코를 팽 풀고 말을 이었다.

"혼자서는 가지 말아라."

발음이 불분명해서 처음에는 무슨 말인지 못 알아들었다. 그러자 소소자가 다시 같은 뜻의 말을 했다.

"당과가 흡혈야황이란 것을 밝히기 위해 너 혼자 가는 일은 없어야 한다."

"왜 나 혼자 가면 안 되는데?"

"우리는 처음부터 흡혈야황을 쫓는 동료였고 앞으로도 그럴 것이니까. 다른 문제라면 모르겠지만 흡혈야황에 관한 것이라면 그것이 어떤 것이든 간에 우리는 함께해야 한다. 지금까지 그랬던 것처럼."

주적자는 단호한 표정의 소소자를 물끄러미 쳐다보았다.

'지금까지 그랬던 것처럼? 그게 무슨 의미가 있을까?'

당과가 그를 구하고 죽은 후 다시 그녀가 흡혈야황으로 부활한 시간은 그를 과거의 어떤 시간과도 단절시켜 놓았다. 그 짧은 시간 동안 세상은 그를 반으로 갈라 이쪽과 저쪽에 내동댕이쳐 버렸다.

정신 한쪽은 진실을 찾아 끊임없이 배회하고 있었고, 지쳐 버린 육체는 갈 곳을 몰라 표류하는 빈 배에 불과했다. 그는 닻을 내릴 곳을 찾지 못해 이리저리 헤매는 주적자라는 이름의 난파선에 불과했다.

"약속해라."

주적자는 대답을 하는 대신 흐린 하늘을 보았다. 연기와 구름에 가려 보이지는 않지만 그 너머에 별이 있다는 것은 누구나 아는 사실이었다. 그의 인생도 그처럼 확실한 무엇이 있었으면 하는 바램이 들었다. 탈명침을 쫓는 그때처럼, 끝나는 길이 어디인지는 모르지만 갈 방향만은 확실했던 그때처럼…….

"약속하지."

주적자는 한참 후에야 대답을 했다. 약속을 하면 언제나 지킬 것이고, 또 그렇게 되리란 믿음 속에 했지만 이번만은 왠지 흔한 문안 인사를 하는 기분이 들었다. 하지만 소소자는 그가 한 약속만으로 그것을 사실로 받아들인 듯 입가에 미소를 지었다.

"어디로 갈 생각이냐?"

"글쎄… 흡혈야황이 없는 곳이면 어디든."

대답을 한 주적자의 뇌리에 '정말 그럴까?' 하는 의문이 스쳤다.

"아무래도 좋겠지."

무의식 중에 흘린 중얼거림에 소소자가 물었다.

"뭐가?"

"아니야. 어서 들어가 봐라. 호 소저 치료하려면 바쁠 텐데."

"이곳으로 다시 올 거냐?"

"사 개월 후에."

돌아서려는 주적자에게 소소자가 말했다.

"혹시 그때까지 돌아오지 못하면 네 검을 만든 대장간에서 만나자."

"그래."

주적자는 말과 함께 소소자의 어깨를 주먹으로 가볍게 쳤다. 손에 느껴지는 감촉이 왠지 몸을 짜릿하게 만들었다. 지금 헤어지면 오랫동안 만날 수 없다는 생각이 스치자 서운함마저 들었다. 주적자는 그 생각을 한줄기 가는 웃음으로 지우고 몸을 돌렸다. 걸음을 옮기는 그의 등에 부딪치는 소소자의 시선이 느껴졌다. 한참을 가도 그 시선은 거

뒤지지 않을 것이다. 그가 연기에 가려 보이지 않아도, 산을 다 내려가 어디로 갈지 방향을 잡지 못하고 서성일 때도 그 시선은 거둬지지 않을 것이다.

＊　　　　＊　　　　＊

"구대문파(九大門派)에 연락을 해야 하는 것일까?"

천의검(天意劍) 궁철형(宮哲亨)은 중얼거리며 자욱한 물안개가 피어오르는 동정호(洞庭湖)를 보았다. 호수의 끝이 보이지 않는 동정호는 마치 바다나 되는 것처럼 높은 파도를 일렁이고 있었다. 이곳에서 고기를 잡아 생계를 유지하는 어부들조차 한 바퀴를 완전히 돌아본 적이 없다는 동정호는 살아 있는 생명체처럼 그들을 향해 하얀 김을 내뿜었다. 궁철형은 가슴까지 드리운 하얀 수염 끝에 매달린 물방울을 털어내고 몸을 돌렸다.

밀려오는 물결에 금방이라도 부서질 것 같은 나루터를 내려오는 궁철형을 향해 곽보숭이 물었다.

"사형(師兄), 설마 화산칠협(華山七俠)이 죽은 것은 아니겠죠?"

내일 모레면 칠십을 바라보는 곽보숭이었지만 고슴도치 털처럼 빳빳한 수염하며 고리눈이 사십 대 장한을 보는 듯했다. 그는 사랑하는 제자들의 안위가 염려되어 며칠째 안절부절못하고 있었다. 하긴 평소에도 그리 얌전하지는 않았지만.

"걱정 마시오, 지 사형(地師兄). 그리 쉽게 죽을 녀석들이 아니니."

셋째 해혜검(海惠劍) 남경후(南京煦)는 곽보숭을 부를 때 곽 사형이나 둘째 사형이 아닌, 곽보숭의 별호인 지협검(地俠劍)의 앞 글자를 따서 지 사형이라고 불렀다. 눈꼬리가 약간 처지고 입가에 버릇처럼 머금은 미소가 언제나 여유있는 모습이었다.

"하지만 떠난 지 벌써 칠 일이 지났는데 안 돌아오다니 이상한 일 아니냐? 동정호가 아무리 넓다고 하지만 그만 하면 한 바퀴를 다 돌고도 남았겠다."

곽보숭의 걱정은 당연했다. 사실 궁철형이나 남경후의 염려도 곽보숭 못지 않았다.

'녀석들… 우리가 올 때까지 기다릴 것이지.'

나루터를 내려오던 궁철형은 마치 그곳에 화산칠협이 있는 것처럼 뒤를 돌아보았다.

"그놈의 금덩이가 무엇이간데 이 난리를 피우는지. 쯧쯧쯧……."

곽보숭의 말에 남경후가 너털웃음을 터뜨렸다.

"허허허… 사형처럼 살날이 얼마 남지 않은 사람은 금덩이나 돌덩이나 매한가지일지 몰라도 세상 사람들에게는 어디 그렇습니까?"

"환갑 지난 지가 한참인 너는 꽤나 오래 살 것처럼 말하는구나."

"세상이 공평하다면 사형보다 삼 년은 더 살아야지요."

"공평한 세상이라… 그런 곳이 있다면 무릉도원(武陵桃源)이라고 불러야지."

"하긴 그렇군요."

남경후는 버릇처럼 매단 입가의 미소를 지우고 말했다.

"그런데 전 아직도 그 황금의 섬에 대한 얘기를 믿기가 힘듭니다. 어찌 섬 전체가 황금으로 되어 있을 수가 있단 말입니까? 그것도 지금까지 발견되지 않은 채로 말입니다."

물음은 궁철형을 향했는데 대답은 곽보숭에게서 나왔다.

"그건 그렇다만 직접 가서 보고, 또 그중 한 덩이를 가져온 사람이 있지 않느냐?"

남경후는 천천히 고개를 저었다.

"전 그 사람도 믿을 수 없습니다. 배가 부서져서 간 곳이 하필 황금의 섬이었고, 그곳에서 황금 한 덩이를 들고 부서진 배의 잔해에 몸을 의지해 탈출했다는 것도 왠지 이상합니다."

"네 의심병은 어찌 오십 년 전이나 지금이나 변함이 없느냐?"

"만사에 조심을 하자는 것이지요."

그들 사이에 궁철형이 끼어들었다.

"셋째 네 말에도 일리는 있다. 하지만 그 어부는 우리가 만나보았고 확인해 본 결과 의심할 여지가 없지 않았느냐?"

"너무 완벽해서 이상한 것입니다."

곽보숭은 커다란 눈을 가느다랗게 뜨고 물었다.

"넌 이 일에 어떤 음모가 숨겨져 있다고 의심하는 것이냐?"

"의심이 아니라 확신입니다. 그 증거로 어부가 돌아와 황금의 섬에 대한 얘기가 퍼진 이 보름 간 무려 삼백여 명이 섬을 찾아 떠났습니다. 하지만 그들 중 돌아온 사람이 한 명도 없습니다. 물길에 정통한 어부들뿐 아니라 상당수의 무림인도 있었는데 그들 중 한 명도 돌아오지 못했다는 게 이상하지 않습니까?"

곽보숭도 수긍을 하는 듯 잠시 생각하는 표정을 짓더니 입을 열었다.

"하지만 황금의 섬이 일종의 함정이라면 누가 무엇 때문에 그런 것을 만들었겠느냐?"

"그걸 밝혀내야지요."

남경후는 궁철형을 보고 말했다.

"대사형, 빨리 구대문파에 연락해서 조치를 취하는 것이 좋겠습니다. 이 일은 어쩌면 제자들과 삼백여 명의 목숨뿐 아니라 강호에도 평지풍파(平地風波)를 일으킬 것 같습니다."

"아무래도 그래야 할 것 같구나."

궁철형은 대답을 하고 하늘을 향해 장탄식을 터뜨렸다.

"아하―! 양민들을 학살하는 살인마가 설치더니 이제는 난데없는 황금섬이 나타나 사람들을 미혹하다니… 앞으로 무슨 일이 일어나려고 하는지……."

동정호의 물안개를 뒤로하고 걸음을 옮기는 화산삼검의 어깨에 그 축축한 물기만큼이나 짙은 근심이 내려앉았다.

화백과의 조우

제23장 화백과의 조우

눈이 녹은 땅은 비 온 뒤의 그것처럼 질퍽거렸다. 사람들은 마차나 말이 지날 때마다 흙탕물을 피하기 위해 몸을 움직였지만 옷에 얼룩이 지기 일쑤였다.

"니미럴! 비싼 말 타고 다니면 아무 데나 흙탕물 튀기고 다녀도 되는 건가?"

주적자는 곁의 사내가 투덜거리는 소리를 들으며 장포에 튄 흙탕물을 털어냈다. 피할 수 있었음에도 피하지 않았는데 새삼 더러워진 옷을 깨끗이 하려는 자신을 보며 그는 쓴웃음을 짓고 걸음을 내디뎠다. 소소자 일행과 헤어진 지 벌써 두 달. 정처없이 떠돈 발걸음은 어느새 무창성(武昌城)의 단봉현(單峰縣)까지 다다라 있었다.

조금 걸어가자 길 양쪽에 즐비하게 좌판을 늘어놓은 상인들과 사람들이 북적이는 것으로 보아 장이 들어선 모양이다. 지나가는 사람들을 붙잡기 위해 목청을 높이는 상인들과 흥정이나 시비를 하는 소리 때문에 귀가 아플 지경이었다.

사람이 많은 곳을 빨리 빠져나가기 위해 잰걸음을 옮기는 주적자의 귀에 특이한 내용의 말소리가 들렸다.

"자! 보세요! 벌거벗은 천하절색의 꼬마 아가씨를 보는 데 드는 돈이 동전 단 다섯 문(文)! 살아생전에 이보다 더 진귀한 구경거리는 없습니다! 거짓말이 아닙니다! 키가 다섯 치밖에 되지 않는 꼬마 아가씨의 나신을 언제 보겠습니까?"

주적자는 소리가 나는 쪽으로 시선을 돌렸다. 험상궂게 생긴 사내가 좌판을 앞에 두고 소리를 지르고 있었다. 좌판에는 검은 천이 네모난 모양의 물건을 덮고 있었는데 그 앞에는 이미 열댓 명의 사람들이 몰려 있었다.

마침 한 사내가 천을 들추고 고개를 넣어 구경을 하고 있었다.

"뒷사람 생각해서 빨리빨리 구경하고 나오시오!"

왼쪽 손에 갈고리 모양의 의수를 단 사내가 위협적으로 소리쳤다. 천 속에서 고개를 뺀 남자의 얼굴에는 놀라워하는 표정이 역력했다.

"세상에 이런 것이 있었다니……!"

넋이 나간 듯한 남자의 표정을 보며 뒷사람이 물었다.

"정말 그런 것이 저 안에 들어 있소?"

물음의 대답은 의수사내에게서 나왔다.

"그 양반 참! 궁금하면 돈 내고 보시오!"

"안 그래도 볼 참이었소."

궁시렁거린 사내는 주머니에서 동전을 꺼내 의수사내에게 건넸다. 그때 검은 천을 덮은 상자 안에서 어떤 소리가 들렸다.

—꾸르르— 꾸르르—

그것은 마치 앵무새가 우는 듯한 소리였다. 주적자는 사내가 천을 들추는 모습을 보다가 몸을 돌렸다. 저런 것에 호기심을 느끼기에는 정신의 여유가 없었다.

—…필요해요. 물 좀 주세요…….

주적자는 어디선가 들려오는 소리에 걸음을 멈췄다. 방울 소리를 음성으로 바꿔놓은 것처럼 청아한 소리에는 거부하지 못할 애원이 담겨 있었다. 이리저리 시선을 돌려 말하는 사람을 찾으려 했지만 바삐 움직이는 행인들만 보일 뿐이었다.

—거기 계신 무사님, 제발 저 좀 구해주세요. 제게 물을 주지 않으면 전 곧 죽을 거예요.

그의 시선이 상자를 덮은 검은 천으로 향했다. 말소리는 분명 그곳에서 들리고 있었다. 하지만 그 외에 누구도 상자 속에서 나오는 말을 듣지 못한 것 같았다.

"상자 안에서 들리는 소리가 마치 앵무새 우는 소리 같구먼."

좌판 주변에 모여 있던 사람들 중 누군가가 한 말이었다. 주적자는 턱에 검은 점이 있는 중년의 그 사내에게 가서 물었다.

"새 소리 외에 다른 것은 들리지 않소?"

갑작스런 물음에 사내는 주적자를 위아래로 훑어보더니 말했다.

"그럼 다른 소리가 들린다는 말이오?"

그때 다시 그 맑은 목소리가 들렸다.

—무사님, 제발 절 구해주세요. 너무 고통스러워요.

주적자는 상자를 일별하고 다시 점박이 사내에게 물었다.

"지금 들린 소리도 앵무새 소리였소?"

사내는 주적자를 이상하다는 듯 쳐다보았다.

"그럼 저 소리가 앵무새 소리가 아니라 개소리라도 된단 말이오? 거 젊은 사람이……."

사내는 주적자의 등에 걸린 검을 보고 입을 다물었다.

'말소리가 나에게만 들린다는 것인가?'

세상일에 무심해져 버린 주적자였지만 그냥 지나칠 수는 없었다. 그는 천을 들추고 머리를 집어넣으려는 사람을 밀어젖히고 천을 걷어냈다. 그러자 나무 바닥에 나머지를 쇠창살로 만든 사각의 상자가 나타났다. 그 안에는 의수사내의 말대로 다섯 치 정도밖에 되지 않는 여인이 벌거벗은 채로 쇠창살을 잡고 있었다.

백옥처럼 하얀 살결을 가진 작은 여인은 그를 향해 눈물을 흘리며 애원했다.

—절 구해주세요. 은혜는 꼭 갚을게요.

"넌 뭔데 남의 장사를 방해하는 것이냐!"

의수사내가 고함을 질렀지만 주적자는 무시하고 작은 여인에게 물었다.

"왜 내게만 네 말소리가 들리는 것이지?"

—그건 무사님이 특별하기 때문이죠. 자세한 얘기는 나중에 하고 제발 제게 물을…….

작은 여인은 말을 마치지도 못하고 옆으로 쓰러졌다. 정신을 잃은 그녀는 금방이라도 숨이 끊어질 것처럼 보였다. 주적자가 상자를 집자 의수사내가 주먹을 날렸다.

"이 자식이……!"

주적자는 의수사내의 팔목을 잡아 힘을 주었다.

"아구구……! 이, 이거 좀……."

"이것은 내가 가져가겠다."

"네, 네, 좋도록 하시고… 팔이나 놔… 주십시오."

주적자는 의수사내를 밀어버린 후 가까운 객잔으로 들어갔다. '어서 옵쇼!' 하고 외치는 점소이를 무시하고 들어간 주적자는 곧장 주방으로 향했다.

"무슨 일이오?"

요리사의 물음에 주적자는 대꾸없이 주방 안을 살피다 커다란 물독 두 개를 발견하고 다가갔다. 왼쪽 물독 앞에 선 주적자는 의식을 잃은 그녀에게 어떻게 물을 먹일지 잠시 망설이다 이내 상자를 통째로 독 안에 집어넣었다. 찬 기운에라도 정신을 차리지 않을까 하는 생각 때문이었다.

그런데 전혀 예상치 못한 일이 일어났다. 상자를 물독에 담그자마자 물독의 물이 쑥쑥 줄어들기 시작했다. 물은 순식간에 상자를 담갔던 부분까지 사라져 버렸다.

'아마도 여인이 물을 빨아들인 모양이군.'

주적자는 상자를 잡고 있던 손을 놔버렸다. 그러자 상자가 가라앉는 속도에 맞춰 물이 줄기 시작했다. 상자가 독 밑바닥에 닿음과 동시에 물 또한 사라졌다. 물은 상자의 밑바닥 높이만큼밖에 남지 않았다. 그 만큼 물을 먹었으면 몸이 퉁퉁 부을 만도 한데 여인의 외형에는 전혀 변화가 없었다.

주적자가 상자를 꺼내자 비로소 작은 여인이 깨어났다. 잠에서 깨듯 기지개를 켠 그녀는 긴 한숨을 내쉬었다.

—휴~ 이제야 살았군.

작은 여인이 주적자를 향해 살풋 웃음을 지었다.

—고마워요. 덕분에 목숨을 건졌어요.

그는 상자를 눈 높이에 맞춰서 들어 올렸다. 여인의 적나라한 모습이 드러났지만 너무 작아서 실제 여인이라는 생각은 별로 들지 않았다.

"넌 누구지?"

—사람들은 흔히 절 화백(花魄)이라고 불러요.

"화백?"

—네. 하지만 실제로 꽃에서 태어나지는 않았어요. 아마 제 외모를 보고 지은 이름 같아요.

"이름을 물은 것이 아니라 정체를 묻는 것이다."

—전 목(木)의 정(精)이에요. 사람들이 정괴(精怪)라고 부르는 것들 중 한 가지지요.

그들이 얘기를 하는 사이 구경꾼들이 객잔의 주방으로 하나둘 모여들기 시작했다. 주적자는 장포를 벗어 상자를 가린 후 객잔을 빠져나왔다. 문을 나서자마자 의수사내 패거리들이 앞을 막았지만 이내 땅에 뒹굴어 흙탕물만 뒤집어썼을 뿐이다.

다른 객잔을 찾기 위해 가던 주적자는 길가에 인형 파는 가게에 들러 천으로 만든 양귀비 인형을 샀다. 그는 인형의 옷을 벗겨 화백에게 주었다. 추위를 타는 것 같아 옷을 준 것이 아니라 그래도 벗은 몸을 보기에는 조금 민망했기 때문이다.

화백은 조금 클 것 같은 옷을 들고 어린아이(?)처럼 좋아했다. 주적자는 가장 먼저 보이는 객잔으로 들어갔다. 이층에 방을 잡은 주적자는 화백을 탁자에 놓고 장포를 걷어냈다. 자신의 모습을 이리저리 둘러보던 화백은 장포가 걷히자 제자리에서 한 바퀴 빙글 돌며 말했다.

─어때요? 예쁘죠?

조금 크기는 했지만 그리 나쁜 모습은 아니었다. 고개를 끄덕인 주적자는 창살을 휘어 화백을 꺼냈다. 밖으로 나온 화백은 마치 메뚜기처럼 펄쩍 뛰더니 그의 어깨로 내려섰다. 그녀의 체구를 생각할 때 놀라울 정도의 도약력이었다.

화백은 어깨에서 그의 머리 여기저기에 코를 대고 한참 동안 킁킁거리며 냄새를 맡았다.

"왜 그래?"

─역시 그렇군요.

화백은 탁자에 내려서서 팔짱을 끼고 곰곰이 생각하는 표정을 지었다.

"뭐가 그렇다는 것이냐?"

주적자의 물음에 대한 대답은 한참 후에나 나왔다.

─당신은 분명 인간인데 정(精)의 기운을 가지고 있어요. 그런 경우는 흔히 인간이 요괴(妖怪)가 되었거나 반대로 요괴가 인간의 모습을 했을 때 나타나는 것인데 당신은 둘 중 해당되는 것이 없어요. 또 하나 의문스러운 것은 당신이 가지고 있는 정의 기운이에요.

"내가 가진 정의 기운이 어떤데?"

─검어요, 더 이상 검을 수 없을 정도로. 굳이 표현하자면 악(惡)이라고 해야겠죠. 물론 당신이 악인(惡人)이라는 말은 아니에요. 당신이 가진 정의 기운이 그렇다는 것이지.

"무슨 뜻인지 정확히 모르겠군."

화백은 마치 인간처럼 어깨를 으쓱했다.

─저도 그 이상은 표현할 수가 없군요. 천삼백 년을 살아온 동안 처

음 겪는 일이라.

주적자는 놀라운 시선으로 화백을 보았다.

"천삼백 년이나 살았다구?!"

―정괴는 인간이 상상할 수 없을 정도로 오래 살아요. 수백 수천 년 동안 자연의 기가 쌓여서 생겨난 존재니까요. 정가운데 가장 먼저 출현한 것이 이매망량(魑魅魍魎)인데 산이나 하천에 사는 정을 모두 이렇게 부르죠. 이매망량에도 여러 종류가 있어서 나무나 돌의 정을 기(夔) 또는 망량(魍魎)이라 하고 물속의 정을 용 또는 망상(罔象)이라고 부르죠. 이건 물론 인간들이 분류해 놓은 것이기는 하지만 우리 정 사이에도 인간이 붙인 이름으로 통용되는 경우가 대부분이에요. 아무래도 인간의 기운이 가장 성한 때문이겠지요.

"그렇다면 너희 정은 오랫동안 우리의 곁에서 같이 살았다는 뜻이군."

―그래요. 우리는 인간들 주위에 언제나 같이 있어요. 생물이 아닌 돌 같은 것에도 정이 생겨나니까요.

"그런데 왜 나는 널 처음 보는 것이지? 나뿐 아니라 대부분의 사람들이 말이야."

―대부분 잠들어 있었으니까요.

말을 한 화백은 손등으로 턱을 괴었다. 생각을 하는 모습까지 인간과 비슷했다.

―저도 잠에서 깨어난 후 느낀 거지만 뭔가 이상해요.

"뭐가?"

―이유없이 잠이 깼거든요. 전 육백 년 전에 잠이 들었어요. 그전만 하더라도 정이나 귀의 활동이 왕성해서 사람들이 종종 우리에게 간혹

해침을 당하기도 했지만, 그 후로는 대부분의 정과 귀가 잠이 들었죠. 인간의 세(勢)가 왕성해지는 시기가 돌아오면 정과 귀는 그 기세에 밀려 잠이 드는 경우가 대부분이에요.

"그런데?"

—갑자기 깨어났어요. 내가 느끼는 바로는 아직 인간의 세가 누그러진 것도 아니고 앞으로도 그럴 기미는 보이지 않는데 잠에서 깨어난 거예요. 마치 누군가가 일부러 깨운 것처럼 말이에요.

"정과 귀의 잠을 깨울 수도 있는 건가?"

—강력한 힘을 지닌 사령(四靈), 즉 현무(玄武), 창룡(蒼龍), 주작(朱雀), 백호(白虎)나 또는 인간의 한계를 뛰어넘은 술법사라면 어느 정도 가능하겠죠. 하지만 사령이 그런 일을 할 이유가 없을 뿐더러 정과 귀를 깨울 만한 술법을 지닌 술법사 또한 있을 리 없어요.

주적자는 머리가 혼란스러워짐을 느꼈다. 이제까지 신화(神話)로만 전해져 오던 얘기가 현실로 성큼 들어오자 갈피를 잡기가 힘들었다.

"정말 사람들이 얘기하는 사령이 있기는 있는 건가? 비를 내리게 하고 번개를 치며 불을 내뿜는 그런 것들이."

화백은 깔깔거리는 웃음을 토해냈다.

—그건 인간들이 사령을 과장해서 만들어낸 소리예요. 물론 그들의 힘이 상상을 초월할 정도로 강력하고 울음소리만으로 거의 모든 요괴를 제압할 수 있지만 천지조화(天地造化)를 부릴 정도의 능력을 갖고 있지는 않아요. 사령 또한 동물의 정괴에 불과하니까요.

"설사 그렇다고 해도 사령의 존재를 믿기는 어렵군."

화백도 수긍한다는 듯 고개를 끄덕였다.

—그렇겠죠. 사령을 본 사람이 거의 없을 테니까. 사령은 지독한 잠

꾸러기여서 한번 잠들면 몇백 년, 혹은 몇천 년씩 잠을 자거든요. 때론 거대한 몸뚱이 위에 흙이 덮여 산이 생기기도 하죠. 그러니 보지 못하는 것은 당연해요.

주적자는 문득 떠오르는 생각이 있어 물었다.

"인간이 요괴로 변하는 것이 있다고 했지? 그렇다면 혹시 흡혈야황이란 것을 알고 있나?"

—흡혈야황?

화백은 고개를 갸웃한 후 되물었다.

—흡혈귀의 일종인가요?

"그렇다고 볼 수 있지."

—음… 내가 아는 흡혈귀의 종류는 네 가지예요. 그 대표적인 것이 강시(彊屍)예요. 그리고 외딴 섬에 살면서 표류해 온 사람들의 피를 빠는 키가 삼십 척에 이르는 흡혈거인(吸血巨人)이 있고, 인간의 얼굴에 호랑의 몸을 가진 마복(馬腹), 물속에 살면서 인간이나 소로 변신할 수 있는 뱀의 형태를 지닌 교(蛟), 마지막으로 인간의 모습을 하고 있지만 햇빛을 받으면 재가 되어 사라지는 야혈귀(夜血鬼)가 있어요.

"야혈귀?"

화백의 설명대로라면 가장 유력한 정괴는 야혈귀였다.

"야혈귀에 대해서 자세히 설명해 봐."

기억을 더듬던 화백이 입을 열었다.

—야혈귀는 시체들의 음기가 가장 왕성한 곳, 그러니까 공동묘지나 전쟁터에서 주로 만들어져요. 수백 구의 시체에서 모여진 음기가 죽은 지 얼마 되지 않은 한 구의 시체에 모여서 만들어진 귀괴(鬼怪)죠. 정괴와는 성질이 달라요.

"살아 있는 사람도 야혈귀가 될 수 있나?"

화백은 고개를 저었다.

―살아 있는 사람이 야혈귀가 되는 경우는 없어요. 그리고 이제는 야혈귀를 볼 수 없을 거예요.

"왜?"

―천 년 전에 야혈귀는 모두 사라졌거든요. 인간이 격퇴시킨 것도 아니고 사령이 잡아먹은 것도 아닌데 모두들 감쪽같이 증발해 버렸어요. 말 그대로 증발이죠.

"아무도 이유를 모른다는 말인가?"

―네. 그런데 왜 그렇게 야혈귀에게 관심을 갖는 거죠?

주적자는 잠시 망설이다 이야기를 시작했다. 굳이 숨길 필요가 없기 때문이었다. 처음 흡혈귀를 만나서 이제까지 오는 과정을 이야기하는 동안 화백은 고개를 끄덕이거나 감탄사를 터뜨리기도 하며 진지하게 경청했다. 그의 이야기가 끝나자 화백은 한참 동안 말이 없다가 겨우 입을 열었다.

―당신 이름이 주적자라고 했죠? 그럼 주 공자라고 부를게요. 괜찮죠?

"좋을 대로."

―그래요. 주 공자님의 말씀을 들으니 야혈귀와 모양새나 성질이 비슷하군요. 하지만 흡혈야황이란 존재 때문에 결국 그들은 야혈귀가 아닌 거예요. 야혈귀는 누군가에 의해 만들어지는 존재가 아니니까요. 더욱이 우두머리가 있다는 것은 있을 수 없는 일이죠. 정괴나 요괴, 귀괴 모두 독자적으로 행동하지 패거리를 짓거나 하지는 않거든요. 가끔 예외는 있지만.

"그렇다면 흡혈야황은 뭐지?"

그 질문에 화백은 이마에 주름을 만들고 고민을 시작했다. 그녀의 생각은 주적자가 지루하다고 느낄 만큼 길게 이어졌다. 주적자는 이렇게 삼 일 밤낮을 새도 좋으니 화백의 입에서 흡혈야황의 정체가 밝혀지기를 바랐다. 하지만 끝내 화백의 고개는 좌우로 돌아갔다.

—모르겠어요. 다른 귀괴를 만들 수 있는 귀괴는 제 기억에는 없어요. 또한 있어서는 안 되는 것이기도 하구요. 귀괴가 인간을 다른 종류의 귀괴로 만든다면 자칫 삼라만상(森羅萬象)의 조화가 깨어질 수도 있거든요. 생각해 보세요. 그 흡혈야황이란 귀괴가 자신의 세를 불리기 위해 끊임없이 인간을 흡혈귀로 만든다면 결국 세상은 흡혈귀의 것이 되고 말 거예요. 그것은 인간뿐 아니라 다른 정과 요, 귀들도 용납할 수 없는 일이죠.

"용납할 수 있든 없든 현실적으로 흡혈야황은 존재해."

화백은 잠시 무슨 생각인가를 하더니 다시 주적자의 어깨로 펄쩍 뛰어올랐다.

—아까 흡혈야황에게 혈정이란 것을 받아 먹었다고 했죠?

"흡혈야황이라고 의심되는 이라고 했어."

—뭐, 어쨌든요.

화백은 대꾸를 하고 그의 냄새를 맡기 시작했다. 아까보다 훨씬 오랫동안 코를 실룩거리던 화백이 고개를 갸웃했다.

—역시 이상해…….

혼잣말처럼 중얼거리는 그녀에게 주적자가 물었다.

"뭐가?"

확인하듯 다시 한 번 냄새를 맡은 화백이 입을 열었다.

─주 공자님에게서는 정, 요, 귀의 기운이 한데 섞여 있어요. 이런 경우는 본 적도 들은 적도 없어요. 사령만이 유일하게 정과 귀의 기운을 같이 가지고 있을 뿐 두 가지 이상을 동시에 지니고 있는 괴는 없어요.

화백은 말끝으로 긴 한숨을 쉬었다. 도무지 알 수 없다는 표정을 지으며 탁자 위에 내려선 화백은 주적자를 물끄러미 쳐다보았다.

─어쨌든 주 공자님이 제 말을 알아듣는 이유는 그 혈정 때문이 분명한데 결국은 그 혈정이란 것이 인간을 괴로 변화시키는 그런 것이 아닌지…….

화백의 말에 주적자는 머리를 둔기로 맞은 것 같은 충격을 받았다. 그는 탁자에 양손을 집고 화백에게 얼굴을 가까이 가져다 댄 뒤 물었다.

"내가 괴로 변한다는 소리냐?"

그의 모습에 겁을 먹었는지 화백이 뒤로 주춤 물러서며 말했다.

─아직 확실하지는 않아요. 예상일 뿐이죠. 네, 예상이요.

주적자는 마치 화백이 혈정을 자신에게 먹인 것처럼 노려보다가 입을 열었다.

"내가 괴로 변할지, 아니면 인간으로 남아 있을지 알 수 있는 방법은 없느냐?"

화백은 머리를 절레절레 흔들었다.

─지금으로써는 몰라요. 이런 경우가 처음이니 지켜볼 수밖에요.

주적자는 몸을 바로 세웠다. 갑자기 뇌가 텅 비어버린 듯한 느낌이었다. 앞쪽 벽에 걸린 싸구려 청동 거울에 비춰진 자신의 모습이 눈에 들어왔다. 초췌한 얼굴의 그 모습은 분명 주적자란 이름의 인간 그대로였다. 어디에도 그가 아닌 다른 모습은 비춰지지 않았다.

'나는 나야.'

주적자는 그것을 확인하듯 손으로 뺨을 문질렀다. 그러던 그의 손길이 거짓말처럼 멎었다. 까칠까칠한 느낌이 전해지는 수염, 텁수룩한 것이 아니라 손바닥을 따갑게 할 정도 길이밖에 되지 않았다. 마지막으로 면도를 한 것이 검의 담금질을 끝낸 때였으니 상당한 시간이 흐른 후였다. 그런데도 수염이 이 정도 길이밖에 되지 않는다는 것은 무슨 의미일까?

그의 가슴에 주체할 수 없는 불길함이 치솟아올랐다. 창에 드리운 햇살 아래 놓인 손이 점점 가려워졌다. 그곳으로 다른 손을 가져가던 주적자는 이내 주먹을 쥐었다.

"기분일 뿐이야. 난 주적자고 이것은 변하지 않아."

그는 자기 최면을 걸듯 중얼거린 후 장포를 입고 가슴에 붙은 주머니에 화백을 넣었다.

─어딜 가려구요?

주적자는 대답없이 객잔을 나섰다. 차가운 바람과 함께 쏟아지는 엷은 햇살에 눈살이 찌푸려졌다. 어쩌면 오늘을 마지막으로 해를 볼 수 없을지도 모른다는 불길한 생각까지 스쳤다. 시선을 땅으로 떨군 그의 입에서 실소가 터졌다. 인간이면 어떻고 아니면 어떻느냐는 생각이 스쳤기 때문이다.

지금까지 인간으로 살아온 삶이 행복한 것도 아니었는데 굳이 인간에 집착할 이유가 없었다. 귀면 어떻고 정이면 어떻고 요면 어떤가? 삶이 주는 무게가 어깨에 내려앉아 허덕이는 것은 모두 똑같은 것을…….

하지만 왜, 그리고 어떻게 되리라는 것은 확인해야 했다. 그것은 그가 가진 최소한의 권리이며 또한 의무였다. 그래서 그의 발길은 북동쪽으로 향했다. 정처없이 온 길이 흡혈야황과 가까워진 건 단지 우연만은 아닐 것이다. 그의 가슴 한곳에 당과가 흡혈야황인지 아닌지 밝혀야 한다는 강한 열망이 도사리고 있는 것이다. 소소자와 약속은 했지만 어길 수밖에 없었다. 그것에 대한 가책은 왠지 조금도 느껴지지 않았다.

주적자는 마방(馬房)에 들러 말을 한 필 구해서 길을 떠났다. 해가 저물고 날씨도 한층 차가워졌지만 노숙할 필요는 없었다. 단봉현을 나서 고개 하나만 넘으면 산 중턱에 묵을 곳이 있기 때문이다.

협객산장(俠客山莊)이란, 이름마저도 노골적인 장원이 언제든 무림인이라는 이유만으로 식사와 잠자리를 제공해 주기 때문이다. 물론 장원의 이름처럼 굳이 협객일 필요는 없었다. 무기를 지녔거나 분위기만 그럴듯해도 그만이었다.

장주인 신평만(申平萬)은 부호였던 아버지의 재산을 물려받은 한량인데 어렸을 때 무공을 익히다 재질이 부족하여 그만둔 자로, 무공에 대한 미련은 여전히 남아 있어서 무림인과 사귀기를 좋아했다.

하지만 협객산장이란 이름만 걸어놓는다고 이름난 무림고수가 찾아오는 것은 아니었다. 그래서 산장을 찾아오는 무림인은 삼류이거나 무공의 무 자도 모르면서 한 끼 식사와 잠자리를 제공받기 위한 사람이 대부분이었다.

주적자는 산자락이 어둠에 물들기 시작하는 시간에 협객산장의 지붕을 볼 수 있었다. 산장은 그가 들렀던 이 년 전과 변함이 없었다. 그때도 지금처럼 열두 채의 건물 지붕에 하얀 눈을 얹고 이른 달빛을 반

사시키고 있었다. 탈명침을 찾아다니다 꼼짝없이 산속에서 노숙을 할 거라 생각했었는데, 마침 발견한 곳이 협객산장이었다.

지금도 그때처럼 삼류무사 행세를 할 것이다.

주적자는 말을 몰아 완만한 비탈길을 천천히 내려갔다. 백여 장 거리가 천천히 좁혀지며 협객산장에 변화가 일어나기 시작했다. 처음에는 어두워져서 집 안에 불을 켜는 것이라고 생각했다. 하지만 그의 생각이 틀렸다는 것을 아는 데는 채 일각도 걸리지 않았다.

수많은 횃불이 생겨나면서 산장은 대낮처럼 환하게 밝혀졌다. 숫자를 정확히 셀 수 없을 만큼 많은 횃불은 산장의 뒤쪽으로 몰려가고 있었다.

—정괴의 냄새가 나는데요.

주머니에서 고개를 내민 화백이 협객산장을 향해 코를 킁킁거리며 말했다.

"저 산장에 정괴가 있다는 말이냐?"

—네. 바람에 실려오는 냄새도 그렇고 사람들이 저렇게 법석을 떠는 것을 보니 정괴가 틀림없이 있어요. 더 가까이 가면 어떤 종류인지도 알 수 있을 거예요.

주적자는 여전히 서둘지 않고 말을 몰며 물었다.

"그런데 왜 갑자기 괴들이 이렇게 나타나는 거지? 예전에는 정괴나 요괴 같은 것은 단지 이야기 속에만 존재하던 것이었는데."

—정괴나 요괴, 또는 귀괴가 없었던 것은 아니었어요. 다만 그들이 인간의 기에 밀려 잠을 자고 있었거나 숨었을 뿐이죠. 어쩌면 저와 마찬가지로 다른 괴들도 어떤 힘에 의해 깨어났는지도 몰라요. 아니, 틀림없이 그럴 거예요. 이곳까지 오면서 느낀 건데 주변에 흐르는 기의

기운이 심상치 않아요. 이건 마치 천삼백 년 전, 괴의 기운이 한창 성할 때 느꼈던 것과 비슷해요. 머지 않아 갖가지 괴들이 깨어날 것 같아요. 어쩌면 이미 깨어나고 있는 중일지도 모르죠.

화백의 음성에는 짙은 걱정이 배어 있었다.

"괴들이 깨어나면 화가 인간에게 미치는데 왜 네가 그렇게 걱정을 하는 것이냐?"

―아니에요. 세상의 이치라는 것이 양이 성하면 음이 쇠하고 반대로 음이 강하면 양은 수그러들어야 비로소 균형이 맞는 법이죠. 그런데 지금처럼 양과 음이 모두 성하게 되면 결국 부딪칠 수밖에 없어요. 과거에 괴의 기운이 왕성했을 때는 인간들이 괴를 달래려 애썼지만 지금은 그렇지 않을 거예요. 어떤 괴들은 인간과 필히 적이 될 수밖에 없는 것들도 있으니까요. 결국 싸움이 일어나면 음과 양은 동시에 쇠할 수밖에 없겠죠. 휴~ 대체 누가 괴들의 잠을 깨웠는지 모르겠군요.

"그걸 바라고 그렇게 했는지도 모르지."

―네? 그럼 누군가 일부러 괴들과 인간의 싸움을 부추긴다는 건가요?

주적자는 대답하지 않았다. 그 순간 이유는 알 수 없지만 흡혈야황이 떠올랐기 때문이다. 근거없는 추리는 그가 가장 싫어하는 것 중 하나였다. 사실을 가려 버리는 가장 첫 번째 원인이 주관적인 감정의 유추였다. 그는 내심 이 일을 꾸민 실체가 흡혈야황이 아니기를 바랐다. 여러 가지 곁가지가 붙으면 그만큼 일이 어려워지기 때문이다. 물론 가장 바라는 것은 당과가 흡혈야황이 아니라는 것이지만.

'과연 그럴까?'

주적자는 자신을 향해 반문했다. 만약 당과가 흡혈야황이라면 그녀는 아직 살아 있을 것이고, 아니라면 그녀의 존재는 먼지로만 남아 허공에 흩어졌을 것이다. 솔직히 둘 중 어떤 것이 좋은지 아직은 알 수 없었다. 당과가 흡혈야황이어서 얼굴을 맞댈 수 있다면 그 순간 알게 되리라. 그때…….

생각을 하는 사이 말 머리는 협객산장의 문에 닿아 있었다. 주적자는 말에서 내려 커다란 문고리를 잡고 문에 두드렸다. 두 차례 두드리고 한참을 기다려도 사람이 나오는 기척은 느껴지지 않았다. 어쩌면 협객 산장의 사람이란 사람은 모두 산장 뒤쪽 건물에 모여 있는지도 모른다.

주적자가 다시 문고리를 잡아갈 때 비로소 빗장 열리는 소리가 나며 문이 열렸다. 다섯 치 두께의 문 사이로 고개 하나가 내밀어졌다. 이마에 밭고랑처럼 짙은 주름이 잡힌 오 척 단구의 노인은 이 년 전의 모습 그대로였다. 공 노인(孔老人)이라고 했던가?

주적자가 기억을 더듬고 있을 때 공 노인이 먼저 아는 체를 했다.

"아! 주 무사(周武士)님이시군요."

그는 공 노인의 기억력에 약간 놀랐다. 수많은 사람들을 접대하다 보면 그들을 일일이 기억하기는 거의 불가능했다. 더욱이 많은 나이에는 특히 그랬다. 그런데 앞의 노인은 이 년 전 단 한 번 찾아온 주적자를 기억해 냈다. 공 노인이 한 발 물러서자 주적자는 안으로 들어서며 말했다.

"용케 절 알아보시는군요."

"협객산장에 찾아오시는 분치고는 특이하셨으니까요."

"뭐가 말입니까?"

"성함도 호인불사 주 보표와 같았을 뿐 아니라 이곳에 오시는 대부분의 무사님들이 자신이 대단하다고 말씀을 하시는데, 주 무사님께서는 그저 자신을 삼류무사라고 소개하셨으니까요. 거기에……."

노인은 주름진 손으로 자신의 눈을 가리켰다.

"제가 눈은 침침해도 사람 보는 눈은 있는데, 주 무사님은 결코 삼류
무사로 보이지 않았거든요."

주적자는 보일 듯 말 듯 웃음을 지었다. 무공을 익힌 눈보다 연륜이
쌓인 눈이 훨씬 쓸모가 있다는 것을 새삼 깨달았다. 돌을 쌓아 만든 긴
담을 따라 사철나무가 가지런히 심어진 곁에, 산장을 빙 둘러 길이 나
있었다. 산장이 워낙 넓었기 때문에 길을 따라 한 바퀴를 돌려면 이각
은 넉넉히 걸렸다.

사각형의 돌이 가지런히 박힌 길을 걸으며 주적자가 물었다.

"그런데 산장에 무슨 일이 있습니까? 멀리서 보니 꽤나 시끄러운 것
같던데요."

"호귀(狐鬼)가 침입해 왔습니다요."

"호귀라 함은 여우귀신을 말씀하시는 겁니까?"

"네, 그렇습죠. 유람 나온 아낙네라고 소개하면서 하룻밤 유숙을 청
하기에 들어주었는데……."

공 노인은 계면쩍은 듯 뒷머리를 긁으며 말을 이었다.

"글쎄, 세 분 무사님들께서 미색에 홀려 그만 방에 침입했나 봅니다.
그러자 호귀가 본색을 드러내고 그중 두 명을 해쳤다고 하더군요. 가
까스로 빠져나온 사람이 겨우 사실을 알려 지금 잡으려고 하는 중입니
다요."

주머니 속에 있던 화백이 모습을 보이지 않고 말했다.

─풍부한 정기를 확보하기 위해 산장에 들러붙었군요.

주적자에게는 들리지만 다른 사람에게는 앵무새 소리로밖에 들리지

않는 까닭에 공 노인이 놀란 시선을 주머니에 던졌다.

"주머니에 새를 키우시나 보군요."

주적자는 그저 살짝 웃는 것으로 답한 다음 화백에게 물었다.

"풍부한 정기라니?"

—부잣집일수록 정기가 강하기 마련이지요. 인간의 모습으로까지 변할 수 있는 것을 보면 상당한 능력의 여우 같은데 이상한 것은 왜 남자를 거부했는가 하는 겁니다. 상급의 여우로 가는 가장 빠른 길이 인간의 정기를 빨아들여 축적하는 방법이거든요. 그래서 일부러 인간과 합방을 하는 경우가 많은데…….

주머니 속에서 고개를 갸웃거리는 화백의 몸짓이 느껴졌다. 공 노인은 주적자가 혼잣말을 하고 앵무새 소리가 들리자 이상한 표정을 지었지만, 현명한 늙은이가 흔히 그렇듯 쓸데없는 호기심을 입으로 드러내지는 않았다.

공 노인은 산장을 빙 돌아 후원으로 주적자를 안내했다. 그사이 화백은 호괴에 대한 설명을 몇 가지 했지만 주적자는 별 흥미를 느끼지 못했다. 차츰 웅성거리는 소리가 들려오더니 이내 횃불을 들고 있는 사람들의 모습이 눈에 보였다. 대략 백여 명의 사람들은 저마다 손에 병장기를 들고 후원에 있는 삼십여 평 정도의 건물을 향해 적의를 드러내고 있었다.

하지만 누구도 선뜻 검은 기와에 전체적으로 푸른색이 도는 그 건물로 들어가지 못했다. 그저 몇 명이 '썩 나와라, 이 여우귀신아!' 라는 헛구호만을 외치고 있을 뿐이었다. 주적자는 별 관심 없이 장내에 있는 사람들을 둘러보았다.

건물의 가장 가까운 곳에 검과 도를 든 세 사내가 있었는데, 그들이 이곳에서 최고수로 공인(?)받은 사람들 같았다. 그 바로 뒤에 걱정스러운 표정으로 서 있는 반백의 머리칼을 한 초로의 사내가 산장 주인 신평만이었다. 주적자는 먼발치에서 한번 보았기 때문에 기억을 하고 있었지만 신평만은 아마 그를 알아보지 못할 것이다. 이름난 무림인이라고 말하는 사람들을 찾아다니기도 바쁜 신평만이었기에 삼류무사라고 소개한 자신에게는 관심조차 두지 않았었다. 그것이 오히려 편했었다는 기억이 났다. 물론 지금도 그렇고……

주적자는 횃불을 들고 있는 사람들의 뒤편에 서서 잠시 그 광경을 지켜보다 이내 공 노인에게 말했다.

"하룻밤 묵을 수 있을지 모르겠군요."

"그거야 어렵지 않지만……."

공 노인은 말끝을 흐리고 호괴가 있는 건물을 보았다. 주적자가 좀 나서 주었으면 하는 생각을 하는 것 같았지만 괜히 이런 곳에서 번거로움을 만들기는 싫었다.

"그럼 안내를 부탁합니다."

공 노인이 하는 수 없이 몸을 돌릴 때 화백이 말했다.

─잘 생각하셨어요. 상급의 호괴와는 되도록 시빗거리를 만들지 않는 것이 좋아요.

"호괴가 그렇게 강한가?"

─천호의 발끝에도 미치지 못하는 하급 지호(地狐)라 할지라도 인간이 상대할 수 있는 존재가 아니에요. 강력한 술법사라면 모를까.

"별로 나서고 싶은 마음도 없어."

걸음을 옮기려던 공 노인이 다시 돌아섰다.

"무사님, 주제넘은 부탁이지만 우리 장주님을 도와주십시오."

"이렇게 많은 사람들도 못한 일을 어찌 제가 하겠습니까?"

"무사님은 계속 절 민망하게 하시는군요."

비록 일개 산장의 고용인에 불과한 공 노인이었지만 왠지 친근함을 느끼게 했던 사람이기에 주적자는 잠시 망설여졌다. 호괴와 싸우는 것은 그리 어렵지 않았지만 괴가 나타날 때마다 사사건건 나설 수는 없는 일이었다. 그의 머뭇거림 속으로 커다란 목소리가 파고들었다.

"나 일도파산(一刀破山) 정무웅(鄭務雄)이 호귀를 잡으러 들어갈 터이니 이 자리에 계신 강호동도 여러분의 많은 응원 바라오이다!"

이마의 반이 눈썹으로 가려진 고리눈의 사내가 커다란 유엽도(柳葉刀)를 높이 쳐들고 친 소리였다. 그 모습을 보던 주적자는 피식 웃음을 터뜨렸다. 일도파산이란 엄청난 별호도 그렇고 호괴를 잡으러 가는 요란함도 한편의 희극을 보는 것 같았다.

정무웅이라고 자신의 이름을 밝힌 사내는 큰 덩치를 앞뒤로 흔들며 건물로 들어갔다. 건물은 문을 들어가면 커다란 대청이 나오고 그 양쪽으로 방이 있는 형식으로 지어져 있었다. 부서질 정도로 문을 연 정무웅은 성큼성큼 안으로 들어갔다. 들어가기 전이나 들어갈 때 모두 요란한 사람이었다.

사람들이 들고 있는 횃불은 건물 안의 어둠까지 모두 밀어내지는 못해서 정무웅의 모습은 곧 시야에서 사라졌다. 그리고 잠시 후 안에 용수철이 달렸는지 문도 닫혔다. '힘내시오!' 라든가 '정 대협만 믿겠소!' 같은 응원을 보내던 사람들도 정무웅이 보이지 않자 모두 입을 다물고 다음에 일어날 일을 기다렸다. 그들의 반짝이는 눈은 '정무웅이 꼭 호괴를 물리칠 거야!' 라는 믿음보다는 '어떤 모습으로 죽어 나올까?' 하는 궁금증을 담고 있는 것 같았다.

"이 못된 호귀야! 썩 모습을 드러내라!"

정무웅의 외침이 건물의 왼쪽에서 들리자 수군거림이 차츰 잦아들었다. 타닥거리며 타는 횃불 소리가 공간을 매워갈 즈음, 건물 안에서 비명 소리가 터져 나왔다.

"으악—!"

고성의 여운이 채 사라지기도 전에 밖으로 난 창문이 깨지며 정무웅이 퉁겨져 나왔다. 누가 받아 들 사이도 없이 바닥에 널브러진 정무웅의 목에서는 끊임없이 피가 흘러나오고 있었다. 굳이 맥을 확인해 볼 필요도 없는 죽음이었다.

정무웅의 죽음은 일순 침묵을 불러오더니 이내 더 큰 분노를 품고 사람들 사이를 파고들었다.

"이 괴물아! 어서 나와라!"

"비겁하게 숨어 있지 말고 정정당당하게 모습을 드러내라!"

주적자는 다시 한 번 실소를 머금었다. 백여 명이 모여 있는 곳에 단신으로 나오지 않는다고 비겁 운운하다니…….

콰당!

갑자기 문이 열렸다. 소리를 치던 사람들은 놀란 얼굴로 동시에 입을 다물었다. 백여 명에게서 동시에 침묵을 이끌어낸 호괴는 닫히려는 문을 양팔로 잡고 다리를 어깨 넓이로 벌린 채 사람들을 훑어보았다. 약간 위로 올라간 눈꼬리와 유난히 뾰족한 콧날이나 가는 입술은 그림에서 보는 미인도와 흡사했다. 하지만 문을 잡고 있는 두 자 길이의 손톱은 호괴를 사람과는 전혀 다른 존재로 보이게 만들었다.

정무웅의 피가 분명한 붉은 액체는 아직 마르지 않아 방울방울 바닥에 점을 만들고 있었다. 호괴는 문을 잡고 있기가 귀찮은 듯 그것을 앞으로 잡아당겼다. 우지끈 소리와 함께 문은 기둥과 연결된 경첩을 달고 떨어져 나왔다. 거칠게 문을 던진 호괴는 눈썹을 더욱 위로 올리고 팔짱을 끼었다.

바람 한 자락이 분 후에야 허리까지 닿은 머리칼이 금색이라는 것을 알 수 있었다. 옅은 달빛과 흔들리는 횃불을 받아 그것은 더욱 노란빛을 뿌리고 있었다.

"왜 귀찮게 이 난리를 피우는 거야? 그냥 좀 머물겠다는데 그게 그렇게 어려워?"

단숨에 말을 내뱉은 호괴의 시선은 신평만에게 머물렀다. 그 눈길에 놀란 듯 신평만은 목을 잔뜩 움츠리고 주위의 눈치만을 볼 뿐이었다. 서슬 퍼런 호괴의 눈길이 스칠 때마다 사람들은 옆을 보거나 고개를 떨구었다.

"그냥 살게 해주면 별일도 없을 텐데."

주적자는 아까 화백이 했던 얘기를 기억해 내고 말했다. 그러자 공 노인이 물었다.

"정말 같이 살아도 해를 끼치지 않습니까?"

"이 집의 정기를 조금 가져가기는 하겠지만 워낙 정기가 풍부한 집이니 그 정도는 괜찮다고 하더군요."

"그럼 아무 짓도 안 하고 조용히 지낼 거란 그 말씀이죠?"

"나쁜 일이 있으면 막아주기도 하니 공존이 결코 해가 되지는 않겠죠."

공 노인은 주적자의 말을 곱씹는 표정을 짓더니 '잠시만요' 하고 신평만에게로 갔다. 공 노인이 신평만의 귀에 대고 뭔가 얘기를 하자 신평만이 주적자를 보았다. 공 노인이 몇 마디를 더 뱉자 신평만은 주적자에게 다가왔다.

사람들 사이를 헤쳐 오는 신평만의 얼굴은 횃불의 열기 때문에 땀으로 번들거리고 있었다.

"정말 호귀가 내게 해를 끼치지 않겠소?"

신평만은 말을 끝낸 후에야 주적자의 앞에 다다랐다. 어지간히도 급한 모양이다. 주적자는 자신을 보고 있는 호괴를 일별한 후 말했다.

"건드리지만 않으면 괜찮을 것이오."

"그게 정말이라면……."

신평만의 말이 끝나기도 전에 우렁찬 목소리가 파고들었다.

"어찌 귀신 따위에게 인간이 굴복한다는 말이오?"

이미 죽은 정무웅과 같이 있던 두 사내가 사람들을 헤치고 성큼성큼 다가왔다. 왼쪽 눈에 안대를 한 사내와 이마에 용 문신이 있는 사내 모두 다섯 자는 족히 될 것 같은 장검을 들고 있었다.

"하지만 호귀를 몰아낼 방법이 없지 않소이까?"

신평만이 금방이라도 울 것 같은 표정으로 말했다.

"귀신은 원래 도사들이 몰아내야 하는 법이오. 한 이틀만 말미를 주면 내가 용한 도사를 모셔오겠소."

애꾸사내의 말이 끝나자마자 화백이 입을 열었다.

─저 여우는 아마 거의 천호(天狐)의 단계에 이른 것 같군요. 웬만한 도력(道力)으로는 감당조차 하지 못할걸요.

앵무새 소리는 금세 사람들의 관심을 끌었다.

"넌 주머니에 새를 키우는 것이냐?"

아까부터 주적자를 못마땅한 눈으로 보던 문신사내가 대뜸 반말로 물었다. 주적자는 괜한 분란을 만들고 싶지 않아 문신사내를 무시하고 공 노인에게 말했다.

"방을 안내해 주셨으면 합니다."

물음은 공 노인에게 향했는데 반응은 두 사내에게서 나왔다.

"네가 지금 우리 독안승룡(獨眼昇龍) 두 형제를 무시하는 것이냐!"

분위기가 험악해지자 신평만이 화급히 둘을 말렸다.

"왕 대협(王大俠), 송 대협(宋大俠), 지금 우리끼리 다툴 때가 아니지 않습니까?"

"무림인은 무릇 협에 살고 협에 죽어야 하거늘 이런 비겁한 놈을 보고 어찌 지나친다는 말씀이오!"

주적자는 실소를 머금었다. 어찌 보면 소소자가 입버릇처럼 하는 말인데도 독안승룡이라 불리는 사내들이 그 말을 하자 왠지 몸에 맞지 않는 옷을 입고 거드름을 피우는 것 같았다. 그의 웃음이 조소라고 느꼈는지 애꾸사내가 호통을 쳤다.

"네가 감히 우리를 비웃는 것이냐?"

이쯤 되자 사람들의 관심은 호괴에게서 그들에게 옮겨졌다. 호괴도 호기심이 발동했는지 팔짱을 끼고 이쪽을 뚫어져라 보고 있었다.

"괜히 내게 시비 걸지 말고 호괴나 잡아보시오."

말을 하며 주적자는 자신이 많이 부드러워졌다는 생각이 들었다. 예전 같으면 먼저 팔을 부러뜨리고 봤을 것이다. 어쩌면 소소자를 만난 후 생긴 많은 변화 중 하나일 것이다. 그의 생각이 어떻든 독안승룡은 호괴보다 만만해 보이는 주적자를 잡고 늘어졌다.

"흥! 일에는 선후(先後)가 있는 법! 내 너의 버릇을 고쳐 준 후 호괴를 잡을 것이다!"

문신사내의 고함이 끝남과 동시에 호괴의 목소리가 들렸다.

"그거 재미있군! 한번 싸워봐. 인간들 싸움은 제법 구경할 만하거든."

사람들의 시선이 일제히 자신에게 쏟아지자 호괴는 검지 하나를 눈높이로 폈다. 검지 끝에서 차츰 붉은색 연기가 피어 오르더니 그것은 이내 달걀만한 구슬로 뭉쳐졌다.

"이건 지금까지 내가 모은 정이야. 이걸 인간이 먹으면 불로불사(不老不死)에 엄청난 힘을 얻을 수 있지."

호괴는 주적자를 가리키며 말을 이었다.

"저자를 죽이는 사람에게 이 정을 주겠어."

호괴의 제안에 주적자는 어이가 없었고 사람들은 술렁였다. 호괴의 말이 거짓인지 모르지만 불로불사는 뿌리칠 수 없는 유혹이었다.

"왜 나를 상대로 이런 장난을 치는 거지?"

주적자가 묻자 호괴가 짙은 미소를 지었다.

"재미있으니까. 이런 조건이라도 내걸어야 싸움 구경을 할 것 아니야?"

주머니 속의 화백이 다급히 소리쳤다.

—거짓말이에요. 호괴가 모은 정에 불로불사의 힘이 깃들어 있다는 말은 들어본 적이 없어요. 그리고 정은 입을 통해서만 나오고 들어갈 수 있어요. 저것은 그저 눈속임일 뿐이에요.

그 소리를 들은 호괴의 눈이 반짝였다.

"오호! 화백이군. 진귀하면서도 위험한 물건을 가지고 다니네."

호괴의 말을 들은 화백이 주머니에서 고개를 내밀었다. 그 자그마한 얼굴이 밖으로 나오자 사람들의 웅성거림이 커졌다. 모두들 '저게 뭐야?', '저것도 귀신인가?' 하며 앞 다투어 화백을 구경했다.

"흥! 그리고 보니 너도 요괴와 한통속이구나!"

꼬투리를 잡은 애꾸사내는 금방이라도 검을 휘두를 기세로 소리쳤다. 그러자 뒤따라 서너 명이 주적자를 에워쌌다. 그들의 시선은 한결같이 주적자와 호괴의 손끝에 피어 오른 홍연주(紅煙珠)를 왔다 갔다했다. 주적자를 죽여 호괴의 정을 얻으려는 의도가 깔려 있는 것이 눈에 보였다.

"걱정 마. 그 사내를 죽이면 내 정을 틀림없이 줄 테니까. 원래 괴는 거짓말을 못해."

호괴의 말에 화백이 반박했다.

─저것도 거짓말이에요. 대부분의 괴가 거짓말을 하지 않는 것은 사실이지만 간혹 거짓으로 사람을 꾀는 괴도 있어요. 대표적인 예가 바로 호괴지요.

하지만 화백의 말을 알아들을 수 있는 사람은 주적자밖에 없었다.

"일단 나 독안섬검(獨眼閃劍) 왕대청(王大靑)이 저 비겁한 녀석을 응징하겠소!"

독안사내 왕대청이 가장 먼저 주적자에게 검을 들이댔다. 별호로 봐서는 쾌검(快劍)을 구사하는 것이 분명한데, 외형으로 보인 검의 무게와 생김새는 쾌검과 거리가 멀었다. 입만 싼 녀석이 분명할 것이라는 주적자의 예상대로 왕대청이 휘두른 검은 전혀 위협적이지 않았다.

검을 머리 위로 들어 올렸다 내리찍는 동작은 보기에만 위압적이고 좋을 뿐 실전에서는 최악이라고 할 수 있었다. 주적자는 비스듬히 한 걸음 앞으로 옮겨 검을 피하며 주먹을 내질렀다. 왕대청은 가슴에 주먹을 맞고 비명과 함께 나뒹굴었다.

그리 큰 힘을 쓰지 않았는데도 왕대청은 땅바닥에 큰대 자로 뻗어 정신을 잃었다. 가슴이 움직이는 것으로 보아 죽은 것 같지는 않았다.

왕대청이 너무 쉽게 당하자 주적자를 향해 적의를 드러내던 자들이 주춤하는 몸짓을 보였다. 주적자는 그들을 한번 훑어본 후 호괴에게 시선을 고정시켰다. 호괴가 흡족한 미소를 지으며 고개를 끄덕였다.

"역시 내 생각대로 넌 강하군. 하지만 너무 싱거운 싸움이었어. 그 정도 가지고는 제대로 된 눈요기라고 할 수 없지."

호괴는 손끝에 피어 오른 홍연주를 시위하듯 흔들었다.

"누구든 저자의 목을 베는 사람에게 이 정을 주겠다. 떼로 덤벼도 상관없어."

호괴의 말에 문신사내가 물었다.

"상황이 어찌 되든 저 녀석의 목숨을 취한 사람에게 주겠다는 것이 오?"

그의 말투는 어느새 경어로 바뀌어 있었다.

"그래, 네 말대로야."

망설임없는 호괴의 대답에 이십여 명의 눈에서 투지가 불타올랐고 그 대부분은 무기를 빼 들었다. 한 손에 들고 있던 횃불을 땅바닥에 집 어 던진 그 스무 명은 약속이나 한 것처럼 주적자를 빙 둘러쌌다. 가까 이 있던 신평만과 공 노인은 황급히 원 밖으로 빠져나가 장내를 초조 한 표정으로 지켜볼 뿐 말릴 엄두도 내지 못했다.

주적자는 여전히 호괴에게서 시선을 떼지 않았다.

"내게 이런 장난을 친 것에 대한 대가는 지불해야 할 것이다."

"그것도 재미있겠군. 너같이 특별한 인간과 싸울 기회가 언제 오겠 어?"

그는 전면에 선 사람들에게 눈길을 돌렸다. 수염을 기른 사람, 얼굴이 얽은 사람, 코가 유난히 큰 사람… 가지각색의 인간들이 원수진 일도 없는데 그를 향해 검이나 도, 혹은 도끼 등을 든 채 살기를 내뿜고 있었다.

모두들 주적자를 죽이고 호괴가 말하는 불노불사의 정을 얻겠다는 의지로 불타올랐다. 어리석은 자들…….

"하압!"

뒤쪽에서 기합 소리와 함께 공격이 들어왔다. 주적자는 정수리로 떨어지는 도를 막는 대신 앞으로 움직여 도를 피함과 동시에 정면의 사내에게 주먹을 날렸다. 그의 갑작스런 공격은 상대에게 놀랄 틈도 주지 않을 만큼 빨랐다.

퍽!

얼굴에서 난 짧은 타격음은 연이어 터지는 비명의 시작에 불과했다. 주적자는 빙글빙글 몸을 돌리며 사내들을 하나씩 바닥에 눕혔다. 주위를 둘러싼 스무 명의 무사들 중 누구도 그의 옷자락조차 베지 못했다. 헛되이 이는 칼바람 소리와 타격음, 비명이 마치 잘 만들어진 연주곡처럼 일관되게 허공을 갈랐다.

주적자가 스무 명을 때려눕히는 데는 채 반 각도 걸리지 않았다. 자신을 죽이려 하는 자들을 죽이지 않는 것이 덕(德)을 쌓는 것이라는 생각은 하지 않았지만, 괜한 살생 또한 하기 싫었기에 죽은 사람은 없었다. 그렇다고 그의 주먹이 시정잡배들의 그것처럼 약한 것도 아니었기에 많은 사람들이 바닥에 쓰러져 정신을 잃거나 고작해야 옅은 신음으로 자신이 살아 있음을 알릴 뿐이었다.

주적자는 거친 호흡 하나 없이 쓰러진 사람들을 둘러본 후 나머지 관망자들에게 시선을 돌렸다. 그의 눈길이 닿자 그들은 불에 덴 것처럼 움찔 떨더니 서둘러 시선을 피했다.

"팔십 명이 모두 덤비면 혹시 죽일 수 있을지도 모르는데……."

호괴의 말에 몇몇이 잠깐 눈빛을 반짝이기도 했지만 대부분은 주적자의 기세에 눌려 움직일 생각조차 하지 않았다. 주적자가 호괴를 향해 다가가자 중간에 있던 사람들이 급히 자리를 비켰다. 서둘러 피한 탓에 서로 엉켜 넘어지는 자들도 있었다.

주적자는 인(人)의 벽 사이를 지나 호괴에게 걸음을 옮겼다. 그가 여덟 자 앞까지 다가설 동안 호괴의 입가에 버릇처럼 매달린 웃음은 지워지지 않았다. 주적자는 한동안 그런 호괴를 보다가 물었다.

"왜 이런 짓을 하는 거지?"

"재미있잖아."

"단지 그것뿐인가?"

호괴가 오히려 이상하다는 듯 물었다.

"그 외에 뭐가 필요하지?"

어느새 고개를 내민 화백이 말했다.

─사실이에요. 호괴는 워낙 장난을 좋아하거든요.

"역시 화백은 아는 것이 많다니까. 솔직히 오랜 세월을 살다 보면 재미있는 일을 만나기가 쉽지 않아. 나만 해도 근 이백 년 동안 흥미를 끌 만한 사건을 겪어보지 못해 심심해 죽을 지경이었어. 널 만난 건 행운이라고 할 수도 있지."

주적자는 입가에 가는 선을 만들며 말했다.

"조금 후면 그 행운이 죽음으로 이어질 것이다."

심각한 그의 말에 호괴가 허리를 구부리고 웃음을 터뜨렸다.

"호호호호! 술법사도 아닌 인간 따위가 상급 지호(地狐)인 날 죽이겠다고? 괴의 기운을 지니고 있다고 그게 가능할 것 같으냐?"

주적자는 천천히 검을 빼 들었다.

"잠시 후면 알게 되겠지."

"흥! 건방진 놈! 내 너를 죽이지는 않겠지만 그만한 고통은 각오해야 할 것이다!"

말이 끝남과 동시에 호괴가 그를 향해 몸을 날렸다. 호괴는 마치 월광(月光)처럼 순식간에 주적자와의 거리를 좁혔다. 금빛 머리칼이 코를 간지를 것처럼 가까워진 순간 어깨로 예기가 밀려왔다. 검을 들어 막자 '챙!' 하는 소리와 함께 파란 불똥이 튀겼다. 주적자는 그대로 검을 쭉 뻗어 위에서 아래로 그었다. 손끝에 미미한 느낌이 전해지며 호괴의 머리칼 몇 자락이 하늘하늘 떨어졌다.

일 합의 격돌을 끝낸 호괴는 어느새 일 장 저쪽에 가 있었다. 그녀의 얼굴은 딱딱하게 경직되어 있었고 눈을 놀람으로 가득 찼다.

"평범하지 않다는 것은 느낌으로 알 수 있었지만 이건 정말 놀랍군. 절대 막을 수 없을 것이라 생각했는데……."

호괴는 바닥에 떨어져 바람에 뒹구는 자신의 머리칼을 보며 말을 이었다.

"내 머리칼을 벨 수 있다는 것은 그 검 또한 보통이 아니라는 뜻도 되고."

놀람이 잦아든 그녀의 눈가가 아래로 처졌다. 그 표정은 분명 웃음을 뜻하는 것인데도 웃고 있다는 느낌은 전혀 들지 않았다.

"인중용의 실력과 그에 걸맞는 무기를 가지고 있는 상대라… 재미있는 싸움이 되겠군."

"재미를 위해 죽을 수도 있다면 그것도 좋겠지."

주적자는 무명묵검을 잡은 손에 힘을 주었다. 호괴의 손톱과 부딪칠 때 느꼈던 뼈 울림이 아직도 남아 있었다. 검으로 막았다는 것을 감안할 때 당과의 적수공권보다 훨씬 강한 충격이었다. 화백의 말대로 상당히 힘든 상대가 될 것 같았다.

주적자는 검을 내려뜨리고 잔뜩 웅크린 호괴를 지그시 노려보았다. 흡혈귀와의 싸움에서도 겪었지만 이런 미지의 적과 싸울 때는 최선을 다해 기선을 잡는 것이 중요했다. 방심이 죽음을 부를 수도 있다는 것은 한 번의 경험으로 충분하니까.

탓!

주적자는 검을 땅에 긋다시피 내려뜨리고 호괴를 향해 돌진했다. 그가 그어 올린 검은 가슴 어름에서 회괴의 손톱에 의해 막혔다. 주적자는 아래로 떨어지려는 검을 왼쪽으로 빙글 돌려 다시 그녀의 목을 쳤다. 허리를 숙여 피하는 호괴의 머리칼 몇 올이 허공에 금빛 수를 놓았다.

그는 머리칼만을 자르고 지난 검을 급히 세운 후 비스듬히 아래로 내려뜨려 다시 호괴의 얼굴을 향해 올려쳤다.

"헙!"

다급한 음성과 함께 호괴가 손을 들어 급히 검을 막았다. 하지만 채캉! 하는 소리와 함께 호괴의 손톱은 반으로 갈리고 피 한 줄기가 허공에 흩뿌려졌다. 너무도 선명한 핏무리는 던져진 나뭇가지처럼 눈앞에 잠시 정지하더니, 이내 바닥으로 후두둑 떨어져 산산조각으로 부서졌다.

뒤로 공중제비를 몇 바퀴 돌아 멈춰 선 호괴는 얼굴로 손을 가져갔다. 이마와 코를 깨끗하게 지난 일직선의 상처에서 쉼없이 피가 흘러

나왔다. 상당히 깊게 난 상처에도 불구하고 호괴의 얼굴에는 고통 대신 분노가 피어 올랐다.

"네가 감히 내 얼굴에……!"

어금니를 꽉 문 표정은 그녀의 감정을 너무도 적나라하게 드러내고 있었다. 주적자는 피가 머무르지 못하고 떨어져 여전히 반투명한 무명 묵검을 힐끔 보고 말했다.

"목이 잘리면 '감히'라는 말도 못 꺼내겠지."

"내 너를 갈가리 찢어 죽이고 말겠다!"

호괴는 말끝으로 얼굴을 가랑이 사이에 집어넣었다. 몸을 둥글게 만 그녀는 제자리에서 빠르게 돌기 시작했다. 마치 황금색의 공을 보는 듯했다.

촤악!

어느 순간 호괴가 입고 있던 옷이 산산조각으로 찢어지더니 황금빛 공이 주적자를 향해 짓쳐들었다. 그는 오히려 한 발을 내디디며 위에서 아래로 검을 내려쳤다. 황금빛 공이 되어버린 호괴의 몸이 반으로 갈라졌다. 하지만 눈으로 보이는 모습만 그럴 뿐 주적자는 손에 아무런 감촉도 느낄 수 없었다.

잘려진 것이 아니라 단지 분리됐다는 것을 아는 데는 긴 시간이 필요치 않았다. 두 개로 갈린 황금색 공은 원래의 크기만큼 부풀어 오르더니 양쪽에서 그를 덮쳤다. 주적자는 바닥에 눕듯 뒤로 몸을 젖히며 가슴 위를 지나는 두 개의 금빛 공을 향해 다시 검을 떨쳤다. 서로 비스듬히 교차하던 두 개의 공은 이번에도 역시 정확히 반으로 갈렸다. 그리고 역시 손에는 아무런 감촉도 느껴지지 않았다.

처음 한 개의 금빛 공은 이제 네 개가 되어 그의 사방으로 떨어졌다.

네 개의 공은 땅에 내려설 때쯤 길게 펴지더니 완전한 여우의 모습으로 변했다. 눈부신 황금색 털을 가진 네 마리의 여우는 잔뜩 웅크린 자세로 그를 노려보고 있었다.

　─호괴의 특기 중 하나인 분신술(分身術)이에요.

　고개를 내민 화백이 말했다. 주적자는 몸을 돌려 네 마리의 여우를 하나하나 살폈다. 그에게 입은 얼굴의 상처에서는 여전히 피가 배어 나오고 있었지만 많은 양은 아니었다.

　"지금이라도 순순히 잘못을 빌고 네 정기를 바친다면 목숨만은 살려주겠다."

　여우가 입을 벌려 인간의 말을 뱉자 이질적인 느낌이 들었다. 목소리마저도 쇠를 부딪치는 것 같은 거북함을 주어 더욱 그랬다. 주적자는 말을 한 좌측의 여우를 향해 정면으로 섰다.

　"네가 진짜인 모양이군."

　대답은 화백에게서 나왔다.

　─아니에요. 네 마리가 모두 진짜예요.

　주적자는 눈살을 찌푸렸다.

　"한 몸이 넷으로 나뉘었다는 건가?"

　─분명 저 중에 셋은 허상이지만 실상과 차이가 없다는 뜻이에요. 왜냐하면 실상과 허상은 언제든 바뀔 수 있기 때문이지요. 호괴는 실상과 허상을 단숨에 옮겨 다닐 수 있어요.

　화백의 말이 사실이라는 증거는 금세 나타났다. 네 마리의 호괴가 그의 다리와 옆구리, 가슴과 뒤쪽으로 동시에 덮쳐들었다. 절정의 무림고수 넷에게 협공을 당하는 것 같은 기분이 들 만큼 호괴의 몸놀림은 빠르고 위협적이었다.

주적자는 왼쪽으로 비스듬히 한 발을 내디뎌 동시에 들어오는 공격에 시간 차를 둔 후 좌측과 전면의 두 호괴를 향해 검을 휘둘렀다. 손에 감촉이 느껴지지 않는다는 것을 깨달은 순간 주적자는 빙글 몸을 돌려 나머지 두 마리의 호괴를 베었다. 그러나 역시 허공을 그은 느낌뿐이었다.

찌익—!

날카로운 소리와 함께 옆구리에 시큰한 통증이 느껴졌다. 검이 한번 훑고 지나간 것이 분명한 호괴의 뒷발톱이 옆구리를 스치고 지나간 것이다. 허상이 실상으로 변한 것은 극히 짧은 순간이었다. 상당히 깊게 패인 상처에서 피가 뭉클뭉클 터져 나왔다. 주적자는 자신에게 상처를 낸 호괴에게 시선을 주었다. 실체와 허상을 구분할 수 있는 어떤 증거도 찾아볼 수 없었다. 심지어 횃불에 일렁이는 그림자조차 네 마리 모두 똑같이 가지고 있었다.

'까다롭군.'

주적자는 옆구리로 손을 가져가 따뜻한 피의 감촉을 느꼈다. 끈적한 피는 쉼없이 흘러나왔지만 조금 후면 멈출 것이고 상처도 그만큼 빨리 나을 것이다.

'그래, 그렇겠지.'

그는 당과에게로 달리는 기억을 멈춰 세우기 위해 심호흡을 한 후, 뒤로 한 걸음 물러서 전면에 있는 세 마리를 한 눈에 두었다. 호괴에게 초점을 모으자 주위 사물들이 뿌옇게 흐려지기 시작했다. 그것은 보려고 하는 것을 더욱 똑똑히 볼 수 있다는 것을 의미했다. 세 마리의 여우는 세상 속에 놓여 있는 것이 아니라 그의 시선 안에서만 존재하는 것 같았다.

시간이 흐를수록 여우는 더욱 세밀한 모습으로 드러났다. 황금색의 털 한 가닥 한 가닥이, 주둥이 끝에 난 수염 하나하나가, 반짝이는 콧등의 미세한 윤기까지 너무도 자세히 보였다. 그러면서 또한 그 외형 전체를 놓치지 않는다는 것은 전혀 새로운 시야의 발견이었다. 이제껏 경험하지 못한 현상은 주적자에게 묘한 자신감을 심어주었다.

뇌리에 혈정이라는 단어가 스친 순간 여우가 움직였다. 너무도 빠른 여우의 움직임은, 그러나 전처럼 빠르게 느껴지지 않았다. 빠름을 인지하는 눈은 변함이 없는데 그의 육체가 달리 해석을 하는 것이다.

네 마리의 여우가 동시에 덮쳐들었지만 주적자는 그 하나하나의 미세한 시간 차를 보고 느낄 수 있었다. 감각과 시각이 동일 선상에 놓인다는 것은 거의 불가능한 일이었는데도 불구하고 주적자는 그것을 경험하고 있었다. 뿐만 아니라 육체의 움직임 또한 그것에 뒤지지 않았다.

눈 깜빡이는 것을 백 분의 일로 쪼개놓은 것처럼 짧은 시간 차로 좌측의 여우가 먼저 닿았다. 주적자는 먼저 그 여우에게 검을 휘두른 후 실체가 아니라는 것을 느낀 순간 이미 다른 여우에게 검을 박고 있었다. 그의 검은 여우의 분신술처럼 순식간에 네 방향을 점했다.

"캐엥!"

처음으로 호괴의 입에서 비명이 터졌다. 미처 허상으로 옮겨가지 못한 실체의 가슴을 주적자의 검이 파고든 것이다. 피가 허공으로 흩어지는 순간 피를 내뿜던 여우가 연기처럼 허공에서 흩어졌다. 상처를 입은 실상이 허상으로 변하는 건 찰나에 불과했다. 하지만 그렇다고 상처가 없어지지는 않았다.

호괴는 원래 서 있던 문 앞에서 거칠게 숨을 내쉬고 있었다. 가슴에서 흐르는 피는 끊임없이 떨어져 얼어붙은 땅을 녹였다.

"뭐지?"

날카로운 물음이 호괴의 입 밖으로 튀어나왔다. 여우가 말을 한다는 것이 좀체 익숙해지지 않았다. 주적자가 대답이 없자 호괴가 다시 물었다.

"넌 인간이 아니지?"

주적자는 가슴 앞에 드리우고 있던 검을 내리며 되물었다.

"그럼 내가 뭘로 보이나?"

한동안 대답없이 그를 응시하던 호괴가 말했다.

"나도 네 정체가 뭔지는 모르겠지만 어쨌든 인간은 아니야. 인간이 이처럼 빠른 움직임을 보일 수는 없어."

"넌 네가 대단하다고 느끼는 모양인데 내가 보기에는 그저 여우에 불과해."

호괴는 이빨을 잇몸 밖으로 드러냈다. 그 표정의 의미가 분노라는 것은 누구나 알 수 있었다.

"감히 인간 따위가 천호에 이른 나를 경멸하다니⋯⋯!"

주적자는 오히려 싱긋 웃었다.

"내가 인간이라는 것을 잘 알고 있군."

"갸르르릉—!"

호괴는 본연의 목소리로 분노를 내뱉더니 주적자를 향해 몸을 날렸다. 분신을 하지 않고 무작정 정면으로 치고 들어왔다. 빗살을 보는 것처럼 빠른 속도였지만, 이처럼 정면으로 들어와 주적자를 죽일 수 있다고는 호괴도 생각하지 않을 것이다. 호괴의 모습은 마치 자살을 하려는 것처럼 보였다.

주적자는 땅에 내려뜨렸던 검을 위로 그어 올렸다. 호괴의 몸을 검이 여지없이 갈랐다. 그러나 촉감은 느껴지지 않았다. 대신 그 자리에 또 하나의 여우가 나타났다. 주적자가 갈랐던 허상은 이미 몸을 통과해 뒤로 넘어가 버린 상태였다. 호괴는 코끝에 혈향을 풍길 정도로 가까이 다가와 있었다.

주적자는 미끄러지듯 뒤로 물러서며 들었던 검을 내리그었다. 하지만 이번에도 역시 검을 기다리는 것은 허공뿐이었다. 검을 지나친 허상이 몸을 통과하고 다시 또 하나의 여우가 눈앞에 나타나는 순간 뭔가 뒷덜미를 잡아끌었다.

그것은 흔히 본능이라고 말하는 것이었지만 너무도 확실히 다가와 실체를 목전에 둔 듯했다. 주적자는 본능이 이끄는 대로 몸을 돌리며 검을 비스듬히 그어 올렸다.

"캐엥!"

날카로운 비명과 함께 이미 그의 몸을 통과한 여우의 꼬리에서 피가 솟구쳤다. 뛸 때마다 피가 튀어 오르는 것으로 보아 깊은 상처를 입은 것 같았다. 엉덩이를 사람들 쪽으로 돌린 호괴의 얼굴에는 상처에 대한 분노조차 없었다.

"역시 넌 인간이 아니야. 비록 지금까지 인간이었고 인간의 모습을 하고 있지만 널 인간으로 단정 지을 수는 없어."

호괴는 고통스러운 듯 가끔 코를 찡그리며 말했다.

"네겐 뭔가 특별한 것이 있어. 느끼고는 있었지만 특이하다고만 생각했는데… 그게 아니야."

"그래서?"

"널 조금 더 지켜보기로 하지. 너 같은 인간을 만나기는 쉽지 않으니까."

주적자는 한 걸음 내디디며 말했다.

"도망칠 생각인가 보군."

"그렇다고 해두지. 우리의 첫 만남은 이것으로 끝내자구."

말을 한 호괴는 뒤로 훌쩍 뛰어올랐다. 주적자가 쫓기 위해 몸을 웅크렸을 때는 이미 사람들의 머리를 넘어 어둠 속으로 사라지고 있었다. 그는 쫓아갈까 하다가 이내 다리에 힘을 뺐다. 힘을 들여 죽일 만큼 가치있는 상대도 아닐 뿐더러 잡을 수 있다는 보장도 없었다.

"곧 만나게 될 거야!"

어둠 속에서 날카로운 호괴의 목소리가 길게 울렸다. 그 색깔만큼의 깊은 여운을 품고……

제24장

호괴와의 동침

제24장 호괴와의 동침

　주적자는 며칠 더 묵고 가라는 신평만의 애원을 뒤로하고 협객산장을 나섰다. 번거로울 정도로 극진한 대접과 따가운 사람들의 시선을 오래 받는다는 것은 피곤한 일이었다. 고개를 넘어버린 그의 모습이 안 보일 것임이 분명한데 신평만은 '다음에 다시 들려주십시오!' 라고 큰 소리로 외치고 또 외쳤다. 어지간히도 무림을 동경하는 인물이었다.

　주적자는 천천히 가는 말에게 걸음의 속도를 맡겼다. 흡혈야황의 정체를 빨리 알고 싶은지 그렇지 않은지에 대한 마음을 자신도 명확히 알 수 없었다.

　―지금 어디를 가는 거죠?

　그의 상념 속으로 화백의 목소리가 파고들었다.

　"글쎄……."

주적자는 애매한 대답을 할 수밖에 없었다. 대충 방향을 알고 있을 뿐 정확한 위치를 모르기 때문이다. 무명목검을 만들었던 연평현에서 멀지 않은 곳이라 했으니 삼 일 거리 정도 안에서 찾아볼 생각이었다.

―주 공자님이 말씀하신 흡혈야황을 찾아갈 생각이신가요?

화백의 물음에 주적자는 고개를 끄덕였다. 그 몸짓과 함께 '그래 찾아보자!' 라는 확실한 마음이 생겼다. 어찌 되었든 찾아서 확인을 해야 했다. 흡혈야황의 정체와 함께 자신의 몸 상태까지.

마을이 훤히 내려다보이는 고개의 정상에 말발굽이 찍힐 때였다. 얼굴을 내밀고 찬 공기를 힘껏 들이마시던 화백이 코를 킁킁거렸다.

―근처에 정괴가 있는 것 같은데요. 아마도 호괴…….

화백의 말은 새로운 목소리에 묻혔다.

"가시는 길까지 동행하면 안 되겠습니까?"

주적자는 말이 들린 쪽으로 고개를 돌렸다. 좌측의 커다란 나무 뒤에서 자주색과 붉은색이 교차된 치마와 저고리를 입은 여인이 걸어나왔다. 고혹적인 미소를 습관처럼 배어 문 여인은 분명 어제의 그 호괴였다. 금발의 머리칼이 흑색으로 변해 있었지만 의심할 여지가 없었다.

주적자는 말고삐를 잡고 있던 오른손을 허벅지에 위에 올려 언제든지 출수할 준비를 하고 물었다.

"어제의 싸움이 부족했나?"

"그럴 리가 있겠습니까? 구백 년을 살아오며 어제처럼 격렬한 싸움은 해본 적이 없고 또 앞으로도 하고 싶지 않아요."

"그런데 왜 내 앞에 다시 나타난 거지?"

호괴의 미소가 더욱 짙어졌다.

"말씀드린 그대로 공자와 동행을 하고 싶어서지요."

주적자의 눈썹이 역팔(逆八)자로 곤두섰다.

"단지 그것뿐만이 아닐 텐데?"

호괴는 단지 웃음으로 물음에 대한 답을 대신했다. 주적자의 심중에 담긴 생각이 화백의 입을 통해 나왔다.

─아직 주 공자님의 정기를 포기하지 않은 것이 틀림없어요. 분명 교활한 수를 준비해 뒀을 거예요.

호괴의 시선이 화백에게로 향했다.

"화백이 그런 말을 하니 우습군. 교활하기로 따지자면 어찌 호괴가 화백을 따라갈 수 있을까."

화백의 아미가 상큼 올라갔다.

─내가 교활하다는 것이냐?

"호호! 물론 지금은 너조차 알 수 없겠지. 보아 하니 아직 첫 번째 탈피(脫皮)도 하지 않은 것 같으니 말이야. 하지만 네 모습과 목소리로 짐작컨대 곧 탈피가 시작될 것이다."

화백은 어리둥절한 표정을 지었다.

─탈피라니? 그게 뭐지?

"시간이 지나면 자연히 알게 될 거야. 그것은 마치 인간의 아이가 어른이 되는 과정과 비슷하거든. 그렇게 두 번의 탈피가 끝나면 넌 완전한 화백이 되는 것이지. 그때까지 살아남기가 어렵겠지만……."

묘한 여운을 남기는 말에 화백이 물었다.

─대체 무슨 말을 하는 거지? 내가 왜 죽는다는 거야?

호괴는 화백의 질문에 답하는 대신 주적자에게 말했다.

"공자님의 안전을 위해서라도 빨리 화백과 헤어지는 것이 좋을 거예요. 같이 다니는 것만으로도 위험할 뿐 아니라 만약 완벽한 화백이 된다면 인간으로서는 어찌할 수 없는 정괴가 될 테니까요. 괴중의 왕이라고 일컬어지는 사령조차 완전한 화백은 감당하기 힘들어요."

자신의 문제이니만큼 절박한 것은 화백이었다.

─정확히 말을 해줘! 그런 어정쩡한 말로 심기를 어지럽힐 생각이야?!

"흥! 다른 괴들에 대해서는 잘 알면서 정작 자신에 대해서는 모르다니… 하긴 화백이란 괴가 귀할 뿐더러 대부분 너같이 크기도 전에 잡아먹혔으니 알 리가 없지. 네가 어떤 괴인지 알고는 있겠지?"

─내가 목의 정괴라는 것쯤은 알아!

호괴의 얼굴에 비웃음이 스쳤다.

"물론 목의 정괴지. 하지만 다른 목의 정괴와는 근본적으로 달라. 왜냐하면 넌 원한이 뭉쳐서 만들어진 정괴니까. 삼십 명 이상이 그 나무에 목을 매달고 자살한 후 생기는 목의 정괴가 화백, 바로 너야! 설마 모른다고 하지는 않겠지?"

─무, 물론 그렇지만… 그것이 왜 나쁜 거지? 내 태생이 그런 것뿐이잖아!

"무릇 괴의 성질이란 생겨난 원인에 가장 많이 좌우되는 법. 세월이 지나 자연의 기가 쌓여 만들어진 이매망량이 아닌 이상 태생의 성질대로 갈 수밖에 없어. 원한에 의해서 만들어진 괴가 어디로 갈지는 불을 보듯 뻔하지. 자살을 할 정도로 세상에 큰 원한을 가진 사람들의 원이 모여서 만들어진 괴가 사람에게 결코 이롭지 않다는 것은 구구절절 설명할 필요도 없겠고."

호괴의 마지막 말은 주적자가 들으라고 한 소리였다. 화백은 입술만 꼼지락거릴 뿐 어떤 반박의 말도 꺼내지 못했다. 주적자는 그런 화백을 내려다보았다. 조그만 몸뚱이와 귀여운 용모는 흔히 생각하는 원귀(冤鬼)와 거리가 멀었다.

"화백이 잡아먹힌다는 말을 했었는데 누구에게 잡아먹힌다는 것이냐?"

화백에게 말을 할 때는 싸늘하던 호괴의 표정이 주적자를 향하자 어느새 화사한 웃음으로 바뀌어 있었다. 변화무쌍의 극치를 보여주는 얼굴이었다.

"탈피를 하지 않은 화백만을 잡아먹는 괴가 있지요. 어쩌면 완성된 화백을 세상에 내놓지 않기 위한 자연의 섭리인지도 모르지요. 그 괴의 생김새는……."

호괴는 얘기를 하다 말고 입을 다물더니 보기 좋은 웃음을 지었다.

"얼마 지나지 않아 볼 수 있을 거예요. 원래는 저 화백이 저만큼 성장하기 전에 잡아먹었어야 했지만 다른 괴들처럼 그 괴도 잠들어 있었겠죠. 화백도 잠에서 깨고 다른 괴들도 기지개를 켰으니 아마 그 괴도 정신을 차리고 화백의 냄새를 맡았을 거예요. 조만간 나타날 겁니다. 그때는 화백을 감싸고 싶은 마음이 싸악 없어질걸요."

호괴의 목소리에는 틀림없이 그렇게 될 것이라는 믿음이 담겨 있었다. 잔뜩 겁을 주는 호괴를 물끄러미 보던 주적자가 던지듯 말했다.

"나중에 어찌 되었든 지금은 네가 더 신경 쓰이는군."

"제게 부담을 가지실 필요는 없어요. 그냥 조용히 있는 듯 없는 듯 따라갈 테니까요."

"그리고 뒤에서 덮치려고?"

"호호호호……."

그녀는 한바탕 웃음을 터뜨린 후 은근한 목소리로 물었다.

"제가 겁나세요?"

"최소한 지금 내 주머니 속에 얌전히 있는 화백보다는 무섭군."

호괴는 화백을 일별하고 말했다.

"지금이야 그렇겠죠. 뭐, 그거야 훗날의 일이고 제 동행을 허락하실 건가요?"

"허락하지 않으면 따라오지 않을 텐가?"

"따라가는 것은 제 마음이죠. 동행을 허락하는 것이 공자님 마음이듯이."

그녀는 말끝으로 특유의 화사한 미소를 지었다. 어젯밤에는 사생결단을 낼 듯 싸우던 상대가 오늘은 이처럼 얌전한 새색시가 되어 동행을 요구하니 주적자로서는 난감할 수밖에 없었다. 그렇다고 이 자리에서 검을 빼 들어 다시 싸움을 하는 것도 내키지 않았다. 쉽게 끝낼 수 있는 싸움도 아니었고 왠지 괴와는 그리 싸우고 싶지도 않았다. 하는 행동을 보니 동행을 거절한다고 쉽게 물러설 모습도 아니었다. 이래저래 피곤한 호괴를 앞에 두고 생각을 하던 주적자는 끝내 고개를 끄덕였다.

"좋아, 같이 가고 싶다면 마음대로 해. 하지만 함부로 허튼짓은 하지 마. 네가 아니어도 문제거리는 차고 넘치니까."

뒤에 두는 것보다 눈앞에서 살피는 것이 좋을 것이란 생각 때문에 주적자는 동행을 허락했다. 호괴는 어린아이처럼 좋아하더니 묻지도 않고 말 뒤에 냉큼 올라타 그의 허리를 붙잡았다. 등에 부딪히는 부드러운 감촉에 잔털이 만세를 부르며 일어섰다. 이성은 호괴라는 것을 분명히 인지했음에도 본능은 아닌가 보다.

주적자는 그런 자신에게 피식 웃음을 터뜨리고 말을 몰았다. 호괴의 목적이 그의 목숨이 아닌 이상 뒤에 태운다고 별 탈은 없을 것이다.

―호괴와 동행을 하는 것은 위험해요.

호괴가 한 소리 때문에 고민스런 표정을 하고 있던 화백이 정색을 하고 말했다. 주적자 대신 호괴가 말을 받았다.

"네가 상관할 바 아니야. 그리고 나도 화백과는 별로 같이 다니고 싶지 않아."

화백은 호괴를 무시하고 주적자에게 말했다.

―호괴가 주 공자님의 정기를 노린다는 것을 모르시지는 않겠지요? 저런 정괴가 동행을 한다는 것은 위험한 일이라구요.

"흥! 최소한 화백과 다니는 것보다는 훨씬 덜 위험하지."

―지금이라도 빨리 호괴를 떼어버리세요.

"그렇게 공자님이 걱정되면 당장 너부터 떠나."

―주 공자님이 정기를 잘 모르시는 모양인데, 사람이 정기를 빼앗기면 죽게 된다구요. 뿌리를 잘린 나무가 살 수 없는 것과 마찬가지 이치예요.

호괴의 이마에 가는 실핏줄이 생겼다.

"이봐, 꼬마야. 내 말에도 신경 좀 써주지 그래?"

여전히 듣는 척도 하지 않는 화백.

―주 공자님께서는 정기를 안 빼앗기면 될 것 아니냐고 생각하실지 모르지만 호괴의 교활함을 쉽게 보시면 안⋯⋯.

뒤에 타고 있던 호괴가 갑자기 앞으로 건너왔다. 머리를 뛰어넘어 왔는데도 기척을 느끼기 힘들 정도의 가벼운 몸놀림이었다. 말 머리에 쭈그려 앉은 호괴는 화백을 지그시 바라보았다. 입가에는 웃음으로 느껴지지 않는 미소가 매달려 있었다.

"널 잡아먹는 괴가 나타나기 전에 나한테 죽고 싶은 것이냐?"

호괴가 머리에 앉아 있는데도 말은 무게를 못 느끼는 듯 끄덕끄덕 잘도 갔다. 화백은 호괴의 기세에 지지 않고 마주 쏘아보며 말했다.

—호괴 따위한테 죽을 마음은 없어!

"흥! 탈피를 두 번 하면 모를까 지금 너는 아무 힘도 없는 꼬마에 불과해. 그런 네가 거의 천호에 이른 내 손에서 벗어날 수 있을 것 같아? 지금 당장 느끼고 싶다면 그렇게 해줄 수도 있어."

호괴는 천천히 화백에게로 손을 뻗었다.

"그만두고 네 자리로 돌아가. 앞이 안 보이잖아."

주적자가 낮게 말하자 호괴는 손을 멈추고 싱긋 웃음을 지어 보였다.

"네, 그러지요, 공자님."

호괴는 앞으로 올 때만큼이나 빠르게 뒤로 돌아갔다. 그의 말을 칼같이 따르는 호괴를 보며 주적자는 쓴웃음을 지었다. 마음으로 복종하지 않으면서 겉으로만 보이는 저런 모습은 교활을 넘어 경탄을 자아내게 만들었다.

"그런데……."

주적자는 호괴를 힐끔 돌아보았다. 역시 이마에서 코끝까지 희미한 흉터가 보였다. 그에게 입은 상흔이 분명했다.

"상처는 빨리 회복되었는데 흉터는 남아 있군."

호괴는 자신의 흉터를 문지르며 말했다.

"이 흉터 때문에 제게 미안함을 느끼세요?"

주적자는 고개를 저었다.

"아니, 적에게 상처를 내고 미안함을 느낄 정도로 난 여리지 못해."

"물론 그렇겠죠. 하지만 정 이 흉터가 마음에 걸리신다면 안 보이게 할 수도 있어요. 자, 보세요."

그가 고개를 돌리지 않자 호괴가 등을 토닥였다.

"빨리 보시라니까요."

주적자는 마지못해 고개를 돌렸다. 그런데 호괴의 얼굴은 상당히 많이 변해 있었다. 흉터가 안 보이는 것은 물론 빨갛고 파란 화장까지 된 상태였다. 얼굴에 분칠을 할 정도로 긴 시간이 아니었다. 그의 표정에서 놀람을 읽었는지 호괴가 웃음을 지었다.

"그렇게 놀라실 필요 없어요. 얼굴색을 바꾼 것뿐이니까요. 이 정도는 기본이죠."

화장 때문인지 그녀의 웃는 모습은 훨씬 고혹적으로 보였다. 호괴라는 것을 모른다면 어느 사내라도 단숨에 넘어가 버릴 만한 그런 웃음이었다.

─저런 모습에 많은 남자들이 홀딱 빠져들죠. 내가 보기에는 영락없는 여우 모습인데 다들 왜 그러는지… 쯧쯧……

어느새 주적자의 어깨 너머로 고개를 내민 화백이 걱정 많은 노인네 같은 표정으로 혀를 찼다.

"꼬마야, 네가 뭘 안다고 그런 소리를 하는 것이냐? 오랜 세월을 살아서 괴에 대해서만 알지 인간에 대해서는 요만큼도 모르면서 말이다."

─네가 남자들이 좋아할 만한 외모로 그들을 홀려서 정기를 빼는 것 정도는 알고 있지.

"꼬맹아, 남녀의 정(情)에 대해 알지도 못하면서 그런 말을 하면 안 되느니라."

호괴가 타이르듯 점잖게 말했다.

─남녀의 정이라구? 단지 남자의 정기를 빨아 상급 여우로의 도약만 꿈꾸는 그런 것도 정이라 할 수 있나? 네가 지호까지 온 과정도 보나마나……

호괴의 날카로운 목소리가 화백의 말을 잘랐다.

"닥쳐라! 네가 나에 대해 뭘 안다고 함부로 입을 놀리느냐! 난 육백 년 전부터 사람의 정기는 물론 육식도 하지 않고 수련을 쌓아왔다! 그 인고(忍苦)의 세월을 나무의 정 따위가 어찌 감히 짐작이나 하겠느냐!"

화백의 얼굴에 놀람이 떠올랐다.

"그럼 인간의 정기는 한 번도 흡수하지 않고 오직 수련으로만 지호의 위치에 올랐다고?"

"물론… 그건 아니지만……."

말끝을 흐리는 호괴의 얼굴에 짙은 그늘이 내렸다. 호괴가 지금까지 지은 표정 중 가장 인간다운 표정이었다. 구백 년을 살아온 정괴에게도 잊혀지지 않는 괴로움은 있는 모양이었다. 희노애락(喜怒哀樂)을 떨치기는 인간뿐 아니라 정괴에게도 지난한 일인가 보다. 주적자는 흐린 얼굴의 호괴를 힐끔 보고 말의 걸음을 빨리했다.

멀리 보이는 나루터까지 이각이면 충분할 것이다. 거기서 배를 타면 연평현까지 나흘 거리밖에 되지 않았다. 그리고 그곳에서 사흘 거리 안에 흡혈야황이 있었다.

"칠 일……."

주적자는 나루터에서 개미 떼처럼 움직이는 사람들을 보며 중얼거렸다. 지금부터 다가오는 칠 일이라는 시간이 어쩌면 그의 인생에서 가장 지루하고 힘든 시간이 될 것 같은 예감이 들었다.

*   *   *

"그 말을 나보고 믿으라는 말인가?"

"나도 처음에는 자네 같은 소리를 했었지. 하지만 자네 요 근래 마풍단이 나타났다는 소식 들어봤나?"

코 옆에 큼지막한 점이 찍힌 상인 차림의 사내가 술잔을 들다가 고개를 갸웃했다.

"그러고 보니 석 달 전 결주성(結州城)에서 돌아온 후 마풍단 녀석들의 출몰에 대한 소식은 한 번도 못 접했네그려. 두 달에 한 번 꼴로 나타나서 난장판을 치던 놈들인데."

처음 얘기를 꺼낸 사시(斜視)사내는 객잔 안에 있는 사람이 모두 들으라는 듯 큰 소리로 말했다.

"거 보라구. 거기다 그 말을 한 사람이 관 노사라면 더욱 믿을 만하지 않겠나?"

"풍곡(風谷)에 사는 그 거문고의 명인 말인가?"

"그래. 자네도 알다시피 그 어른이 어디 허튼소리나 퍼뜨리고 다니시는 분인가?"

"그렇기는 하지. 그런데 마풍단을 단신으로 전멸시킨 그 사람이 대체 누군가?"

사시사내는 아주 중요한 사실을 알려주는 듯 목소리를 한껏 낮춰 말했다.

"자네 주적자라는 이름을 들어봤는지 모르겠군."

뚝!

'주적자'라는 이름에 만두를 집어가던 젓가락이 부러졌다. 놀람이 물리적인 힘으로 나타난 것이다. 여신우는 부러진 젓가락을 내려놓고 얘기를 하고 있는 사내들에게 시선을 돌렸다. 모든 것이 갈색으로 변해 버린 허름한 객잔 중앙에 있는 사내 둘이 눈에 들어왔다.

"혹시 보표지존이라 불리는 그 주적자 말인가?"

"오래 장사를 하다 보니 자네도 귀동냥 꽤나 했군 그래."

여신우는 지나가는 점소이에게 새 젓가락을 가져오라 시키고 사내들의 말에 귀를 기울였다. 주위에 앉아 있는 곤륜사수 또한 주적자라는 이름에 눈을 빛내고 있었다.

"그러니까 주적자가 마풍단을 혼자서 깡그리 몰살시켜 버렸다 그 말인가?"

"그렇다니까. 정말 대단했다고 하더군."

"허허… 주적자의 무공이 알려진 것보다 훨씬 대단한가 보구먼."

"그런 모양이야. 자네도 관 노사의 손녀 관혜진의 이름은 들어봤겠지?"

"들어만 봤나, 시장에서 몇 번 보기도 했지. 제 어머니를 닮아 이 년만 지나면 천하절색이 되겠더구만. 그런데 관혜진이 왜?"

사시사내의 입가에 은근한 미소가 비쳤다.

"그 애가 글쎄 주적자를 보고 한눈에 반해서 결혼을 한다고 떼를 쓴 모양이야. 그래서 관 노사가 난감해하더군."

"뭐? 하하하… 그 애도 맹랑한 데가 있군. 그래서 주적자는 뭐라 했다고 하던가?"

"하도 졸라서 결혼 승낙을 한 후 다시 온다는 말을 남기고 간 모양이더라구. 들리는 말에 의하면 관혜진이 요즘 신부 수업에 열중인 모양이야."

여기까지 들은 여신우는 정면에 앉아 있는 호재명에게 속삭이듯 말했다.

"저들에게 가서 그 관 노사라는 사람의 거처가 어딘지 알아오너라."

"네, 사부님."

여신우는 호재명이 일어서는 것을 보며 열 손가락을 마주 대고 턱을 괴었다. 여기서 주적자와 연결된 끈을 발견한 것은 큰 수확이라 할 수 있었다. 물론 지금 당장 어떤 일을 벌일 수는 없겠지만 훗날에 주적자의 목에 걸 올가미를 손에 쥔 것만은 분명했다.

'관혜진이라……'

여신우의 입가에 한 줄기 선이 그어졌다.

*   *   *

삐걱―!

나루터의 세 번째 송판을 밟자 날카로운 소리가 울렸다. 주적자는 걸음을 멈추고 밑으로 꺼진 송판을 보았다. 흡혈야황에게 가까워짐에 따라 유난히 신경이 날카로워졌다. 주적자는 바쁘게 곁을 스치는 사람들을 느끼며 긴 심호흡을 했다. 눈에 보이는 사람들뿐 아니라 이 세상에서 숨을 쉬고 있는 모든 인간들을 통틀어도 그보다 중요한 일을 맞이하러 가는 사람이 없는 것처럼 느껴졌다.

"안 가세요?"

뒤따라오는 호괴의 물음에 주적자는 다시 걸음을 옮겼다. 지금 있는 연평현은 그가 떠날 때의 그 연평현이 아니었다. 원래 있던 그곳에 모든 것이 똑같이 자리해 있다 하더라도 그가 변했으니 그 모든 사물도 다른 의미로 변한 것이다.

부둣가가 언제나 그렇듯 주위는 부산함으로 메워져 있었다. 짐을 배에 올리거나 내리는 사람들, 오랜만의 나들이에 들뜬 여행객들, 홍에 겨워 노래를 부르는 가인(歌人)… 그 많은 사람들은 왠지 서로서로 보이지 않는 끈을 매달고 있는 것처럼 보였다.

오직 그만이 세상과 그에 속한 사람들에게서 괴리되어 있는 것 같았다. 이런 이상한 기분을 왜 느끼는지 도무지 알 수 없었다. 단 한 번도 세상에 속하기를 원한 적 없었고 그들과 동질감을 갖기 위해 애쓴 적 또한 없었다. 아버지가 돌아가신 후, 아니, 당신이 살아 계셨을 때조차 그는 혼자였고 그것은 앞으로도 변하지 않을 것이다. 소소자와 사도철광조차 긴 인생의 어느 한순간을 같이하는 짧은 동행일 뿐이다.

난데없이 찾아온 '외로움'이란 단어에 그는 고소를 머금었다. 이런 종류의 감상은 물고기의 몸에 난 털처럼 어울리지 않았다. 그는 의식적으로 북쪽을 보았다. 그 방향 어딘가에 있을 흡혈야황을 생각하며 주적자는 쓸데없는 감상을 떨쳐 냈다.

그는 뒤늦게 배의 인부에게 끌려 나온 말에 올라탔다. 대장간에 들러 안부 인사나 할까 하다 이내 북쪽으로 말머리를 돌렸다. 누군가와 맺은 인연을 확인한다는 것은 그에게 아직은 어색한 일이었다.

상념에 잠긴 탓에 주적자는 뒤늦게야 호괴의 팔이 허리를 단단하게 감고 있다는 것을 깨달았다.

"팔에 힘 좀 빼지 그래."

"좋잖아요. 다정하게 보이고."

"난 별로 그렇게 보이고 싶지 않군."

그러고 보니 사람들이 그들을 힐끔거리며 지나갔다. 남녀가 같은 말에 바짝 붙어서 타고 가는 장면은 흔히 볼 수 있는 광경이 아니었다. 주적자는 언제나 그렇듯 사람들의 시선에 익숙하지 않았다.

"아무래도 말을 따로 한 필 사는 것이 좋겠군."

"전 이대로가 좋은데요."

하지만 호괴의 의견은 무시됐다. 주적자는 가장 가까운 마방으로 가서 갈색 말 한 필을 은자 다섯 냥에 샀다. 처음 시큰둥한 표정을 짓던 호괴도 새로 생긴 말이 싫지는 않은 듯 목을 자꾸 쓰다듬었다.

"태어나서 내 소유의 뭔가를 가져 본 것은 처음이에요."

그녀의 웃음이 천진하다고 느낀 것은 착각임에 분명했다. 구백 년을 산 여우와 천진이란 단어는 어울리지 않았다.

연평현을 벗어나자 일 장 넓이의 관도가 길게 뻗어 있었다. 이 곧은 길처럼 그가 가는 행로도 순탄했으면 하고 바란다면 무리한 욕심일까? 이제까지 살아오며 거친 풍랑 속만을 헤쳐 왔으니 한번쯤은 '너무도 운이 좋았군' 이란 말을 하고 싶기도 했다.

─참! 저번에 대답을 못 들었던 질문인데, 흡혈야황이 정확히 어디 있는지 알고 계세요?

지나는 사람이 없자 화백이 고개를 내밀고 물었다.

"아니, 정확히는 몰라. 다만 방향만 어렴풋이 알 뿐이지."

─그런데 어떻게 찾아가실 생각이세요?

주적자는 그가 가야 할 곳에 시선을 두고 말했다.

"이곳에서 삼 일 안팎에 흡혈야황의 거처가 있어. 그 안에서 찾아봐야지."

그는 대답을 하고 생각난 듯 물었다.

"그런데 넌 괴의 냄새를 맡을 수 있는 것 같던데……?"

─네. 대부분의 괴는 제 코를 벗어날 수 없어요.

화백은 자랑스러운 듯 코를 문질렀다. 그러자 옆에서 나란히 말을 타던 호괴가 이죽거렸다.

"화백이 아니라 견백(犬魄)이라고 해야겠군."

화백이 뭐라고 쏘아붙이려 하자 주적자가 서둘러 물었다.

"어느 정도 거리까지 다가가야 괴의 냄새를 맡을 수 있지?"

─그건 괴마다 달라요. 어떤 괴는 삼십 리 밖에까지 냄새를 피우지만 또 어떤 것은 바로 곁에 다가가야 겨우 알 수 있으니까요.

주적자는 잠시 생각하다 다시 입을 열었다.

"그럼 난 어떻지? 시장에서 날 부른 건 내가 괴의 성질을 가지고 있었기 때문이잖아."

─그랬죠. 주 공자님의 경우에는 십 리 정도 밖에서부터 느꼈어요. 그래서 제발 제 곁을 지나가기를 바랐죠. 만약 주 공자님을 만나지 못했다면 전 누렇게 말라 죽고 말았을 거예요.

"그렇다면 말이지… 나보다 더 강한 기운을 풍기는 괴, 예를 들어 흡혈야황이라면 훨씬 멀리서도 느낄 수 있겠군."

화백은 고개를 갸웃했다.

─기운을 느낌에 있어서 괴의 강함과 약함은 별 상관이 없어요. 하지만 같은 성질의 괴라고 했을 때 강한 쪽을 좀 더 먼 곳에서 느낄 수 있겠죠.

너무 막연하던 길에 희미하지만 이정표가 생긴 셈이었다. 최소한 십 리 이내로만 들어간다면 흡혈야황의 거처를 알 수 있으니 찾을 확률이 그만큼 커진 것이다.

─제가 흡혈야황을 찾는 데 도움을 드렸으면 좋겠네요.

화백은 희망을 말했지만 그녀의 얼굴에는 틀림없이 그렇게 될 것이라는 자신감이 있었다.

"대체 무슨 얘기를 하는 거예요? 공자님은 누굴 찾아가는 건가요?"

소외된 느낌을 받았는지 샐쭉해 있던 호괴의 물음에 화백이 똑 쏘았다.

─네가 상관할 바 아니잖아!

"이게!"

호괴는 화백에게 눈을 부라린 후 주적자를 향해 배시시 웃음을 지었다.

"무슨 일로 누굴 찾아가는지 얘기해 주세요. 제가 도움을 드릴 수도 있잖아요. 아시다시피 전 꽤 능력있는 괴거든요."

주적자는 잠시 망설이다 이야기 보따리를 풀기 시작했다. 굳이 도움을 받자는 생각보다는 얘기 안 해준다고 순순히 물러설 호괴가 아니기 때문이다. 귀찮아서 해준다라는 마음으로 시작한 얘기는 근 이각 만에 끝이 났다.

중간중간에 '그래서 어떻게 됐어요?', '세상에……!' 등을 연발하며 듣기에 열중하던 호괴는 주적자의 얘기가 다 끝나자 이마에 깊은 주름을 잡았다.

"흡혈야황이라… 얘기를 들어보니 정괴 종류가 분명한데 저도 처음 듣는 이름이군요."

별 기대를 안 했기 때문에 모른다는 말에도 실망할 이유가 없었다.

"아참! 공자님, 성함이 어떻게 되시죠?"

"주적자."

"아, 네. 주 공자님… 이라고 불러도 되겠죠?"

죽이려던 때와는 비교도 안 될 정도로 예의 바른 호괴였다.

"편한 대로."

"좋아요. 주 공자님 말씀을 들어보니 흡혈야황은 상당히 강한 정괴가 분명해요. 인간뿐 아니라 같은 괴가 대적하기 힘들 정도로 말이에요."

그건 굳이 호괴가 강조하지 않아도 충분히 느끼고 있었던 것이다.

"그래서?"

주적자가 묻자 호괴가 은근한 목소리로 말했다.

"제가 흡혈야황을 없애는 데 도와드릴 테니 대신 주 공자님의 정기를 조금만 나눠주세요."

"내 정기를?"

"네. 걱정 마세요, 생명에는 지장없도록 조금만 가져갈 테니."

화백의 날카로운 목소리가 호괴의 말을 막았다.

─거짓말이에요! 지금까지 호괴가 사람의 정기를 적당히 취했다는 소리는 들어본 적 없어요! 호괴에게 정기를 빼앗긴 사람은 백이면 백 모두 죽어요!

호괴의 눈이 당장 사납게 변했다.

"넌 아무것도 모르면서 나서지 마!"

─내가 왜 몰라! 호괴가 교활하다는 건 세상이 다 아는 일이야! 내가 정작 이해할 수 없는 것은 왜 그렇게 주 공자님에게 집착하느냐 하는

것이지. 제 발로 들어온 사내들도 죽여 버렸으면서 말이야.

호괴는 주적자를 힐끔 보고 말했다.

"그놈들하고 주 공자님이 같아?! 자고로 인간의 정기에는 큰 차이가 있는 법이야. 맑고 힘찬 정기가 있는가 하면 중후하고 차분한 정기도 있고, 더럽고 추한, 어제 그 사내놈들 같은 정기를 지닌 사람도 있어. 보통 호괴들 같으면 모르지만 난 천호를 앞에 둔 지호야. 어떻게 아무 정기나 받아들일 수 있겠어?"

주적자가 둘의 말다툼에 끼어들었다.

"그래서 난 어떤 종류의 정기를 가지고 있지?"

호괴는 눈동자를 위로 올리고 곰곰이 생각하는 표정을 짓더니 말했다.

"일단 처음 느낀 기운은 중후하고 차분한 그런 정기였어요. 하지만 그 속에 뭔가 다른 것이 있어요. 날카롭고 차면서도 왠지 한없이 가라앉은 그런 정기. 정확히 표현하기에는 어려운데 어쩌면 주 공자님이 드신 혈정 때문인지도 모르지요."

주적자는 쓴웃음을 지었다. 인정하기는 싫지만 자신이 가진 기운 중 상당 부분을 혈정이 차지하고 있는 것은 분명했다. 그것이 비록 술법사나 괴가 아니면 발견할 수 없는 그런 것이라도 말이다.

"어때요? 제가 흡혈야황을 잡는 데 도와드릴 테니 주 공자님의 정기를 저에게 조금만 나눠주세요."

─절대 안 돼요! 저 호괴는 분명 주 공자님의 정기를 몽땅 빨아버리고 말 거예요!

주적자는 호괴가 만약 자신의 정기를 다 바닥내면 어떻게 될까 하는 생각을 하며 옆구리로 손을 가져갔다. 호괴에게 상처를 입었던 옆구리는 하룻밤 사이에 흉터조차 없이 아물었다.

'어쩌면 나도 모르는 사이 불사의 몸이 되어버린 것은 아닐까?'

생각이 뇌리를 스치자 등골이 서늘해졌다. 확신으로 다가오려는 생각을 그는 애써 떨쳐 냈다. 정말로 그렇게 변했다면 이렇게 햇빛 속에 있지도 못할 것이다.

'하지만 당과는 아무렇지도 않았잖아.'

점점 꼬리를 무는 생각은 그를 더욱 답답하게 만들었다. 다른 사람에겐 불사의 몸이 행운일지 모르지만 그에게는 끝나지 않는 고통의 연속일 뿐이었다.

그는 고개를 저어 재차 떠오르는 잡념을 떨쳐 버렸다. 당과의 정체가 밝혀지지 않은 상황에서 예상이란 한 푼의 값어치도 없었다.

"주 공자님의 생명에는 지장이 없다는 것을 약속드릴게요. 정기를 나눠주실 거죠?"

호괴의 거듭되는 채근에 주적자가 말했다.

"생각 좀 해보도록 하지."

—그렇게 말씀하시면 저 요사스런 호괴가 계속 따라올 거라구요. 단호하게 거절하고 지금이라도 쫓아버리세요.

화백이 펄쩍 뛰었지만 호괴는 주적자에게서 그 정도의 대답이라도 끌어낸 것에 만족한 듯 작은 웃음을 지었다.

주적자가 호괴에게 애매한 대답을 한 이유는 행여나 당과가 흡혈야황이었을 때를 가정한 것이었다. 만약 그가 먹은 혈정이 정말 불사의 약이고 그 대가로 흡혈귀가 된다면… 피를 찾아 밤이슬을 맞으며 어슬렁거리는 자신의 모습은 생각하기도 싫었다. 흡혈귀가 되어 영원히 사느니 호괴에게 정기를 빼앗겨 죽을 수 있다면 그 길을 택할 것이다.

　　　　*　　　　*　　　　*

　　호괴는 허름한 객잔의 주방 안을 기웃거렸다. 요리사와 보조가 뜨거운 열기를 뒤집어쓴 채 요리에 열중하고 있는 모습이 보였다. 새까맣게 때가 낀 벽에 줄줄이 걸린 냄비와 음식 재료 하며, 물이 괸 흙 바닥이 몹시 지저분해 보였다. 그녀가 먹을 거라면 이런 곳에서 만든 음식은 절대 먹지 않을 것이다.

　　그녀는 손때가 묻어 반질반질 윤이 나는 나무문 틈 사이로 안을 들여다보다가 주적자가 시킨 음식을 발견했다. 이미 만들어진 그 음식은 쟁반에 얌전히 얹혀져 나를 준비까지 되어 있었다. 시간은 제대로 맞춰서 온 셈이다.

　　그녀는 다시 한 번 손톱 사이에 낀 최음분(催淫粉)을 확인하고 문을 열었다. 그녀가 들어오는 소리가 들리자 요리사와 보조의 시선이 한데 모였다. 호괴는 그들을 향해 부드러운 웃음을 지어주었다.

　　"저희가 시킨 음식이 저건가요?"

　　그녀의 시선이 쟁반에 담긴 음식으로 향하자 요리사가 고개를 끄덕였다.

　　"그렇습니다만 무슨 일로……."

　　호괴는 요리사의 의아한 시선을 웃음으로 무마하고 곁에 놓인 숟가락을 집어 들었다. 정체 모를 음식 찌꺼기가 더덕더덕 묻어 있어서 찝찝하기는 했지만 그녀가 먹을 것이 아니기 때문에 상관없었다.

　　"저희 서방님이 입맛이 좀 까다로우신 편이라 미리 음식 맛을 좀 보려구요."

원래 작은 요리사의 눈이 더욱 가늘어졌다. 요리 솜씨를 시험당하는 일류 요리사의 자존심 상해하는 표정 그대로였다. 호괴는 요리사의 기분이 어떻든 숟가락을 마파두부에 담갔다. 최음분이 정확히 붉게 물든 두부와 잘게 썰어진 고기 사이로 떨어졌다. 그녀는 요리사와 보조를 등지고 숟가락을 휘휘 저어 맛을 보는 척한 후 돌아섰다.

"좋네요."

그녀는 요리사를 향해 씨익 웃어준 후 주방을 나왔다. 이제 방해꾼인 화백을 처리하는 일만 남았다. 화백의 처리는 주적자가 최음분을 먹고 잠깐 정신을 잃은 틈을 타서 하면 되니 어려운 일은 아니었다.

호괴는 입가에 흡족한 웃음을 지었다. 이제야 비로소 그토록 원하던 천호의 길로 접어들 수 있었다. 무려 육백 년을 기다린 일이다. 천호가 정확히 어떤 능력을 발휘할 수 있을지 그녀로서도 알 수 없었다. 되어 본 적이 없기 때문에.

하지만 호괴 사이에서 내려오는 전설이 사실이라면, 그래서 천호가 죽은 몸에 생명을 불어넣을 능력이 있다면 비로소 그녀는 '그'를 살릴 수 있었다. 그토록 사랑하는 '그'를…….

다른 남자와 살을 섞는 것이 비록 마음에 걸리기는 했지만 세상에는 어쩔 수 없는 일도 있는 법이었다. 이런 편법을 쓰지 않는다면 앞으로도 백 년은 더 이슬과 채소만 먹으며 수행을 쌓아야 했다. 그렇게 하기에는 그녀의 인내가 이미 바닥나 버렸고, 앞에 놓인 '주적자'라는 재료의 유혹이 너무 컸다.

주적자 속에 잠재된 정기는 수백 명의 정기를 취해서도 얻을 수 없을 정도로 거대했다. 그것이 '혈장'이라는 정체 모를 무엇의 힘이라도 상관없었다. 그녀의 구백 년 정기가 충분히 갈무리할 수 있을 테니까.

그녀는 이층의 객실로 올라가 방문 앞에서 심호흡을 했다. 남들은 너무도 쉽게 거짓 웃음과 표정을 짓는다고 생각할지 몰라도, 그녀 나름 대로 상당한 노력이 필요한 일이었다. 호괴는 안면 근육을 움직여 웃음이라는 것을 만든 후 방문을 열었다. 검을 손질하고 있던 주적자의 시선이 그녀가 아닌 창문 쪽으로 향했다.

호괴는 시선을 주적자와 같은 방향으로 돌렸다. 무슨 급한 일이 있는 듯 화백이 어둠이 내리기 시작한 밖으로 서둘러 나가는 것이 보였다. 힐끔 보인 왼쪽 얼굴이 유난히 벌겋게 달아올라 있었다.

"화백이 무슨 일이죠?"

"글쎄… 너무 덥다고 황급히 나가는군."

그녀는 문득 불안한 생각이 들었다. 중요한 일을 앞두고 일어나는 갑작스런 상황은 그것이 아무리 사소하다 해도 안 좋은 일임에는 분명했다.

'혹시 화백이 내 계획을 눈치 채지는 않았을까?'

그녀는 재빨리 불길한 생각을 지웠다. 독심술을 익히지 않은 이상 그럴 리가 없었다. 다시 검 손질에 열중하는 주적자에게서도 이상한 기색은 찾아보기 힘들었다. 흡혈야황을 같이 잡으면 정기를 나눠주겠느냐는 연막까지 피워놓았으니 그녀를 의심하지는 않을 것이다.

호괴는 벽에 맞닿은 탁자를 앞에 두고 검을 손질하는 주적자의 등을 물끄러미 쳐다보았다. 육백 년 전의 '그'도 주적자처럼 넓은 등을 가지고 있었다. 언제나 말이 없고 가끔 웃는 웃음조차 어색한, 그래서 정이 메말라 보이던 사람.

초점이 흐려져 뿌옇게 보이기 시작하는 주적자의 등에 그 사람의 모습이 겹쳐졌다. 그런데 그 사람의 얼굴이 생각나지 않았다. 눈만 감아도, 아니, 텅 빈 공간만 봐도 보이던 '그'의 얼굴이 떠오르지 않았다. 비록 요 며칠 간 생각하지 않았다고는 하지만 지난 육백 년 동안 끊임없이 상기해 온 얼굴이었다.

아무리 생각을 쥐어짜도 그저 희미한 윤곽만이 떠오를 뿐이었다. 그런데 어느 순간 '그'의 얼굴이 떠올랐다. 공교롭게 주적자가 그녀를 향해 고개를 돌린 때였고, 주적자의 얼굴 위로 '그'의 얼굴이 겹쳐졌다.

둘은 전혀 닮은 얼굴이 아니었다. 주적자처럼 눈이 양쪽으로 찢어지지도 않았고 코가 뾰족하지도 않았다. 두툼한 입술까지 두 사람은 너무 달랐다. 그런데 왜 주적자의 얼굴을 보고서야 '그'의 얼굴이 떠올랐을까?

"뭘 그렇게 보고 있지?"

화들짝 정신을 차린 그녀는 어색한 웃음으로 표정을 수습했다.

"아… 아무것도 아니에요."

똑똑!

때마침 들린 문 두드리는 소리가 그녀를 구했다.

"식사 왔습니다."

그녀는 황급히 문을 열고 점소이의 손에서 쟁반을 받아 들었다. 알맞게 익은 마파두부에서 옅은 김이 피어 올랐다. 매운 냄새를 싫어하는 그녀의 콧등에 주름이 잡혔다. 기본적으로 음(陰)에 속하는 괴이기 때문에 자극적인 것은 별로 달갑지 않았다. 애써 웃음을 띤 호괴는 탁자에 쟁반을 놓았다.

"맛있게 드세요. 전 화백을 찾아볼게요."

"넌 음식을 안 먹나 보지?"

"말씀드렸잖아요. 수행 중에는 이슬과 채식만 한다고."

그녀는 주적자의 대답을 기다리지 않고 창문으로 몸을 날렸다. 음식을 먹더라도 약간 시간이 흐른 후에야 약효가 나타날 것이기 때문에 그만큼의 여유는 있었다. 그 시간에 화백을 찾아 없애야 했다. 방해될 소지는 미리 제거하는 것이 속 편했다.

겨울의 특성답게 어둠이 오는가 싶더니 어느새 세상을 온통 검게 점령해 버렸다. 상점들의 옅은 불빛이 밤을 점점이 밀어냈지만 달마저 모습을 감춰 버린 고을은 두꺼운 검은 담요를 덮고 있었다.

지붕 위로 올라간 호귀는 일단 객잔의 주위를 살피기 시작했다. 지붕을 가로질러 후원에 내려선 그녀는 담을 따라 심어진 앙상한 나무 사이를 찾기 시작했다. 워낙 작은 탓인지 아니면 이곳에 없어서인지 화백의 모습은 보이지 않았다.

객잔에 투숙한 사람들이 제법 있어 심심지 않게 후원을 지나갔지만, 그녀의 행동에 특별히 신경 쓰는 사람은 없었다. 호귀는 담을 넘어 객잔 주변을 빙 둘러 화백을 찾았다. 그 몸으로 행여 사람들의 눈에 띄면 위험하다는 것을 알기 때문에 멀리 가지는 않았을 것이다.

좁은 골목에 접한 담을 따라 빙 돌아가자 그들이 들어섰던 객잔의 정문이 나왔다. 그곳은 큰길이었고 그만큼 환한 불빛이 비추고 있었다. 화백이 이런 곳에서 서성이고 있을 거란 생각은 들지 않았다.

'대체 요것이 어딜 간 거지?'

객잔의 오른쪽 담은 포목점과 붙어 있었기 때문에 굳이 찾으려고 한다면 그곳까지 가야 했다.

'무슨 일로 이 밤중에 바깥으로 나왔을까? 혹시……'

그녀의 뇌리에 '탈피'라는 글자가 떠올랐다. 어쩌면 그럴 수도 있었다. 그게 아니라면 굳이 안전한 주적자의 품을 떠날 이유가 없었다. 뭐, 탈피를 위해 어디론가 갔다면 그녀에게는 오히려 다행스러운 일이었다. 시간이 제법 걸릴 터이니 방해꾼은 자연히 없어진 셈이었다.

그녀는 객잔의 정문을 통해 안으로 들어갔다. 방에 도착해서 문을 열자 주적자가 막 숟가락을 놓고 있었다. 깨끗이 비워진 음식 그릇이 그녀의 마음을 흐뭇하게 했다. 주적자가 수건으로 입가에 묻은 음식을 닦으며 물었다.

"화백은 찾았나?"

"아뇨. 어디로 갔는지 보이지 않는군요. 그 꼬마가 걱정되세요?"

주적자는 수건을 탁자 위에 놓고 일어섰다.

"아무래도 찾아봐야겠군. 사람 눈에 띄면 위험할 테니까."

"왜 그렇게 화백을 감싸고 도는 거죠?"

주적자가 그녀의 곁을 스쳐 지나갔다.

"흡혈야황을 찾을 열쇠니까."

호괴는 회랑을 돌아가는 주적자를 잡을까 하다가 이내 어깨를 으쓱하고 뒤를 쫓았다. 말린다고 들을 사람도 아니고 강제로 잡는 소란을 피우고 싶지도 않았다. 어차피 아무 데서나 정신을 잃을 테니 그때 들쳐 업고 오면 되는 일이었다.

주적자는 호괴가 뒤졌던 경로를 비슷하게 밟으며 화백을 찾았다. 가끔 이름을 불러보기도 했지만 여전히 조그마한 몸뚱이는 눈에 띄지 않았다. 이곳저곳을 뒤지던 주적자는 역시 객잔의 정문에서 걸음을 멈췄다. 이마에 깊은 주름을 만들고 있는 것으로 보아 어디로 갔는지 추측을 하는 것 같았지만 단서가 될 만한 것이 있을 리 없었다.

주적자의 시선이 포목점으로 향했다.

"저곳도 뒤져 봐야겠군."

포목점을 향해 한 발을 내딛던 주적자의 몸이 크게 휘청하더니 이내 힘없이 쓰러졌다. 호괴는 그런 주적자를 황급히 부축했다. 그녀의 팔에 안긴 주적자의 의식은 이미 남아 있지 않았다. 그의 따뜻한 체온이 그녀의 기분을 흡족하게 했다. 행인들이 이상하다는 눈으로 쳐다보자 그녀는 주적자를 업고 객잔 안으로 들어갔다.

'무슨 일입니까?' 라고 묻는 점소이를 뒤로하고 그녀는 서둘러 방으로 향했다. 주적자를 푹신한 침대에 눕히자 비로소 웃음이 나왔다. 산속 어딘가에 있었다면 마음껏 대소를 터뜨렸겠지만 그녀는 그저 작은 미소에 기쁜 마음을 담았다.

호괴는 방문을 걸어 잠그고 창문도 닫아 문단속을 했다. 혹시 있을지 모르는 방해꾼을 위한 것이었는데 역시 마음이 놓이지 않았다.

'그래, 차라리 산속으로 데려가는 것이 좋겠군.'

그녀는 주적자를 이불에 둘둘 말아 어깨에 짊어졌다. 찬 기운이 닿는다고 정신을 차릴 리는 없었지만 만일을 위한 대비였다. 창문을 통해 지붕으로 올라간 호괴는 맞닿은 지붕을 건너뛰며 고을을 벗어났다.

사 장 높이의 성벽을 넘자 비로소 초록 내음이 그녀를 감쌌다. 풀숲이 덮여 길도 없는 산비탈을 올라가던 그녀의 걸음이 멈춘 곳은 작은 동굴 앞이었다. 희미하게 풍기는 곰의 노란내로 보아 겨울잠을 자는 안식처인 모양이다.

그녀는 주적자를 바닥에 내려놓고 동굴 안으로 들어갔다. 아래로 비스듬히 경사진 그곳은 허리를 숙이고도 걸음을 옮기기 힘들 정도로 좁았다. 천장에 매달린 나무 잔뿌리를 걷어내며 이 장 정도를 들어가자 비로소 허리를 펼 수 있었다. 동굴의 그 끝에 몸을 잔뜩 웅크린 곰이 보였다. 동물의 노린내는 별로 좋아하지 않았지만 밤새워 마음에 딱 드는 장소를 찾으러 다닐 수는 없는 노릇이었다.

그녀는 곰의 정수리에 손을 대고 힘을 줬다. 깊은 잠이 더욱 깊어질 것이다. 수행을 닦고 있는 중에는 가급적 불필요한 살생을 하지 않는 그녀였다. 살생을 한다고 천호가 못 되는 것은 아니었지만 마음을 닦는 수행이니 나쁠 것은 없었다.

호괴는 곰을 끌고 나와 동굴 옆의 말라 버린 풀 사이에 놓은 후 주적 자를 안고 동굴 속으로 들어갔다. 안은 바깥보다 훨씬 훈훈해서 입김 조차 나오지 않았다. 그녀는 이불을 바닥에 깔고 그 위에 주적자를 눕혔다. 아직은 편안한 얼굴이었다. 아직은.

호괴는 잠시 주적자를 쳐다보다가 옆에 가부좌를 틀고 앉았다. 정기를 받아들이기 위해서는 몸 안에 그만큼의 공간을 비워둬야 했다. 특히 이번처럼 예상할 수 없는 경우에는 넉넉한 것이 좋았다.

눈을 감고 정신을 모으자 팔에서부터 시작된 저릿한 느낌이 온몸으로 퍼져 나갔다. 몸 안에 떠돌던 기운이 차츰 아래쪽으로 가라앉았다. 기운을 최대한 아래로 눌러 갈무리한 호괴는 눈을 뜨고 주적자에게로 다가갔다. 깨어날 시간이 가까워지고 있었다.

그녀는 단단히 여미어진 주적자의 옷고름을 푼 후 몸을 이리저리 돌려 상의를 벗겼다. 겉옷과 속옷을 벗기자 단단한 근육질의 상체가 모습을 드러냈다. 하얀 지렁이처럼 가슴과 배에 몇 개의 흉터가 있었다. 치열한 삶을 살아온 남자의 증거는 마치 스스로 생명을 지닌 것처럼 숨을 쉴 때마다 꿈틀거렸다.

그녀에게 입었던 옆구리의 상처는 보이지 않았다. 아마도 혈정의 효능이리라. 호괴는 바지춤으로 손을 가져갔다. 허리띠를 푸는 데 상당한 시간을 소비한 그녀는 바지를 조심스럽게 끌어내렸다. 하얀색 속옷이 유난히 그녀의 시선을 끌었다.

"후우—!"

호괴는 가슴까지 차 오른 긴장을 뱉어낸 후 주적자의 속옷까지 벗겨냈다. 비로소 주적자는 완전한 나신이 되었다. 사내의 나신이 그녀의 가슴을 두근거리게 했다. 자신과 전혀 다른 종임에도 불구하고 이런 느낌을 갖는다는 것은 이치에 맞지 않았다. 앞에 놓인 주적자라는 이름의 인간은 토끼 같은 먹잇감일 뿐, 그 이상도 그 이하도 아니었다.

하지만 그런 생각은 그저 생각일 뿐 본능은 주적자를 남자로 받아들였다. 하긴 그녀가 사랑하는 이 또한 사람이니 그럴 수밖에 없었다.

'뭐 상관없겠지.'

그랬다. 조금 흥분한다고 결과가 달라지는 것은 아니었다. 비록 '그'에게 약간의 미안함이 들었지만 은근한 기쁨이 느껴지는 것을 막지는 못했다. 그녀는 서둘러 자신의 옷을 벗었다. 옷을 한 꺼풀씩 벗을 때마다 그만큼의 한기가 밀려들었다. 추워서 오돌오돌 떠는 일은 없지만 한기나 열기는 느낄 수 있었다.

나체가 되는 데는 그리 많은 시간이 필요치 않았다. 그녀는 옷을 머리맡에 가지런히 개어놓고 반듯하게 누운 주적자를 내려다보았다. 최음분 때문에 그의 호흡이 차츰 거칠어지고 있었다. 최음분의 이 단계 약효가 나타나는 증거는 호흡뿐만이 아니었다. 호괴의 시선이 주적자의 몸 중앙 부분에 머물렀다. 주적자의 몸은 그녀를 받아들일 완벽한 준비가 되어 있었다. 물론 그녀도 그렇고.

호괴는 몸을 움직여 다리 사이에 주적자를 두었다. 그녀는 심호흡을 하고 천천히 자세를 낮췄다. 쭈그려 앉는 그녀의 다리가 잘게 떨리는 것은 힘들어서가 아니었다. 드디어 구백 년 수련의 결실이 맺어지는 것에 대한 기쁨의 몸짓이었고, '그'를 다시 살릴 수 있다는 환희의 떨림이었다.

주적자의 몸 일부분이 그녀의 하문(下門)에 느껴졌다. 뜨겁다고 느낀 것은 기분 탓이리라. 다리의 힘을 조금 빼자 드디어 주적자의 몸이 그녀 안으로 들어왔다. 내부에서 일어난 짜릿한 느낌이 살갗을 뚫고 나가려는 듯 몸부림쳤다. 그녀는 자신의 몸 안에 들어온 주적자가 '그'였으면 하고 바랐다. 그때처럼… 육백 년 전의 그때처럼 다른 이유없이 그저 운우지락(雲雨之樂)을 나누고 싶었다.

하지만 주적자는 '그'가 아니었고 열정에 휩싸여 일을 그르칠 만큼 그녀도 어리석지 않았다. 호괴는 주적자의 몸 위에서 가부좌를 틀었다. 양손을 가슴 앞에 합장시키고 주적자의 몸이 곧 자신의 몸임을 느낄 수 있도록 정신을 집중시켰다. 최음분 때문에 혈행(血行)이 빨라져 주적자의 몸이 그녀 안에서 고동쳤다.

그녀는 벌겋게 달아오른 얼굴에 이를 악문 주적자를 일별하고 눈을 감았다. 아랫배에 모인 정기를 양쪽으로 나눠 새로운 정기가 들어올 통로를 만든 후 천천히 기를 끌어올렸다. 차츰 통로를 타고 몸 안으로 흡수되는 주적자의 정기가 느껴졌다. 차분한 정기를 가진 인간 특유의 시려움이 그녀의 내부에 쌓여갔다. 그녀가 지금까지 흡수한 어떤 인간보다 더 시렵고 충만한 느낌이었다.

가슴까지 치솟은 옅은 정기를 내리눌러 바닥에 차곡차곡 쌓아갔다. 보통 사람 같았으면 이미 정기가 말라 버렸겠지만 주적자의 정기는 계속 그녀의 내부로 흘러 들어오고 있었다. 지금 들어오고 있는 것은 단지 주적자가 지닌 인간의 정기일 뿐이었다. 흘러 들어오는 정기 속에 미약하게 섞인 미증유의 힘을 느낄 수 있었다. 그것은 분명 혈정의 기운일 것이고 그녀가 진정으로 바라는 그 정기였다.

주적자의 정기에서 차츰 냉기가 엷어져 갔다. 비로소 혈정의 기운이 그녀에게로 옮겨지고 있는 것이다.

"흐음—!"

호괴의 입에서 옅은 신음 소리가 터졌다. 희열 때문이 아니라 조금씩 밀려오는 통증 때문이었다. 처음에는 그저 따뜻한 온기에 불과하던 정기가 시간이 갈수록 뜨거워지면서 바늘로 찌르는 듯한 고통을 수반했다. 거기에 정기가 몸 안으로 밀려드는 속도가 너무 빨랐다.

상반신에 퍼졌던 엷은 정기를 아래쪽으로 눌러 쌓을 사이도 없이 밀려 들어왔다. 그것은 그야말로 폭주(輻湊)였다. 너무도 갑작스런 상황은 제어가 되지 않았다. 들어오는 입구를 좁게 해서 막아보려 했지만 이미 뚫려 버려 힘이 들어찬 구멍을 메울 수가 없었다. 그녀의 전신이 마치 적색 물감을 뒤집어쓴 것처럼 붉게 물들기 시작했다.

"으으……!"

호괴의 입에서 나는 소리의 정체가 신음이라는 것을 알 정도로 또렷해졌다. 이대로 있다가는 밀려드는 힘에 전신이 폭죽처럼 터져 버릴 것 같았다. 그녀는 흡기(吸氣)를 중단하기로 했다. 이제껏 빨아들인 것만으로도 어쩌면 천호의 단계에 이를 수 있을지 몰랐다. 결심이 서자 그녀는 황급히 일어섰다. 아니, 일어서려 했다. 그러나 그녀는 몸만 들썩였을 뿐 일어서지 못했다. 느끼지 못하는 사이 주적자가 그녀의 엉덩이를 꽉 잡고 있었다.

너무도 고통스러운 표정의 주적자는 악다문 입만큼이나 세게 그녀의 엉덩이를 잡고 부들부들 떨었다. 그녀만큼이나 붉은 피부 밖으로 선명한 파란색의 힘줄이 툭툭 튀어나와 있었다. 그녀는 손아귀에서 벗어나기 위해 주적자를 밀며 가부좌를 푼 다리에 힘을 주었다. 하지만 엉덩이에 고통만 더할 뿐 벗어날 수가 없었다.

그녀가 흡기에 정신을 쏟지 못할 때 몸 안에서 변화가 일어났다. 처음 그것은 느낄 수 없을 정도로 작았지만 어느 순간 내부에 격렬한 소용돌이를 만들었다. 구백 년 동안 쌓아둔 정기뿐 아니라 내장조차 갈가리 찢겨 사방으로 흩어지는 느낌이었다.

호괴는 본능적으로 이를 악물었다. 입을 벌리면 뱃속의 내장이 모두 입 밖으로 튀어나와 버릴 것 같았다. 비명조차 삼켜 버린 고통은 그녀의 전신에 경련을 가져왔다. 고통이 가져다 준 변화는 외형뿐만이 아니었다. 그녀가 자신을 조종하지 못하는 사이 외부의, 정확히 주적자의 내부에 속한 힘이 상황을 지배하기 시작했다.

뱃속에서 소용돌이치던 정기가 점점 밖으로 빠져나가고 있었다. 들어올 때보다 훨씬 빠른 속도였다. 들어오는 것이 시냇물이었다면 나갈 때는 거의 폭포 수준이었다. 호괴는 고통 속에서도 정기가 빠져나가는 것을 막아보려 애썼지만 상황은 그녀의 통제를 완전히 벗어나 있었다. 도저히 어떻게 해볼 도리가 없었다.

주적자에게서 빼앗았던 정기는 모두 나가 버렸고, 그녀가 구백 년 동안 쌓아둔 정기까지 흘러 나가고 있었다. 이 상태로 조금만 더 있다가는 고통 때문에 죽거나 정기가 모두 바닥나 빼빼 마른 여우 껍질밖에 남지 않을 것이다.

"끄으으—!"

호괴는 안간힘을 쓰며 팔을 들어 올렸다. 머리를 쓰다듬거나 옷매무새를 고치기 위해 아무렇게나 움직였던 팔인데, 지금은 천 근 무게를 달고 있는 것처럼 끌어 올리기가 힘들었다. 머리 위까지 팔을 치켜든 호괴는 주적자의 배를 향해 힘껏 내려치며 다리에 힘을 주었다.

퍼억!

팔에 육중한 무게를 느낌과 동시에 그녀는 자유로워질 수 있었다. 하지만 그 자유에 대한 대가는 만만치 않았다. 이미 흡수당해 버린 정기는 말할 것도 없고, 주적자의 손에 잡혀 있던 엉덩이의 살점도 뭉텅 뜯겨져 나가 버렸다. 몸 안에서 일던 고통이 사라지는 대신 엉덩이에 새로운 통증이 찾아왔다. 그녀의 하체는 순식간에 피로 범벅이 되었다.

호괴는 피가 뭉클거리며 쏟아지는 엉덩이를 보고 주적자에게로 시선을 돌렸다. 아직 그녀를 잡고 있던 자세 그대로인 주적자의 양 손아귀 안에는 그녀의 살점이 남아 있었다. 하지만 주인을 떠난 살점은 곧 털이 부숭부숭 박힌 여우의 그것으로 변했다.

주적자는 그녀가 몸에서 떠남에 따라 점점 안정을 찾아갔다. 사시나무 떨듯 부들부들 떨던 몸은 차츰 움직임을 멈췄고 붉은 피부 색도 제 색깔을 찾아가기 시작했다. 그녀는 지혈을 할 생각도 하지 않고 그런 주적자를 노려보았다. 고통 때문에 살의가 뭉클뭉클 피어 올랐다. 당장 저 머리통을 손톱으로 후벼 파서 골 맛을 보고 싶었다.

하지만 그녀는 몇 차례의 심호흡으로 살의를 가라앉혔다. 주적자를 죽이면 당장의 화는 풀리겠지만 결론적으로 얻는 게 아무것도 없었다. 빼앗겨 버린 정기는 물론이고 주적자가 가진 정기 또한 흡수해야 했다. 그러나 지금은 아니었다. 다시 시도를 한다고 해도 아까의 전철을 밟을 뿐이었다. 방법을 찾아 문제를 해결한 후 정기를 되찾을 수밖에 없었다.

그녀는 뼈가 보일 만큼 살이 뜯겨져 나간 엉덩이를 보고 투덜거렸다.

"젠장, 한동안 앉기도 힘들겠군."

죽거나 혹은 도망치거나

제25장 죽거나 혹은 도망치거나

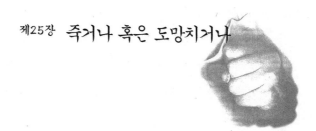

주적자는 화들짝 놀라 눈을 떴다. 지독한 악몽을 꾼 것처럼 기분이 좋지 않았다. 그는 지끈거리는 머리를 감싸고 몸을 일으켰다. 목까지 덮여 있던 이불을 걷어내고 침상에 걸터앉을 때까지 두통은 나아질 기미가 보이지 않았다.

"대체 무슨 일이 있었던 거지?"

화백을 찾다가 갑자기 세상이 캄캄해진 것까지밖에 기억나지 않았다. 가끔 어떤 형상들이 머리 속을 스쳐 갔지만 그 편린들을 이해할 수 있는 그림에 맞게 짜맞출 수가 없었다. 그는 방 중앙을 가로지른 햇살한 자락을 밟고 일어서다 급히 허리를 숙였다.

"우욱!"

비릿한 무언가가 목구멍을 타고 넘어왔다. 주적자는 입을 크게 벌리고 그것을 토해냈다. 흑색에 가까운 적색의 그것은 주먹만큼 크게 뭉

처진 핏덩이였다.

"쿨룩! 쿨룩!"

피를 토해낸 주적자는 내장을 끄집어낼 것처럼 기침을 토했다. 뱉어낸 핏덩이에 따라오는 부록처럼 터지던 기침은 머지않아 멈췄다.

"괜찮으세요?"

언제 왔는지 놀란 눈의 호괴가 문 앞에 서 있었다. 주적자는 괜찮다는 표시로 손을 들어 올린 후 물었다.

"어떻게 된 거지?"

"어제 화백을 찾으러 나갔다가 갑자기 정신을 잃으셨어요."

그녀는 침상 머리맡에 있는 수건과 대야를 가져와 방을 청소하기 시작했다. 아마도 그녀는 밤새 찬 물수건을 갈아주며 그를 간호한 모양이다.

"부랴부랴 방으로 와 침대에 눕히기는 했는데 깨어나지를 않아서 걱정했어요. 의원이 두 명이나 와서 봤지만 모두 고개만 젓더라구요."

주적자는 다시 침대에 걸터앉으며 물었다.

"화백은?"

"아직 안 왔어요. 어쩌면 주 공자님을 위해 스스로 떠난 것인지도 모르지요. 탈피를 위해 어디 갔는지도 모르고요."

주적자의 얼굴에 기분 나쁜 주름이 졌다. 창문으로 들어온 햇살은 이미 석양으로 변해가고 있었다. 화백이 사라진 지 거의 하루가 지난 것이다. 화백이 흡혈야황을 찾을 유일한 방법은 아니더라도 중요한 이정표인 것만은 분명했다. 그런 화백의 행방불명은 그의 심기를 불편하게 만들었다. 더 안 좋은 것은 화백을 찾을 방법이 없다는 것이다. 앞에서 짐짓 걱정스런 표정으로 서 있는 호괴가 화백을 찾는 데 도움을 줄 것 같지도 않았다. 이대로 있는다고 해결될 일도 아니니 어쨌든 주변을 찾아보는 수밖에 없었다.

주적자는 자리에서 일어서다 말고 다시 주저앉았다. 뱃속에서 전해진 극심한 통증 때문이었다. 처음 진기라는 것이 몸에 생긴 후 무리하게 끌어올리다 하마터면 주화입마에 빠질 뻔했는데 그때와 고통이 비슷했다. 갑작스럽게 나빠진 몸이 그를 혼란스럽게 했다. 어쩌면 혈정 때문일지 몰랐다. 그 외에는 어떤 것으로도 이 고통의 원인을 설명할 길이 없었다.

"아무래도 안 되겠군."

주적자는 바닥에 가부좌를 틀고 앉았다. 아무리 급해도 속에서 날뛰는 기운부터 잠재우는 것이 순서였다. 그는 눈을 감고 속에서 날뛰는 진기의 가닥을 하나하나 잡아 나갔다. 이상할 정도로 넘쳐 나는 진기는 거친 야생마처럼 여기저기 휘젓고 다니더니 이내 그가 이끄는 대로 움직이기 시작했다.

차츰 가라앉는 고통 대신 충만한 힘이 자리 잡았다. 어제까지만 해도 느낄 수 없었던 그런 힘이었다.

호괴는 핏덩이를 닦아낸 대야와 수건을 탁자에 내려놓고 주적자를 보았다. 정수리에서 나온 하얀 김이 다시 콧속으로 빨려 들어가며 작은 원을 만들고 있었다. 자세한 것은 모르지만 무림인들 중 무공이 무척 높은 사람들이 운공을 할 때 저런 현상이 나타난다는 것 정도는 알고 있었다. 저렇게 돌아가는 진기의 한 부분은 분명 그녀 자신의 것이었다.

빼앗긴 천호의 꿈이 무너진 것도 모자라 이제는 중급 지호로 내려앉아 버렸다. 이런 생각이 들자 화가 새록새록 솟기 시작했다. 그녀는 가슴을 잡고 큰 숨을 몇 번 들이키고서야 머리끝까지 치민 화를 내리누를 수 있었다. 행여 저 회전하는 뿌연 김을 들이마실 수 있을까 싶어 조심스럽게 코를 갖다 대고 빨아들여 봤지만, 그것은 주인을 알아보는 개마냥 줄기차게 주적자의 코로만 들락거렸다.

'제기랄!'

그녀는 주적자의 머리맡에서 코를 떼고 돌아섰다. 속만 쓰리는 광경을 더 이상 보고 싶지 않았다. 그녀가 대야를 들고 문을 잡을 때 창문 쪽에서 소리가 났다. 미약한 음이었지만 그녀의 밝은 귀는 놓치지 않고 잡아냈다.

'혹시?'

호괴는 재빨리 돌아섰다. 아니나 다를까 창문에는 그녀가 예상한, 그러나 또한 예상치 못한 모습의 물건(?)이 걸터앉아 있었다.

"안녕."

정답게 인사를 하고 손을 흔드는 것은 이제 열 살이 될까 말까 한 벌거벗은 소녀였다. 소녀는 부끄럽지도 않은 듯 치부를 가릴 생각도 하지 않고 자신의 키만큼 높은 창문에서 훌쩍 뛰어내렸다.

"너, 화백 맞지?"

호괴의 물음에 소녀가 방긋 웃었다.

"아니면 누구겠어?"

소녀로 탈바꿈한 화백은 팔을 벌리고 제자리에서 한 바퀴 빙글 돌며 물었다.

"어때? 멋있게 변했지?"

호괴는 한참 후에야 대답했다.

"탈피를 했구나."

예상했던 일인데도 놀라움으로 다가오는 것은 그녀의 생각과는 전혀 다른 모습이었기 때문이다. 그저 조금 커지거나 인간의 모습에서 괴의 어떤 다른 형태로 변할 줄 알았는데, 이처럼 인간 아이의 모습으로 탈바꿈할 줄은 상상조차 하지 못했다. 거기에 이제는 완벽하게 인간의 말까지 구사하고 있었다.

호괴는 좋아서 어쩔 줄 모르는 화백에게서 다른 점을 찾아보려 했지만 외형적으로 변한 것은 그뿐이었다. 화백이 자리를 옮긴 덕분에 창문이 그녀의 시선에 들어왔다. 이층에서 본 거리는 아직 어둠이 내리지 않아 제법 많은 사람이 오가고 있었다. 아무 생각 없이 돌아서려던 호괴는 움찔 몸을 떨며 화백을 보았다.

"너, 어디 있다가 온 거니?"

화백은 큰 길 건너편의 검은 기와집을 가리키며 말했다.

"저 집 마당에서. 목의 기운이 강하게 풍기는 곳이 있더라구. 땅을 파고 그 안에서 탈피를 했지."

호괴는 화백이 가리킨 집을 일별하고 물었다.

"그런데 어떻게 그런 모습으로 여기까지 온 거야? 보아하니 사람들의 눈에 띄지도 않은 것 같은데."

화백은 천진해 보이는 웃음을 지었다.

"궁금해?"

"……."

"좋아, 특별히 보여줄게."

화백은 벽에 기대서서 양손을 얌전히 가슴 앞에 포개고 눈을 감았다. 그리고 잠시 후 그녀의 모습은 감쪽같이 사라져 버렸다. 마치 황색의 벽 속으로 빨려 들어간 것 같았다. 호괴는 주위를 둘러보며 화백을 찾았다. 하지만 그녀의 모습은 어디에도 보이지 않았다. 사라지기 전 풍기던 냄새까지 완벽하게 지워져 버렸다.

"어때?"

화백이 서 있던 자리에서 말소리가 들렸다. 벽이 말을 한 것은 아니었다. 갑자기 벽에 까만 두 개의 구슬이 나타났다. 희미한 반짝거림을 만드는 그것은 의심할 것 없이 눈동자였다. 화백의 눈동자.

"뭐지? 몸을 투명하게 하는 것인가?"

"아니, 단지 배경과 내 색깔을 맞춘 거야."

호괴는 눈살을 찌푸렸다. 저토록 완벽하게 배경과 똑같이 색깔을 맞출 수 있다는 것이 이해가 되지 않았다. 벽에 묻은 얼룩까지 말이다.

"어떻게 그처럼 할 수 있는 거지?"

"'어떻게'라고 묻는다면 나도 대답할 수 없어. 그냥 자연스럽게 되더라구. 마치 본능처럼. 하지만 반 시진 이상을 이렇게 있을 수 없어. 그리고 이 눈동자도 감출 수가 없었어. 이상하게."

화백에게 일어난 모든 변화가 이상하니 눈동자 따위는 어떻게 되든 이상하게 느껴지지 않았다.

"냄새까지 지울 수 있다니 완벽하군."

어쩌면 완전한 탈피를 이룰 때까지 목숨을 부지하기 위한 최소한의 방어 수단인지도 몰랐다.

"그런데……."

화백은 가부좌를 틀고 앉아 있는 주적자를 보며 말을 이었다.

"주 공자님은 왜 저러고 계시는 거지?"

"몸이 좀 불편한가 보더라구."

호괴는 아무렇지도 않게 말을 하고 밖으로 나갔다. 걸을 때마다 엉덩이에 시큰거리는 아픔이 느껴졌다. 엉덩이에 난 상처는 외형상 아무 문제가 없었지만 아픔이 가시려면 며칠 더 걸릴 것 같았다.

'제길! 주적자에게서 정기 대신 상처만 받는군.'

그녀는 방을 힐끔 돌아본 후 긴 한숨을 지었다.

"저 녀석을 만난 후로 되는 일이 없는데 이쯤에서 헤어지는 것이 좋지 않을까? 왠지 위험을 몰고 다니는 녀석 같기도 하고……."

그녀는 푸념을 늘어놓더니 일인극(一人劇)을 하듯 완강하게 고개를 저으며 주먹을 불끈 쥐었다.

"아니야! 어떻게든 녀석의 정기를 빼앗아야 해! 그것이 천호로 가는 가장 빠른 길이니까!"

"주 공자님, 고마워요. 이 신세는 꼭 갚을게요."

화백은 주적자의 앞에 앉아 색동옷을 이리저리 살피며 기쁜 표정을 감추지 못했다. 주적자는 '사람의 여자나 괴의 여자나 비슷하군'이란 생각을 하며 성문을 빠져나왔다. 자신의 몸에 일어난 변화와 화백의 탈피 때문에 어쩔 수 없이 하루를 허비하기는 했지만 그것이 별로 아깝게 느껴지지는 않았다.

성을 벗어나 옹기종기 지어진 초라한 한 무더기의 판잣집들을 지나자 사위는 뿌연 먼지와 흩날리는 잔설에 가린 벌판으로 변했다. 몇 개월 전만 하더라도 노란 곡식이 흐드러지게 맺혀 있었을 그곳은 눈의 잔해에 덮여 불어오는 바람에 몸서리를 쳐댔다. 주적자는 애써 일부러 만들어놓은, 하지만 말 두 마리가 나란히 지나가기도 힘든 길로 들어섰다.

휘이이잉ㅡ!

그나마 있던 서툰 바람막이가 사라지자 냉기를 품은 바람이 단숨에 전신을 할퀴어댔다. 바닥에 내려앉아 버린 눈이 마치 새로이 하늘에서 떨어지는 것마냥 그들에게 쏟아졌다. 세상은 뿌옇고 하얀 색깔로 뒤덮였다.

주적자는 외투를 크게 벌려 앞에 앉은 화백을 감쌌다. 추위를 타는 것 같지는 않지만 왠지 그렇게 해야 할 것 같았다.

'남에 대한 배려라…….'

주적자는 내면의 자신에게 피식 웃음을 지었다. 곁을 보니 호괴도 외투를 머리끝까지 올리고 있었다. 그런데 말을 탄 모양이 이상했다. 다리에 잔뜩 힘을 주고 엉덩이를 살짝 든 모습이 볼일(?)을 보는 그런 자세였다.

"왜 그렇게 말을 힘들게 타고 가지?"

호괴는 그의 갑작스런 질문에 흠칫 놀라는 표정을 짓더니 이내 배시시 웃었다.

"왜요? 제 자세가 요염해 보여요? 혹시 저한테 관심있으면 언제든 말하세요."

주적자는 고개를 절레절레 흔들고 시선을 전면으로 옮겼다. 어지러이 날리는 눈발과 먼지 때문에 안력을 집중하지 않으면 십 장 너머도 보기 힘들었지만 길을 가는 데 별문제는 없었다. 다만 이 벌판의 끝을 볼 수 없는 것이 답답할 뿐이었다.

얼마쯤 갔을까? 말고삐 대신 주적자의 팔을 잡고 있던 화백의 손아귀에 갑작스레 힘이 들어갔다. 그의 미간에 줄이 그어질 정도로 대단한 힘이었다. 주적자는 화백을 내려다보았다. 까만 머리와 코의 선밖에 보이지 않는 화백은 잘게 떨고 있었다. 주적자는 그런 화백의 어깨에 손을 얹었다.

"왜 그라냐?"

그녀의 두려움이 손을 타고 전신으로 퍼져 나갔다. 화백에게서 전해지는 느낌이 왜 두려움이냐고, 추위나 오한이 아닌 굳이 두려움이라고 느낀 이유가 뭐냐고 묻는다면 답할 수는 없었다. 하지만 화백의 떨림이 두려움 때문이라는 것은 분명했다.

"뭐냐? 뭘 무서워하는 거지?"

주적자는 화백을 잡은 어깨에 힘을 줘서 몸을 돌리려 했다. 그녀의 몸은 뻣뻣한 나무처럼 경직되어 그에게 쏠렸지만 고개만은 여전히 눈과 먼지의 광란 저쪽을 응시하고 있었다. 주적자는 화백의 눈길을 따라 시선을 돌렸다. 안력을 끌어올려 백 장 저쪽까지 봤지만 뿌연 장막 너머에는 아무것도 없었다. 여전히 몸부림치는 눈과 먼지뿐……

그가 다시 화백에게 물으려 할 때 중얼거리는 호괴의 목소리가 들렸다.

"왔는지도 몰라요."

주적자는 호괴를 보았다. 호괴 역시 화백이 보고 있는 그 방향에 눈길을 고정시키고 있었다.

"뭐가?"

"화백을 잡아먹는 괴 말이에요."

그는 딱딱하게 굳은 표정의 호괴에게서 다시 화백에게로 시선을 내려뜨렸다.

"그러냐? 호괴의 말대로 널 잡아먹을 괴의 기운을 느끼고 있는 것이냐?"

화백은 힘들게 침을 삼키고 입술을 열었지만 쉽게 말을 뱉지 못했다. 마치 생전 처음 말을 하는 것처럼 목젖을 혹사시키고서야 겨우 중얼거림을 내뱉었다.

"왔… 어… 요."

토막토막 끊기는 말속에는 더 이상 커질 수 없는 두려움이 배어 있었다. 주적자는 '그걸 어떻게 아느냐?'는 물음을 던지려다 이내 입을 다물었다. 인간에게도 본능이 있는데 하물며 괴가 어찌 그런 것이 없겠는가? 더욱이 자연의 섭리에 의해서 정해진 천적이라면 뱀과 쥐의 그것보다 훨씬 무서울 것이 분명했다.

"화백을 두고 도망치는 것이 좋을 거예요."

주적자는 말고삐를 당겨 걸음을 세운 호괴를 보았다. 그녀의 얼굴에 나타난 두려움이 화백에게 미치지 못한다 할지라도 긴장한 빛은 역력했다. 주적자도 호괴를 따라 말을 세웠다.

퀴이야야앙―!

몸을 할퀴고 저 멀리 달아나는 그것은 분명 바람인데 마치 요괴의 발톱처럼 느껴졌다. 주적자는 전염되려는 두려움을 떨치고 검 손잡이로 손을 가져갔다.

"싸울 생각인가요?"

호괴의 시선이 그에게로 돌아와 있었다. 주적자의 시선이 다시 그녀를 비켜났다.

"그래."

"화백이 당신의 목숨을 걸 만한 가치가 있나요?"

"물론."

대답을 한 주적자는 다시 마음속으로 '뭐가?' 라는 질문을 던졌다. 어쩌면 화백이 없어도 흡혈야황을 찾을 수 있을지 모른다. 어차피 화백을 만나기 전에도 흡혈야황을 찾을 수 없다는 생각은 하지 않았으니까.

"화백이 없다고 흡혈야황을 찾을 수 없는 것은 아니잖아요."

그의 생각을 호괴가 말로 뱉어냈다.

"그럴 수도 있지. 하지만……."

주적자는 실타래를 풀듯 입 안에 엉킨 말을 정리해서 내놓았다.

"조금이라도 더 큰 가능성을 놓칠 수는 없어."

"죽을 수도 있어요."

"최소한 죽음은 아니지."

"아니요, 틀림없이 죽어요. 인간이 어쩔 수 있는 괴가 아니니까요."

주적자는 호괴를 보았다. 거짓 표정을 습관적으로 짓는 그녀지만 이번만은 가면이 땅에 뒹구는 것처럼 보였다.

"네가 말하는 괴는 대체 어떤 거지?"

"그건……."

호괴의 말은 화백의 급한 신음 소리에 끊어졌다.

"우웁!"

화백은 사나운 개를 앞에 둔 어린아이처럼 주적자의 품으로 파고들었다. 발버둥치는 모습은 그의 가슴을 뚫고 그 안으로 숨으려는 것처럼 치열하기까지 했다. 가슴을 긁는 화백의 손길에 겉옷과 속옷의 옷깃이 모두 떨어져 나가 주적자의 맨 가슴이 드러났다. 하지만 화백은 그것으로 모자란 듯 계속 그의 가슴을 긁어댔다.

탄탄한 가슴에 금세 붉은 줄이 세로로 그어졌다. 평상시 화백이 보여줬던 물리적인 힘에 비하면 괴력이라 할 수 있었다. 조금 더 놔뒀다가는 피가 날 것 같아 주적자는 화백의 손목을 움켜쥐었다. 가늘게 떨리는 그녀의 팔에서 감당할 수 없는 두려움이 묻어 나왔다.

"진정해."

주적자의 나지막한 목소리가 울리자 화백은 비로소 손에서 힘을 뺐다. 그를 올려다보는 화백의 얼굴은 온통 눈물로 얼룩져 있었다. 두려움 때문에 울 수도 있다는 것을 그는 처음 알았다. 화백의 눈물이 따뜻하다는 것도…….

"…줄 거죠?"

그녀의 말은 조각조각 갈라져 확실하게 들리지 않았다. 침을 삼킨 그녀가 다시 입을 열었다.

"절 지켜줄 거죠? 버리시지 않을 거죠?"

잔뜩 말라 버린 애절한 목소리가 주적자의 고개를 절로 끄덕이게 만들었다.

"그래."

화백이 그의 가슴에 얼굴을 파묻었다. 따뜻한 물기가 가슴을 타고 흘러내렸다. 그 느낌이 주적자의 의지를 확고하게 만들었다. 화백을 지켜야 하는 이유가 흡혈야황에게서 화백, 그 자체로 옮겨진 것 같았다. 주적자는 그런 화백의 등을 토닥거렸다. 그녀를 안심시키기 위한 몸짓이었는데 더불어 그의 마음까지 가라앉는 느낌이 들었다. 누군가를 위한다는 것은 어쩌면 다시 자신에게로의 회귀를 의미하는 것인지도 모른다.

그의 옆구리 옷깃을 잡고 있던 화백의 손아귀에 다시 힘이 들어갔다.

찌익—!

그녀의 손에 잡힌 옷은 힘없이 찢어졌다.

"가까이… 왔어요."

화백은 주적자의 가슴에서 얼굴을 떼지 않고 말했다. 말은 물리적인 힘이 되어 가슴을 떨리게 만들었다. 주적자는 화백의 두려운 시선이 머물렀던 그곳을 보았다. 여전히 눈과 흙의 광란만이 공간을 메우고 있었다. 더욱 심하게 부는 듯한 바람은 그의 옷을 벗길 것처럼 몰아쳤다.

주적자는 호괴를 보고 말했다.

"이 아이를 맡아줘."

그는 무의식적으로 화백을 '아이' 라고 칭했다. 호괴의 입가에 조소 같은 웃음이 나타났다가 사라졌다.

"아이라구요? 그건 화백이라는 정괴예요. 인간의 아이 따위가 아니라구요."

주적자는 쓴웃음을 지었다. 잠시 본질을 망각했지만 화백에 대한 생각이 바뀌지는 않았다.

"어쨌든 난 싸워야 할 테니까 네가 데리고 있는 것이 좋겠어."

호귀가 거부하기 전에 화백이 먼저 고개를 저었다.

"싫어요! 전 주 공자님과 같이 있겠어요!"

"하지만……."

"제발 절 떼어놓지 마세요!"

화백은 그의 옷깃을 더욱 단단히 움켜쥐었다. 주적자는 가는 한숨을 내쉬고 화백의 겨드랑이에 손을 집어넣었다. 떨어지지 않으려던 화백은 거우 손아귀에서 힘을 뺐다.

"좋아. 하지만 지금처럼 앞에 매달고 있을 수는 없어."

주적자는 외투를 벗으며 말을 이었다.

"내 등에 업혀 있어. 그게 더 안전할 테니까."

그는 등에 달라붙은 화백과 자신을 허리끈으로 동여매고 다시 그 위에 외투를 덮어 묶었다. 단단하게 여며진 것을 확인한 주적자는 검을 빼 들었다. 세상을 날려 버릴 것 같은 바람은 더욱 강해져서 말조차 옆걸음치게 만들었다. 주적자는 고삐를 당겨 길을 벗어나려는 말을 돌려놓았다. 하긴, 길과 벌판의 높이는 불과 한 자에 불과하고 모두 평지이니 나간다고 별 상관은 없었다.

그는 말 옆구리에 검을 늘어뜨리고 깊은 숨을 들이켰다. 먼지와 눈이 섞여 입 안으로 들어와 깔깔한 느낌을 전해줬다. 주적자는 그것들을 넘기고 안력을 모았다. 어떤 모습으로 나타날지 알 수 없는 미지의 적이었지만 두려운 마음은 들지 않았다. 그동안 겪은 무수한 위험은 그를 단련시키기에 충분했다.

호귀는 어느새 저만큼 뒤쪽으로 물러나 그의 싸움에 끼어들지 않겠다는 의지를 똑똑히 보여주고 있었다.

'상관없겠지.'

위험을 기다리는 시간은 무척 길게 느껴졌다. 곁을 스쳐 간 바람이 세상을 한 바퀴 돌고 그에게로 다시 돌아오는 것처럼 생각되기도 했다. 화백은 초조한 마음에 그의 등짝 속옷을 잘근잘근 씹었다. 그는 그녀를 안심시키기 위해 왼손을 돌려 등을 토닥거렸다. 주적자의 손이 세 번 정도 움직였을 때였다.

백 장 저편 하늘에서 뭔가가 보였다. 그 순간 화백의 모든 움직임도 멎었다. 갑작스럽게 심장이 멈춘 사람 같았다. 주적자는 팔을 내려뜨리고 나타난 '그것'에 초점을 맞췄다. '그것'은 하나의 점에서 차츰 형태를 잡아갔다.

하늘 저편에서부터 무섭게 다가오는 그것은 분명 새였다. 멀어서 크기는 정확하지 않았지만 백 장 너머에서 주먹만하게 보일 정도라면 상당한 크기였다. 주적자는 새가 삼 십장 가까이로 다가왔을 때 상당히 크다는 생각을 바꿨다. 까마귀처럼 생긴 새는 상당한 크기가 아니라 엄청난 크기였다.

편 날개의 끝이 삼십 장에 이를 정도로 큰 그 새의 속도는 무섭게 빨랐다.

쿠에에엑―!

머리 속이 흔들릴 정도로 커다란 소리를 지르며 괴조(怪鳥)는 그를 덮쳤다. 정확히 화백을 공격했겠지만 그가 앞에 있으니 어쨌든 마찬가지였다. 주적자는 뒤로 몸을 눕히며 검을 휘둘렀다.

까앙!

쇳소리가 바람을 뚫고 날카롭게 터졌다. 주적자는 부딪힌 힘에 못이겨 말에서 떨어졌다. 하마터면 검을 떨어뜨릴 뻔했지만 다행히 검 손잡이에 있는 가죽끈이 그것을 막아주었다. 바닥에 내려선 주적자는 황급히 자세를 바로잡았다. 놀란 말이 저 멀리 달아났지만 잡을 마음은 들지 않았다.

끼아아악―!

마치 여인의 비명 같은 울음을 토해낸 괴조는 허공을 한 바퀴 선회한 후 그를 향해 비스듬히 떨어졌다.

"도망쳐요! 당신이 당해낼 수 있는 괴가 아니라니까요!"

저만치 뒤쪽에서 호괴가 소리쳤다. 주적자는 다리에 힘을 주고 검을 양손으로 잡았다. 강철보다 단단한 부리와 마주쳐서는 승산이 없었다. 새의 날갯짓 때문에 옆에서 불던 바람의 방향이 바뀌었다. 그 때문에 먼지가 모두 정면으로 와서 눈을 따갑게 했다. 주적자는 파는 듯한 아픔을 무릅쓰고 눈을 부릅떴다. 어느새 괴조는 그의 지척까지 다가와 있었다.

주적자는 급히 앞으로 몸을 굴려 괴조의 부리를 등 뒤로 피한 후 검을 휘둘렀다.

서걱—!

옅은 음과 함께 손에 묵직한 느낌이 전해졌다. 주적자는 자세를 바로 세운 후에야 고작 깃털 한 개를 벴다는 것을 알았다. 윤이 흐르는 깃털은 사람의 키보다 훨씬 컸다. 하늘을 길게 돈 괴조는 더욱 빠른 속도로 그를 덮쳤다. 이대로 싸운다면 도저히 승산이 없었다.

주적자는 몸을 잔뜩 낮췄다. 등에 올라타서 싸우는 수밖에 방법이 없었다. 위험하기는 했지만 땅에서 뒹구는 것보다는 그 편이 훨씬 나았다. 긴 괴성과 함께 땅에 머리를 처박으려는 것처럼 내리꽂히던 괴조의 몸이 주춤했다. 그리고 입을 벌리더니 그를 향해 뭔가를 뱉어냈다.

시위를 떠난 화살보다 빠른 그것은 금세 코앞까지 다가왔다. 주적자는 왼쪽으로 황급히 몸을 날렸다.

치이익—!

괴조가 뱉어낸 것이 땅에 떨어지더니 자욱한 연기와 함께 심한 악취를 풍겨냈다. 바람에 쓸려 사라진 연기의 흔적은 끔찍했다. 땅이 두 자 이상 파여져 있었는데 괴조가 뱉어낸 것의 힘 때문이 아니라 돌과 흙이 녹은 탓이었다. 강한 산성을 띤 침인 것 같았다.

'별걸 다 쓰는군.'

주적자는 눈살을 찌푸리고 다시 공격을 해오는 괴조를 향해 섰다. 길을 벗어난 들판은 눈이 발목까지 쌓여 있었다. 움직이기 불편한 정도는 아니었지만 맨땅보다 좋지 않은 것만은 분명했다.

괴조는 공격하는 방법을 달리해서 부리 대신 발을 사용해 그를 덮쳤다. 네 개의 발가락에 달려 있는 발톱은 그의 키만큼 컸고 끝은 바늘처럼 날카로웠다. 주적자는 빙글 돌아 괴조의 발가락 사이로 들어가며 검을 내려쳤다.

푹!

발가락 사이로 검날이 파고들면서 피가 솟구쳤다. 비록 피를 봤지만 만족할 만큼 타격을 준 것은 아니었다. 그가 휘두른 정도의 힘이면 아름드리 바위도 벨 수 있었는데 겨우 검의 면 정도만 들어갔으니까.

더욱 사나운 고함을 지른 괴조는 발가락을 오므리며 다른 발로 주적자를 밟아갔다. 검은 그림자가 먹구름처럼 머리 위로 드리워졌다. 주적자는 땅과 수평이 되게 몸을 날려 괴조의 발에서 벗어났다.

쾅!

땅이 흔들리며 놀란 눈이 허공으로 치솟았다. 괴조의 발톱은 그와 한 자도 떨어지지 않은 곳에 박혀 있었다. 막 몸을 일으키려는 그를 향해 괴조가 예의 그 산성 침을 뱉었다. 주적자는 일어날 틈도 없이 바닥을 굴렀다.

치이익—!

머리 속을 태우는 듯한 소리와 함께 왼쪽 팔에 극심한 고통이 찾아 왔다.

"크윽―!"

주적자는 답답한 신음을 뱉으며 몸을 일으켰다. 바닥에서 피어 오르는 연기만큼이나 자욱한 연기가 그의 팔에서 뭉클거리며 솟았다. 팔에서 피어 오른 연기는 바람에 쓸려 그의 얼굴을 스치고 지나갔다. 그리고 드러난 그의 팔은……

호괴는 숨을 멈추고 주적자와 붕(鵬)의 싸움을 보았다. 말로만 듣던 붕은 생각했던 것보다 더 무서운 존재였다. 저 큰 덩치와 빠름은 도저히 대적할 그것이 아니었다. 하지만 주적자는 그런 붕에게 맞서고 있는 것이다. 비록 밀리고는 있었지만 깃털을 자르고 상처를 낸다는 건 그녀로서는 상상조차 할 수 없는 일이었다. 만약 그녀가 붕과 싸운다면 눈 깜짝할 사이에 피떡이 되고 말 것이다.

붕에게 그녀의 분신술은 장난에 불과했다. 붕처럼 신령스런 괴에게는 진짜와 가짜를 구분할 수 있는 능력이 있었고 설사 그렇지 않더라도 분신들 각각의 위치가 벌어지는 거리엔 한계가 있었다. 붕이 날개를 펴서 내리누른다면 어떤 분신도 그 아래에서 벗어나지 못할 것이다.

그런 무서운 괴를 상대하면서도 주적자는 위축된 모습을 보이지 않았다. 뛰고 베고 몸을 날리는 동작이 그녀와 싸울 때에 비할 바가 아니었다. 잠시라도 한눈을 팔다가는 주적자의 움직임을 놓쳐 버릴 정도로 빨랐다. 하지만 주적자는 결국 붕을 이기지 못할 것이고 그 증거는 곧 나타났다. 붕의 침이 주적자의 팔에 적중한 것이다.

피어 오른 연기가 바람에 날려 사라진 후 나타난 주적자의 팔은 끔찍했다. 살이 불 위에 놓인 것처럼 지글지글 타서 녹아내리더니 이내 뼈가 드러났다. 그 뼈에서 다시 기포가 생기면서 흐물흐물 변하기 시작했다. 뜨거운 물에 얼음을 담근 것처럼 뼈는 순식간에 녹아버렸다. 그렇게 주적자의 왼팔은 사라졌다.

호괴는 자신이 당한 것처럼 팔이 저릿저릿 아파왔다. 그녀는 주적자의 죽음을 의심치 않았다. 곧 등에 업힌 화백과 함께 붕의 입속으로 삼켜질 것이다. 붕은 고통스런 표정으로 간신히 서 있는 주적자를 향해 발을 내디뎠다.

육안으로 확인하기 힘들 정도로 빠른 발놀림이었다. 주적자는 화들짝 정신을 차리고 몸을 날려 붕의 발을 피해 몸을 날렸다. 그녀라면 죽었다 깨어나도 피하지 못할 것이다.

발의 빠르기도 빠르기였지만 그 거대한 발 아래서 살아남으려면 최소한 단숨에 오 장을 움직여야 했다. 눈 깜빡할 사이에 오 장을 움직인다는 것은 인간이 할 수 있는 몸놀림이 아니었다. 하지만 그녀의 예상을 깨고 주적자는 그처럼 움직였다. 붕의 발 아래서 벗어났을 뿐 아니라 되려 공격까지 들어갔다.

주적자는 붕의 발 위로 뛰어올라 검을 발가락에 깊숙이 박았다.

끼아아악—!

붕이 울부짖음과 함께 발을 털었을 때 주적자는 이미 그곳에서 뛰어내린 후였다. 그렇게 주적자와 붕의 싸움은 일각이 넘게 이어졌다. 치열한 싸움이었다. 공격을 하는 붕이나 피하면서 반격을 하는 주적자나 모두 물러설 기미가 보이지 않았다. 붕이야 워낙 우세한 싸움이고 물러날 이유가 없지만 주적자가 저처럼 처절한 사투를 벌이는 이유를 알 수 없었다.

그의 몸에 난 상처는 떨어져 나간 왼팔만이 아니었다. 발톱에 찢기거나 침에 스쳐서 입은 화상이 온몸에 널려 있어서 멀쩡한 곳을 찾기가 힘들 정도였다. 유일하게 무사한 곳은 화백을 업은 등뿐일 것이다.

호괴는 지금 쓰러져서 죽어도 이상하지 않을 주적자가 저런 무모한 싸움을 하는 이유를 알 수 없었다. 붕은 성스러운 괴이기 때문에 화백만 던져 주면 사람인 주적자를 굳이 죽이려 하지 않을 것이다. 호괴는 새삼스레 주적자에게 그것을 일깨워 줄 필요를 느꼈다.

"주 공자! 화백을 붕에게 던져 줘요! 그러면 당신을 해치지 않을 거예요! 당신의 목숨을 건질 수 있다구요!"

그녀의 목소리는 바람을 뚫고 충분히 전달됐을 것이다. 그러나 주적자는 화백을 내주지도, 싸움을 망설이지도 않았다. 마치 사람의 손길을 피하는 파리처럼 붕의 공격을 무산시키며 공격을 가하고 있었다. 붕의 다리에도 어느새 많은 상처가 입을 벌리고 있었다.

워낙 면적이 크기 때문에 잘 눈에 띠지 않을 뿐 붕의 피는 이미 대지를 적시고 있었다. 상처 때문에 더욱 화가 치솟은 붕의 공격은 갈수록 거세졌다. 날개를 펄럭일 때마다 눈과 먼지가 해일처럼 주적자에게 몰아닥쳤다. 날아가 땅에 곤두박질치지 않는 것이 이상할 정도였다.

날갯짓으로 주적자의 손발을 묶은 붕은 부리와 발톱으로 계속 공격을 가했다. 회오리처럼 날리는 눈보라와 먼지 때문에 상황을 똑똑히 볼 수 없을 정도였다. 호괴는 이를 지그시 깨물고 주먹을 쥐었다. 저대로 주적자가 죽어버리면 그녀가 가진 천호의 꿈은 삼백 년이나 뒤로 후퇴해야 한다.

'진작 화백을 죽여 버렸어야 하는데' 라는 후회가 스쳤지만 소용없는 일이었다. 호괴는 인간 주적자가 정괴 화백을 위해 저처럼 목숨을 걸 거라고는 생각하지 않았다. 주적자가 특별한 인간이라고는 하지만 붕이 나타나면 구멍난 버선을 버리듯 화백을 팽개치고 도망칠 것이라 생각했다. 그녀가 지금까지 겪은 인간은 하나같이 그랬고 예외는 오직 '그' 뿐이었다.

'그' 만이 괴인 그녀를 사랑하고 이해해 준 유일한 사람이었다. 그런 사람이 다시는 없을 것이라 생각했는데… 비록 주적자가 흡혈야황이라는 괴 때문에 화백을 보호하고 있다고는 하지만 그것이 전부일 것이라는 생각은 들지 않았다. 주적자가 화백을 '어린아이' 라고 칭했듯 주적자에게 괴는 사람과 차이가 없는 생물임이 분명했다.

'그래서, 그게 무슨 상관이지?'

그녀는 자신에게 물었다. 주적자가 어떤 사람이라는 것이 무슨 상관인가? 그녀에게 주적자라는 이름의 인간성이 어떻든 관계없는 일이었다. 중요한 것은 주적자가 가지고 있는 정기였다. 정기가 중요할 뿐이었다.

그러나 이제 그 정기마저도 날아가 버리게 생겼다.

'제길!'

마음속에 품었던 욕설이 밖으로 터져 나왔다.

"이 바보, 멍텅구리야! 살고 싶으면 화백을 던져 주라니까! 그깟 것이 뭔데 그렇게 목숨을 거는 거야! 이 천치 같은 놈아!"

더 심한 욕을 해주고 싶었지만 그렇게 한다 하더라도 주적자가 물러설 것 같지는 않았다.

기우뚱!

붕의 날갯짓에 주적자의 몸이 중심을 잃고 왼쪽으로 쏠렸다. 기회를 잡은 붕이 허공에 뜬 상태에서 그대로 주적자를 덮쳤다. 두 개의 거대한 발이 그대로 주적자의 머리 위로 떨어졌다.

"안 돼!"

호괴의 긴 외침은 부질없이 바람 속에 묻혀 버렸다.

쿠웅!

붕의 발바닥 아래로 주적자의 몸이 사라졌다. 그토록 길고 치열했던 싸움은 순식간에 끝나 버렸다. 한줌 혈수(血水)로 변했을 주적자의 죽음을 애도하듯 사납게 불던 바람조차 일순 멈춰 버렸다. 호괴는 석상처럼 서서 주적자가 풍기는 죽음의 향기를 맡았다. 분명 예상했던 죽음이었는데 그 죽음이 선뜻 다가오지 않았다.

얼마 겪어보지는 않았지만 주적자와 죽음이라는 단어는 너무도 멀어서 흡사 반대말처럼 느껴지기도 했었다. 그런 주적자가 죽은 것이다. 본신의 넘치는 정기와 그녀의 이백 년 정기를 몸 안에 담은 채 허무하게 죽어버린 것이다.

주적자의 죽음을 밟고 선 붕은 승리의 기쁨을 만끽하는 듯 오연히 버티고 서 있었다. 잠깐 멈춘 것을 보상받기라도 하려는 것처럼 다시 불어오는 세찬 바람조차 붕의 깃털 하나 날리지 못했다. 호괴는 우두커니 그런 붕을 보았다. 천호가 되는 길을 막아버린 저 녀석을 어떻게든 해주고 싶었지만 그녀에게는 그럴 만한 힘이 없었다.

부글부글 끓어오르는 화를 내리누르고 있을 때 붕의 시선이 그녀에게 닿았다. 무저갱의 입구처럼 검은빛만이 가득한 그 눈은 절로 섬뜩함을 느끼게 했다. 산처럼 거대한 붕의 몸보다 그 눈이 더욱 공포스럽게 다가왔다. 하지만 그녀는 시선을 피하지 않았다. 왠지 모를 오기가 가슴속에서 뭉클뭉클 솟아나고 있었다.

'이건 나답지 않아. 녀석이 해치기 전에 빨리 도망쳐!'

마음속에서 이성이 소리를 쳤지만 뭔가가 그녀의 몸을 묶어놓았다. 강한 괴에 대한 원초적인 본능도 그녀를 움직이게 하지 못했다.

히히히힝ㅡ!

말이 먼저 두려움을 느끼고 몸부림쳤다. 그녀는 다리에 힘을 줘서 말의 옆구리를 지그시 눌렀다. 하지만 말의 거친 움직임은 멈춰지지 않았다. 앞다리를 들거나 좌우로 몸을 흔들면서 그녀에게 가기를 재촉했다. 몸을 돌리려 해도 그녀가 고삐를 단단히 잡고 있었기 때문에 돌아서지 못했다. 그렇다고 붕이 있는 방향으로 가려고 하지도 않았다.

호괴는 양쪽 다리에 더욱 힘을 줘서 말 옆구리를 조였다. 그 순간!

픽!

말안장이 깨지더니 그녀의 양쪽 다리가 그대로 말 옆구리를 파고들었다. 말은 고통스런 비명과 함께 자리에 푹 거꾸러졌다.

"이런!"

호괴는 자신도 모르게 저지른 일에 당황성을 터뜨리며 땅에 내려섰다. 좌로 넘어진 말의 양쪽 옆구리에서는 쏟아지는 선혈과 함께 내장이 터져 나왔다. 헐떡거리는 숨은 얼마 지나지 않아 잦아들더니 이내 멈춰 버렸다. 자욱한 피 내음은 바람에 몸을 실어 호괴를 지나 멀리 달아났다.

그녀는 가는 한숨을 쉬고 붕을 보았다. 그 깊숙한 눈동자는 여전히 그녀를 응시하고 있었다. 마치 '저 녀석을 어떻게 할까?' 하고 고민하는 것 같았다. 두 발을 굳게 땅에 디딘 호괴도 갈등하기는 마찬가지였다. 다른 상황에서 붕을 만났다면 돌아볼 것도 없이 줄행랑을 쳤겠지만 지금은 그게 되지 않았다. 주적자는 이미 죽어버렸고 그녀가 머물 이유가 없음에도 발이 떨어지지 않았다. 공포 때문은 아니었다. 그렇다고 딱히 어떤 이유를 대라면 그 또한 말할 수 없을 것이다.

쿵!

붕이 그녀를 향해 한 발을 내디뎠다. 주적자를 밟지 않은 왼쪽 발이었다. 그리고 오른쪽 발뒤꿈치가 땅에서 떨어지려 할 때였다.

까아악—!

갑자기 붕이 불에 대인 것처럼 화들짝 놀라며 푸드덕 날아올랐다. 폭풍 같은 바람이 사방으로 휘날리며 자연의 바람을 돌려놓았다. 붕이 느닷없이 놀란 이유는 곧 밝혀졌다.

푸웃—!

붕이 밟았던 땅속에서 작은 그림자가 솟아올랐다. 눈발과 먼지에 가려 보이지 않았지만 주적자라는 것을 알 수 있었다.

"땅이 단단해서 파고 들어가기도 힘들군."

땅에 내려선 주적자는 검에 묻은 피를 털어내며 아무렇지 않게 중얼거리고 삼십 장 저쪽에 서 있는 붕을 보았다. 둘의 모습은 마치 거대한 황소와 개미가 나란히 서 있는 것처럼 보였다.

주적자를 보는 순간 호괴의 입가에 웃음이 번졌다.

"멍텅구리, 살아 있었군!"

주적자는 그녀 쪽으로 시선을 힐끔 돌렸다.

"아직 도망가지 않고 있었나?"

그녀는 허리에 양손을 턱 걸쳤다.

"이봐, 난 그렇게 겁쟁이가 아니라구. 너처럼 무모하지도 않지만 말이야."

"무모하지 않다면 지금이라도 도망가는 게 좋을 거야. 저 녀석, 꽤화가 난 것 같으니까."

주적자의 말대로 붕의 기세는 사뭇 날카로웠다. 이미 죽었다고 생각한 적이 다시 살아났으니 그럴 만도 했다. 붕은 접었던 날개를 길게 펴더니 앞뒤로 천천히 젓기 시작했다. 한 번, 두 번… 횟수가 더해질수록 바람의 방향이 좌측에서 주적자의 정면으로 바뀌었다. 그것은 점점 강해져서 비켜서 있을 뿐 아니라 상당한 거리를 두고 있는 호괴까지 버티기 힘들 정도였다.

호괴는 날아오는 먼지를 옷소매로 가리고 주적자를 보았다. 그는 몸을 잔뜩 앞으로 구부린 채 먼지처럼 날아가는 것을 막고 있었는데, 발목이 땅에 파묻혀 점점 밀리는 것만은 어쩔 수 없었다. 붕은 날갯짓을 하며 주적자를 향해 빠르게 달려왔다. 아까도 이와 같은 공격을 펼친 붕이었지만 이번만은 그때와 비교할 수 없을 정도로 강력한 바람이었다. 버티고 있는 것만으로도 힘든 상황에서 붕의 발길을 피할 수 없을 뿐더러 땅을 파고들 기회조차 찾지 못할 것이다.

저러다 붕의 날갯짓에 그냥 날아간다면 무섭도록 빠른 붕이 그것을 놓칠 리 없었다. 중심을 잃은 허공에서 붕의 부리를 피할 재간이 있을 리 만무했다. 이러지도 저러지도 못하고 그저 밀리고만 있는 주적자의 모습은 호괴의 애간장을 태웠다.

뒷목이 긴장으로 뻣뻣해졌다. 그녀의 심장 고동만큼이나 빠르게 주적자와 붕의 거리는 가까워졌다. 주적자의 다리는 이미 허벅지까지 파묻혀 있었다. 저 세찬 바람 속에서 허리가 부러지지 않는 것이 신기할 정도였다.

십 장!

둘의 거리가 그만큼 가까워졌다.

"이 멍청아! 그러니까 진작 도망치라고 했잖아!"

호괴는 소리를 치며 우측으로 몸을 날렸다. 붕이 일으키는 날개 바람의 영향권에서 벗어난 그녀는 빠르게 붕의 뒤쪽으로 돌아갔다. 허공으로 도약한 그녀는 몸을 회전시켜 여우로 변했다. 싸울 때는 역시 본래의 모습이 편하고 강했다. 찢겨진 옷이 흩날리는 먼지와 잔설 저편으로 사라졌다.

호괴는 앞발을 털어 두 자 길이의 발톱을 밖으로 끄집어냈다. 붕의 뒤쪽에서 본 주적자와 붕의 거리는 채 오 장도 남아 있지 않았다. 그녀는 전속력으로 붕을 쫓았다.

'넌 지금 멍청한 짓을 하고 있는 거야!'

이성의 소리가 들려왔지만 그녀의 발길을 막지는 못했다. 날갯짓으로 바람을 만드는 붕보다 훨씬 빠른 그녀는 금세 붕의 뒤까지 다가갔다. 성큼성큼 내딛는 붕의 발은 멀리서 볼 때보다 훨씬 거대했다. 가로로 새겨진 피부의 줄 안에 몸을 눕혀도 될 것 같았다.

쿵! 쿵!

바닥에서 떼어진 붕의 발바닥은 거대한 전각의 지붕이 성큼성큼 움직이는 것 같았다. 그 충격 때문에 튀어 오른 흙더미들은 호괴에게 커다란 바위나 마찬가지였다. 호괴는 붕이 일으키는 자취의 잔재들을 피하며 빠르게 다가갔다. 붕의 다리가 들렸다가 내려지는 순간 호괴가 튀어 올랐다.

막 들려지려는 다리에 달라붙은 호괴는 긴 발톱을 있는 힘껏 붕의 다리에 박았다. 푸욱 소리와 함께 붉은 피가 배어 나왔지만 많은 양이 아니었고 깊이도 다섯 치를 넘지 못했다. 하지만 아픔은 느낀 듯 붕의 걸음과 날갯짓이 모두 주춤해졌다. 호괴는 재빨리 땅에 뛰어내린 후 뒤쪽으로 줄달음쳤다.

그녀가 해줄 수 있는 것은 여기까지였다. 이 도움을 어떻게 활용하느냐는 오직 주적자에게 달려 있었다. 호괴는 네 다리가 땅에 닿지 않을 정도로 달리며 뒤를 힐끔 돌아보았다. 시커먼 눈동자가 그녀를 향해 날카로운 빛을 뿜어내고 있었다. 그리고 붕의 다리 사이에 뛰어오르는 주적자가 보였다.

도망치기를 기대했던 주적자는 너무도 무모하게 붕의 다리를 향해 몸을 날렸다. 호괴는 삼십여 장쯤 떨어진 곳에서 걸음을 멈췄다. 붕의 다리에 가려 보이지 않던 주적자의 모습이 곧 소에 붙은 빈대 같은 모습으로 나타났다.

그는 검을 붕의 다리에 꽂고 그 힘을 이용해 위로 솟구쳤다. 붕이 부리로 쪼으려고 했지만 한 팔로만 용케 검을 꽂고 빼며 오르기를 거듭했다. 주적자의 모습은 곧 붕의 검은 깃털에 묻혀 버렸다. 붕은 연신 부리와 한 발을 움직여 주적자를 잡으려 했지만 번번이 헛 몸짓만을 보일 뿐이었다.

호괴는 언제든지 도망칠 준비를 한 채 붕을 보고 있었다. 제발 주적자가 잡히지 않기를 바라는 그녀의 마음이 전해졌는지 붕의 몸짓 어디에도 뜻을 이룬 기미는 보이지 않았다. 한참 동안 부리로 몸통 여기저기를 쪼던 붕은 마침내 날갯짓을 시작했다. 서너 번의 날갯짓 끝에 붕은 하늘로 날아 올랐다.

"제길! 붕의 등에 올라타서 어쩌겠다는 거야?"

투덜거리던 호괴는 화들짝 놀라 납작 엎드렸다. 붕이 그녀의 머리 위를 지나간 것이다. 십여 장 이상의 거리가 있는데도 몸이 들썩였다. 고개를 든 호괴는 잠시 망설이다 이내 붕을 쫓기 시작했다. 어떻게든 주적자의 생사를 확인해야 했다.

호괴의 달리는 속도가 바람처럼 빠르다고는 하지만 붕의 그것을 따를 수는 없었다. 둘의 거리는 점점 멀어졌다. 붕은 멀리 보이는 침엽수가 빽빽이 들어찬 산에 들어섰는데 호괴는 아직도 백 장 밖의 벌판을 달리고 있었다.

'이쯤에서 포기할까?' 하는 생각이 뇌리를 스치는 순간 붕에서 무언가가 떨어졌다. 너무도 작은 것이었지만 호괴의 눈은 그것을 놓치지 않았다. 지금 붕에게서 떨어질 것은 주적자 외에 뜻밖에 더 있겠는가?

호괴는 혼신의 힘을 다해 내달렸다. 삼백 장의 거리는 금세 좁혀져서 산의 초입에 다다를 수 있었다. 장정 다섯 명이 껴안아야 겨우 두를 수 있는 나무들이 빽빽하게 들어찬 산은 눈이 쌓여 오르기가 쉽지 않아 보였다.

호괴는 가장 가까운 나무로 올라갔다. 가지에 쌓여 있던 눈덩이들이 후두둑거리며 떨어졌다. 그녀는 주적자가 떨어졌던 방향으로 몸을 날렸다. 나무 사이를 건너뛰면서 호괴는 끊임없이 주위를 살폈다. 커다란 나무 기둥들을 제외하고는 하얀 눈과 가끔 보이는 바위가 전부였다. 주적자의 모습이 보이지 않는다고 벌써부터 실망할 필요는 없었다. 이처럼 가까운 곳에 있지는 않을 테니까.

삼 장이 넘는 나무와 나무 사이를 뛰어넘는 것은 어렵지 않았다. 지금 가장 중요한 것은 주적자와 붕의 행방이었고 그녀는 곧 붕을 발견할 수 있었다.

꾸아이악—!

포효라고 할 만한 괴성을 지르며 붕이 하늘을 선회하고 있었다. 주적자가 떨어진 위치를 정확히 아는 것인지 일정한 거리 내에서 날갯짓을 하고 있었다. 호괴는 붕이 선회하고 있는 아래쪽으로 몸을 날렸다. 점점 가까워짐에 따라 본능처럼 두려움이 고개를 들었다. 만약 발견된다면 살아남기 힘들 것이란 생각이 뇌리를 스쳤다.

호괴는 눈에 잘 띠는 나무에서 내려왔다. 다리를 모두 삼켜 버린 눈 때문에 움직이는 것이 불편했지만 최소한 죽는 것보다는 나았다. 호괴는 하늘 저 멀리 떠 있는 붕에게 들킬까 봐 조심스럽게 걸음을 내디뎠다. 붕이야 워낙 크고 하늘에 있기 때문에 잘 보이는 것이고, 호괴는 숲에 숨어 있기 때문에 발견될 가능성이 거의 없었지만 조심해서 나쁠 것은 없었다.

호괴가 부지런히 네 발을 놀려 산의 중턱쯤에 다다랐을 때 하늘에 떠 있던 붕이 갑자기 하강을 시작했다. 산정을 향해 무서운 속도로 내리꽂히던 붕은 숲 바로 위에서 날개를 세차게 저었다.

우지끈! 부지직—!

그토록 큰 나무들이 마치 옥수수 줄기처럼 부서져 나갔다. 소스라치게 놀라 하늘로 분분히 날아오른 눈덩이들이 그녀 있는 곳까지 퍼져 왔다. 붕은 산에 있는 나무들을 모두 엎어서라도 주적자를 찾으려는 듯 날개와 발로 나무를 뭉개면서 아래쪽으로 내려왔다. 호괴는 붕에게 발견될지도 모른다는 위험을 무시하고 빠르게 산정 쪽으로 내달렸다.

붕이 보이지 않으니 정확한 거리를 잴 수 없었다. 다만 땅의 울림이 점점 커지는 것으로 붕이 가까워지고 있다는 걸 알 수 있었다. 붕이 일으킨 진동으로 나무 위에 쌓여 있던 잔설들이 후두둑거리며 떨어졌다. 너무 심한 울림 때문에 붕과의 거리를 짐작조차 할 수 없었다. 어쩌면 당장 눈사태처럼 자욱한 눈발을 뚫고 붕이 그녀를 덮칠 수도 있었다.

코를 눈 위에 바짝 대고 킁킁거리며 가던 호괴의 발걸음이 멎었다. 예민한 코끝에 희미한 혈향(血香)이 걸렸다. 호괴는 정면을 최대한 빠른 속도로 내달렸다. 그녀의 발자국 소리는 나무가 넘어지는 굉음에 묻혀 들리지도 않았다.

짙어지는 피 내음과 함께 날아오는 눈의 양도 많아졌다. 몸을 가볍게 하지 않는다면 눈에 파묻혀 굴을 파고 움직여야 할 정도였다. 미친 듯이 눈 속을 달리던 호괴의 발걸음이 우뚝 멈췄다. 혈향이 피어 오르는 곳은 바로 아래쪽이었다. 호괴는 앞발을 이용해 눈을 파냈다. 그러는 사이 밀려드는 눈에 그녀의 몸이 묻혀 버렸다. 삽시간에 어두워진 눈 속에서 호괴는 쉬지 않고 네 발을 움직여 눈을 팠다. 등을 누르는 무게와 그만큼의 차가움이 문제가 되지 않을 만큼 그녀로 하여금 절실함을 이끌어내는 것이 무엇인지 자신조차 알 수 없었다. 주적자의 죽음은 눈으로 보지 않아도 알 수 있을 정도로 명백한데.

아무리 눈이 쌓여 있었다고는 하지만 백 장 높이에서 떨어져 살아날 사람은 아무도 없었다. 그러나 그녀는 주적자의 죽음을 눈으로 확인하고 싶었다. 육백 년 만에 만난 특별한 인간의 주검을······.

툭!

푸석한 눈의 느낌 끝으로 다른 무언가가 걸렸다. 앞발을 떼자 피가 묻어 나왔다. 어둠 속이었지만 너무도 똑똑히 볼 수 있었다.

쿠웅—!

양 옆에 벽처럼 쌓인 눈이 쏠릴 정도로 강한 충격이 찾아왔다. 호괴는 밀려드는 눈을 막으며 안 보이는 부분을 쓸어서 옆으로 옮겼다. 주적자의 모습이 서서히 드러났다. 하지만 그것은 그녀가 아는 주적자가 아니었다. 말하고 걷고 먹는 것을 일상으로 하던 사람이 아니었다. 그것은 뼈와 살과 피가 잘 버무려진 고깃덩이에 불과했다. 푸줏간의 갈고리에 걸려서 이리저리 흔들리는, 그래서 전혀 살아 있을 때의 모습을 상상할 수 없는 그런 고깃덩이.

호괴는 발바닥에 단단한 느낌을 받으며 움직임을 멈췄다. 살갗을 뚫고 튀어나온 갈비뼈가 발에 걸린 것이다. 피를 머금고 밖으로 나온 뼈는 그것만이 아니었다. 하체를 이루고 있던 뼈는 삐쳐 나온 것이 아니라 산산조각으로 부서져 눈 속에 박혀 있었고, 배를 뚫고 나온 지네의 마디처럼 생긴 것은 척추가 분명했다. 척추에 넝마처럼 걸린 창자가 이물질을 꾸역꾸역 내뱉고 있었다.

분명한 주적자의 죽음을 확인했는데도 호괴의 발은 위쪽을 더듬었다. 떨어질 때 나무에 걸렸는지 목 살점의 반은 뜯겨져 나갔고 중심을 이루고 있어야 할 목뼈는 보이지 않았다. 그 위에 붙어 있는 얼굴은…….

호괴는 눈을 돌렸다. 머리의 반이 날아가 뇌수를 흘리고 있는 모습은 그녀가 봐도 역겨웠다. 그 모습 어디에서도 그녀가 아는 주적자의 존재는 없었다. 그녀는 비로소 주적자의 죽음을 받아들였다. 한번의 죽음에서는 살아났지만 그 이상의 행운은 따르지 않는 모양이다.

꽈드드득—!

머리끝에서 눈이 눌리는 소리가 울렸다. 그것이 무엇인지 모를 만큼 멍청한 호괴가 아니었다. 그녀는 황급히 눈을 파며 옆으로 이동했다. 뼈와 창자와 살점으로 분리된 주적자의 주검 위로 거대한 나무가 떨어졌다. 마치 살아날 수 없는 죽음을 선고하듯이……

〈4권으로 이어집니다〉